21 世纪新媒体课程教材

普通高等院校新闻传播实训类“十二五”规划教材

影视剧作：模式与技巧

高 力 吴瑜婷 编著

西南交通大学出版社

·成 都·

图书在版编目（CIP）数据

影视剧作：模式与技巧 / 高力，吴瑜婷编著. —
成都：西南交通大学出版社，2014.3（2018.1 重印）
ISBN 978-7-5643-2968-6

Ⅰ. ①影… Ⅱ. ①高… ②吴… Ⅲ. ①电影文学剧本
–创作方法②电视文学剧本–创作方法 Ⅳ. ①I053.5

中国版本图书馆 CIP 数据核字（2014）第 042881 号

21 世纪新媒体课程教材
普通高等院校新闻传播实训类“十二五”规划教材

影视剧作：模式与技巧

高　力　吴瑜婷　编著

责任编辑	吴　迪
特邀编辑	郭鸿玲
封面设计	墨创文化
出版发行	西南交通大学出版社 （四川省成都市二环路北一段 111 号 西南交通大学创新大厦 21 楼）
发行部电话	028-87600564　028-87600533
邮政编码	610031
网　　址	http: //www.xnjdcbs.com
印　　刷	四川煤田地质制图印刷厂
成品尺寸	165 mm × 230 mm
印　　张	14
字　　数	251 千字
版　　次	2014 年 3 月第 1 版
印　　次	2018 年 1 月第 4 次
书　　号	ISBN 978-7-5643-2968-6
定　　价	32.60 元

图书如有印装质量问题　本社负责退换

可视的蓝本：影视剧作概说

（代序）

电影编剧是电影剧本作者的泛称，有专业与非专业之分。他们用文字为未来的影片设定主题思想、人物形象、故事情节、剧作结构和表现形式等，为影片拍摄提供基础。电影编剧首先应考虑剧本的文字形象转为银幕形象的可能性，唯有如此，才能充分运用电影剧作自身的艺术特点和表现手段，以区别于小说或戏剧的写作。国外也有些编剧仅向电影创作部门提供素材或提纲，由导演进行剧本创作。电影编剧的直接成果就是电影剧本。我们研讨影视编剧技巧，首要研讨的是电影剧本的写作方式，因为对电视剧剧本写作而言，电影剧本的写作具有范式意义。

“电影剧本是什么？是一部故事片的指南或概要吗？是蓝图吗？是图表吗？是一系列通过对话和描写来叙述的形象、场景、段落等，就像一串联系在一起的珍珠项链一样吗？是一幅梦境中的风景画吗？是一些思想的汇集吗？”美国电影剧作家悉德·菲尔德曾用诗一样的语言对电影剧本的特质提出了诘问。[①]

电影剧本究竟是什么？要弄清这个问题，先要了解一部电影的创作过程。

一部电影的诞生，是由编、导、演，摄、美、录，服、化、道和剪辑等集体创作而成的。从最早的构思到最后的发行放映，至少包括如下几大环节：

策划—进行剧本创作—报送选题—前期准备—现场拍摄—后期制作—送审—宣传—影片和衍生物的营销

策划：一部影视作品的产生，在现代文化工业的背景下，往往需要几千万甚至上亿的投资。投资的赢利，是任何影视作品制作时必须考虑的基本前提。为此，作为影视作品制作的第一项重要工作是选题策划，即制片人（或制片人与编导）根据社会和观众的需求（市场调查）共同研讨选题，评估选题所需投

① [美]悉德·菲尔德：《电影剧本写作基础》，钟大丰、鲍玉珩译，中国文联出版公司 1985 年版，第 6 页。

资和产出的效益。制片人的主要工作是负责影视剧制作前的资金筹集、作品完成后的发行和资金偿还。制片人根据策划方案，寻找发行商投资，也可以提出创意，为制作单位完成“包拍”计划。制片人是一部影视作品制作的实际组织者。

组织剧本创作：通过策划确定了选题之后，由生活体验丰富、艺术功底深厚的编剧创作（也可以购买成熟的剧本）；或购买已出版的文学作品，请职业编剧改编成影视剧本。这是实做与选题的对位，通过剧本创作，产生制作蓝图，制片人据此确定是否达到了选题策划的意图，并以剧本为基础对播出单位进行调研，再次评估选题的社会效益与经济效益。这一阶段，编剧的地位十分重要。编剧的主要任务是准备剧本，工作内容包括：创作大纲，其内容应当包含主要情节；根据大纲完成剧本；根据制片人和导演的要求，完成最后的分镜头剧本。如果制片人或导演对编剧不满意，可另请编剧修改剧本，但要处理好编剧版权问题。

报送选题：按照国家广电总局的要求，任何影视作品制作单位在实际投拍前，必须履行严格的选题申报程序。选题立项后，才能进行作品的制作。选题申报分重大题材和一般题材两种，重大题材由国家广电总局重大题材办公室组织专家进行评审，制作单位须提交完整的剧本，必须评审通过后才能制作；一般选题只需提交一个简单的剧情梗概，即可完成选题备案。

前期准备：准备工作包括安排预算，确定主创人员、监制人员，制片主任编制预算，采景置景、挑选演员并试镜、完成摄制组的组建等。制片人和导演按时完成拍摄计划，这不仅关系到拍摄进度，而且关系到影视作品制作的实际投入。制片人这时必须要控制好样本成本，这主要是由两部分组成：线上成本——购买版权的费用与编剧、导演、主要演员的酬金；线下成本——其他工作人员薪酬、拍摄费用、剪辑费用、宣传保险费用。

现场拍摄：根据预先制订的计划，按照拍摄周期和日程，进入现场拍摄。

后期制作：对现场拍摄的素材进行剪辑加工；同时录制音乐、音响效果（需要后期录音的台词等）；胶片洗印。

送审：完成片通过（或经过修改通过）取得发行放映许可证。

宣传：主要包括制作预告片、安排新闻报道、散发剧照海报、发布媒体广告等。

营销：采取一次卖断或分成方式将影片交发行商放映；授权制作、出售影碟、图书、画册等衍生产品。

在一部电影的诞生中，不仅包含了电影编剧的创作，还包含了电影导演从文字到视听形象的二度创作以及集体创作。电影剧本作为电影制作的基础，决定了它的主要功能是为影像工作者提供一个实际操作过程的蓝图，而不是提供一个可供阅读的文学作品。悉德·菲尔德曾一再强调电影剧本的基本概念："它既不是小说，也不是戏剧……而是由画面讲述出来的一个故事。"

"一个电影剧本就是一个由画面讲述出来的故事。"（"画面"一词译文有欠准确，英文是 image，亦即"视觉形象"，我们在这里采用中国影视界的一个习惯用语。）用画面讲述故事，就意味着要把剧本中所提到的或讲出来的故事加以视觉化。北京电影学院周传基教授认为，好莱坞从来都是以电影的本体为依据，用视听语言来讲故事，用电影本体来发财的，是靠调动人的视听幻觉来吸引观众的。因此，它的电影剧本所强调的就是：

要给剧本以视觉的幅度。

应该把戏中所提到的或讲出来的事件加以视觉化。

场景是你用活动影像来讲故事的地方。

从视觉上把故事安排得更紧凑。

要写一个富于视觉动力的段落。

主人公走出一家银行，是一个故事；如果跑出银行，那就是另外一个故事了。

我一向花四十分钟读一个剧本，我是在脑海里"看"，而不是从文学风格或内容的角度去读它。

电影是一视觉媒介。你必须设计从视觉上去揭示人物的矛盾冲突。

电影是一视觉媒介。剧作家的责任就是选择一视觉形象或画面，用电影化的方式使他的人物戏剧化。

每一个人物都应从视觉上显示出一种个性。

一个房间的布置必须在房间主人出现在其中以前，就让观众了解到他的性格。

一个人的行为，而不是他的言谈，表明了他是一个什么样的人。

每一个画面都在讲一个故事，种种画面和影像揭示了人物的各个方面。

肉体上的跛——从视觉上——衬托出精神上的特点。

任何场面都处在特定的空间和特定的时间中，而电影的空间是由光和声来塑造的。

周传基教授曾把电影剧本的视觉性和画面感强调到无以复加的地步，他一再提醒初学者：电影剧本只是未来影片的一个蓝图，而且是一个可视的蓝图。

著名电影导演张艺谋在看完刘震云的小说《一地鸡毛》后曾感叹了一声“太电影了”，这句感叹曾被一些文艺批评家斥为语焉不详、文理不通。事实上，这位摄影师出身的中国导演正是“在脑海里‘看’，而不是从文学风格或内容的角度去读”这部小说，在看的过程中已经把小说中的故事、人物、场景加以视觉化了。

电影剧本的内容和形式区别于一般文学作品的特点就是其可视性，即它运用画面与声音组合的思维逻辑来叙事和表意。电影剧本在写作过程中，必须具有独立的视听思维，自觉地把用文字叙述的故事、人物、场境、意境在脑海里转换成画面。

在一部电影的创作中，电影剧本是将要诞生的这部电影的一个蓝图，是一个可视的蓝图。犹如一座建筑物的设计蓝图一般，未来的建筑物是恢宏、雄伟，还是精巧、灵动，全在于蓝图设计者的构想。

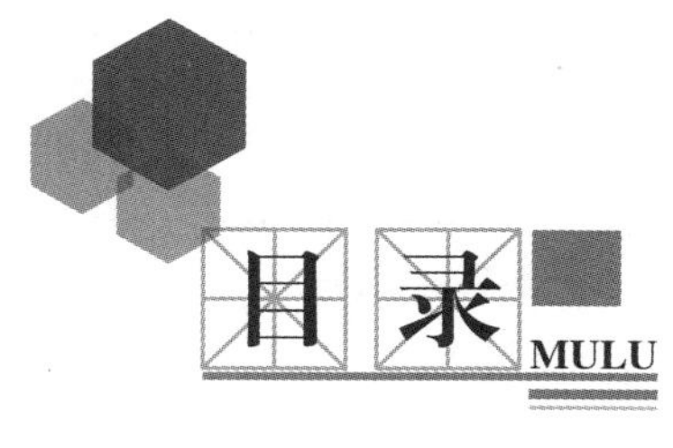
目录
MULU

第一章　主题与人物

电影剧本是继叙事、抒情、戏剧等传统文学类型之后出现的一种新文学类型。最早的故事片是没有剧本的，有的只是存在于摄制者头脑中的构思，后来逐渐从条纲、幕表发展为剧本。电影剧本具有叙事和造型的两重功能，以画面讲故事是其最大的特征。剧本中主题和人物这两大元素是“树立视觉形象”的根本。在一部电影中，主题需要剧情来体现，剧情需要人物来完成，人物的目标追求和情感发展通过动作来表达，在这一过程中，故事主题完成了拓展与升华。

第一节　主　题

一、主题——剧作的灵魂

在教学实践中，笔者不止一次地碰到过学生在完成影视短剧、微电影等作品后说，不知道自己这部作品的主题思想是什么，需要老师帮助阐述其影视作品的主题思想。实际上，在影视教学实践中的确存在着一个对主题的寻找和表达问题。一般认为一部电影的主题应该是明晰的、单纯的，然而大量的现代、后现代电影文本的主题却是模糊、含混、潜隐和多义的。如《广岛之恋》《去年在马里勃巴德》《野草莓》《印度之歌》《精疲力尽》《八部半》《奇遇》《发条橙》《罗拉快跑》《低俗小说》《盗梦空间》《云图》《重庆森林》《大话西游》《太阳照样升起》等现代、后现代电影文本的主题便具有模糊性和多义性，很难让观众明晰作品主题之所在。日本著名导演黑泽明的电影《罗生门》，便是用多视点叙事表达了多义的主题。影片是通过三个象征性人物对一桩不可思议的强奸案进行文本叙事的，由于探求隐私心理的驱使，打杂儿对事件不断追问，并在追问过程中将事件的参与者和旁观者引入文本，把整个故事的发展情节有机地联系起来，为多视点的叙事方式提供了一个合理化的平台。而这个平台由于人物身份的独特呈现出内涵意义的多样性。故事的情节先由卖柴人的叙述展开，即对各种象征性人物在各自的表述中的虚伪道德外衣下的价值寻找。这是影片的第一个视点，讲述者的身份为一般平民，其象征意义和出发点是平民的道德价值观。文本结尾处买柴人的“修改版”，正是通过该视点提供了鉴别整个事件真假的判断依据，还原了事实的真相，揭开两个男人的懦弱、胆怯和自私以及女人虚伪的真面目。但该视点也给打杂儿一个对卖柴人进行道德解构的机会与理由，使卖柴人在不断的追问下，默认了自己不想惹火烧身而在官署面前故意遗漏了一段情节所带来的贪婪或杀人嫌疑，毫无遗漏地解构了作为平民角色的道德价值走向。

第二个视点是行脚僧，从宗教情感的角度叙述武士金泽武弘和妻子真砂的关系，提供了情节发展的开头，并给予故事一定的宗教关怀。其象征意义为宗教上的对终极价值的追问，表现为对客观真理的执着，对怀疑主义的恐惧，对人类美好情感的怀念与记忆。行脚僧第一次叙述结束后，就以一种无奈的表情感叹说：“人的生命就像朝露一样短暂。”此后便用一种不可思议的神态不断重复着那句“真是不可思议”。在每个人都为自己寻找合法外衣的情态下，虽然让观众感觉到他非常迂腐，但行脚僧始终代表着编导的宗教情怀。特别是最后一场“新生”场景的设计，不仅肯定人的同情心，蕴涵了宗教在虚伪道德之间探求真理的尴尬，也为宗教挤出了一条生存的夹缝，即行脚僧的“我又可以相信人了”。影片隐约地从宗教角度来关怀人类，从宗教的情怀来叙述这样一个违反社会正常伦理规范的事件，暗含着宗教情怀能够解决和清除人世伪善的幻觉，于是宗教成为影片编导真正予以肯定的价值观。

第三个视点是强盗多襄丸根据自己的主观看法提供的。他从抬高自己形象的角度来讲述这个故事，这是一个社会伦理制度以外的视角，象征着对社会理性的反抗和原始生命形式的展现。但由于社会规范的排斥，这个角色在多襄丸的叙述中游移在英雄与强盗的角色定位之间。

第四个视点是以一个暴行受害者的角度来叙述的。武士之妻始终强调自己的不幸，把日本传统女性在暴力事件中的真切感受作为事件的重心。日本社会传统价值观对女人的要求与武士之妻在事件过程中的暧昧表现产生了巨大的冲突，即女性的本能欲望与社会规范的冲突。整个事件中，伦理观念的两难选择成为武士之妻关注的焦点，用她自己的话则是“像我这样一个无依无靠的可怜女人该怎么办才好哇”，并以此掩盖事实的真相，铸造自己的道德面具。

第五个视点是从另一个受害者——武士的角度来呈现的。为了掩饰妻子被当面羞辱而自己无能为力的事实，武士讲述了一个为了声誉而自杀殉道的完美道德故事，并借助它来掩盖自己的无能与懦弱，维护作为男人虚伪的自尊，于是美化自己与赞美妻子是他当时语境的唯一选择。

第六个视点是由摄影机形成的观众视点，即摄影机视点。这个视点旨在提供与驾驭框架故事和内含故事，把这些故事显示给观众，让观众去进行价值判断。故事画面由俯拍开始，镜头慢慢进入谈论案件的框架故事中，并通过框架故事中叙事人对人类道德问题的诘问，把故事带入观众的视野，让观众充当价值判断的主角。这是一个建构在框架故事中的隐形叙事视点，它的设置是通过摄影机的运动和观众对案件的审视来完成的。

《罗生门》中多个视点的运用不仅促成了故事情节的发展，而且为故事中的角色塑造和主题表达提供了深刻的内涵与丰富的象征意义。

可以说，在当下的现代和后现代电影文本中充盈着主题表达的含混、模糊和多义。一些学生拍摄的微电影文本中也具有这种现代或后现代模糊和多义特点，如一些学生拍摄的短片包含天马行空的想象和超乎内容之上的形式感，让观者难以抓住影片的主题。尽管我们赞许影视创作中这种天马行空和多维度的影像表达，然而对于初学者来说，对影视主题的表达最好是单纯和明晰一点。因此，在这里有必要对影视剧本主题进行阐述和辨析。

影视剧本的主题即主旨，又称主题思想或剧作之立意。

一般来说，任何艺术作品都有其主题。音乐，有对主旋律的显示、重复、变奏、展开、对比、再现；舞蹈，有基调动作的重复、发展、变化，不同的感情节奏（速度、力度）的处理；美术，无论写意的或写实的，都是以塑造静态视觉形象来反映社会生活。所有文学理论的书中都把主题作为一个重要元素，称之为文艺作品的“灵魂”。

那么，又该怎样理解影视创作中的主题呢？

1929 年，苏联著名导演普多夫金在《论电影的编剧、导演和演员》一书中谈论电影剧作主题时说：“主题是一个为各种艺术所共有的概念。人类的每一种想法都可以成为作品的主题，电影像其他艺术一样，对主题的选择是没有界限的。唯一的问题是它对于观众是否有价值。”如果说，主题是生活暗示给作家的一种思想，那么主题也是影像暗示给观众的一种启示，剧作中的人类行为和社会形态与它所影射的现实世界息息相关。作为生活的创造者，观众从影像里获取的价值就在于它是否能够提供一种思想的启发、情感的填充以及潜在的心理认同。这是一部电影是否成功的关键所在。

法国著名电影导演雷内·克莱尔把电影主题称之为“视觉的主题”[①]，认为“在一部影片中，画面是唯一的叙述手段”[②]。这一论点无疑是对电影艺术形式的一种强调。

普多夫金认为，“主题既经确定以后”，“编剧就要进入通过剧情来处理主题的阶段”。“在这一阶段，作者必须已经清清楚楚看到了未来作品的形式。”“如果忽视这一点在电影工作中的重要性，那就可能发生素材不适合于造型的处理，以致不能表现出来的情况。”[③]为了强调造型对于体现电影主题的重要性，他还专门总结出了一段话：“小说家用文字描写来表述他的作品的基点，戏剧家所用的则是一些尚未加工的对话，而电影编剧在进行这一工作时，则要运用造型的（能从外形来表现的）形象思维。他必须锻炼自己的想象力，必须养成这样一种习惯，使他所想到的任何东西，都能像表现在银幕上的一系列形象那样地浮现在他的脑海。此外，他还要学会掌握这些形象，学会选择那些在他脑海中显得最生动和最明确的形象。他必须像作家掌握文字和戏剧家掌握对话一样来掌握他的形象。”[④]编剧必须具有“像”的造型思维，并以此为基础，实现主题的转换与表现。

李·R. 波布克认为，一部影片的主题不必是某种“教义”，甚至可以不是某种观点。对一个剧本来说，它非常可能仅仅提示某种情调；后来这种情调变成主题……而成为拍摄影片的指导力量。

日本导演山田洋次认为，写剧本当然需要技巧，但只要主题明确，技巧地位就是微乎其微。

悉德·菲尔德的说法就不同了，他认为：“当我们谈论电影剧本的主题时，我们实际上谈论的是剧本中的动作和人物。动作就是发生了什么事情；而人物，就是遇到这件事情的人。”“以《邦妮与克莱德》为例，它讲的是大萧条时期，克莱德·巴巴罗罪帮在美国中西部地区抢劫银行以及他们终于落网的故事。动作和人物，这是使你的一般化想法成为特殊的戏剧化前提的要素。”“每个故事都有明确的开端、中段和结尾。在《邦妮与克莱德》之中，开端把邦妮与克莱德相遇以及他们结成罪帮戏剧化了。中段叙述他们抢劫几家银行，警察在追捕他们。在结尾处，他们被社会势力所制服并且被打死。这里有建置，有对抗，

---

①② [法]雷内·克莱尔:《电影随想录》，邵牧军、何振金译，中国电影出版社 1981 年版，第 95、89 页。

③④ [苏]普多夫金:《论电影的编剧、导演和演员》，何力译，中国电影出版社 1980 年版，第 21～22、22 页。

有结局。”[①]人物的动作发展出剧情，主题则通过剧情得以体现，而剧情必须用造型的素材去表现，强调的仍然是视觉性。

这听起来好像有点儿标新立异。其实，把主题理解为动作和人物的观点，早已有之。

清代戏曲家李渔（笠翁）在《闲情偶寄》中曾说：“古人作文一篇，定有一篇之主脑。主脑非他，即作者立言之本意也。传奇亦然，一本戏中有无数人名，究竟俱属陪宾。原其初心，止为一人而设。即此一人之身，自始至终，离合悲欢，中具无限情由、无穷关目，究竟俱属衍文。原其初心，又止为一事而设。此一人一事，即传奇之主脑也。”所谓“立言之本意”，不妨理解为作者要表达的思想；而“一人一事”，不妨理解为主要人物和主要事件。李渔又说：“‘重婚牛府’，即作《琵琶记》之主脑也；‘白马解围’，即作《西厢记》之主脑也。”这里，主脑显然指的是动作和人物。

虽然李渔把主脑究竟是中心思想还是中心事件混淆了，但与悉德·菲尔德却不谋而合了。

如果将主题与思想分开来说，那就是：主题——剧作者所写的主要事件和主要人物（动作和人物）；思想——剧作者在表现主要事件和主要人物（动作和人物）时，所持的态度、观点、主张，即倾向性。这样，也许就可以把上述看似不同的诠释进行合理的解读了。

二、剧本主题的寻找与表达

高尔基为主题的产生下过一个很好的定义：“主题是从作者的经验中产生、由生活暗示给他的一种思想，可是它聚集在他的印象里还未形成。当它要求用形象来体现时，它会在作者心中唤起一种欲望——赋予它一个形式。”[②]这里，主题不是一个抽象的概念，是经验同生活撞击后的产物。这一表现意向需要作者以鲜活的形象去丰满它，以最合理的“形式”去满足心中欲望的实现。高尔基的定义包含着这样几层意思：第一，主题来源于生活、经验；第二，它从生活、经验（即一般所谓“素材”）中感动、聚集、思考后（即一般所谓“题材”）唤起作家表现的欲望；第三，必须赋予它一定的形式。主题不是从政策的条条框框和抽象的哲理概念中找出来的，而是生活、经验在作家头脑中的反映，使

① [美]悉德·菲尔德：《电影剧本写作基础》，钱大丰、鲍玉珩译，中国文联出版公司1985年版，第9～19页。

② [苏]高尔基：《高尔基文学论文选》，人民文学出版社1959年版，第296页。

作家“不吐不快”的东西——但又不是直接说出来、讲出来的，必须通过一定的形式——形象展示出来。

霍华德·劳逊也有类似的看法。他说，主题是“作家经验积累和思考研究后，逐渐孕育出来的”。

悉德·菲尔德则明确指出：“怎样寻找主题？生活积累、调查研究，采集资料，从报章杂志、道听途说中都可以找到主题……你知道得越多，你可能传达的就越多。”

剧本的创作正是这样。张弦在采访中发现贫穷的农村青年觉得只要认识“男”“女”二字就够了，于是写出了《被爱情遗忘的角落》。山田洋次在火车站听到一个刚出狱的男子给家人打电话，从中受到启发，写出了《幸福的黄手帕》。李一清在采访中发现一个好支书吃官司的故事，写出了小说《山杠爷》，导演范元在此小说基础上创作了获得金鸡、百花、华表三项大奖的著名电影《被告山杠爷》。德·西卡、德·桑蒂斯则是在二战后意大利到处都是失业者的社会现实中，找到了《偷自行车的人》和《罗马 11 时》的主题。

对于初学影视剧本写作的人来说，如何去寻找主题，亦是一个难点。

19 世纪后期，英国著名作家罗伯特·路易斯·史蒂文森说：“写小说有三种方法，第一，或者你先把情节定了，再去找人物。第二，或者你先有了人物，然后去找这个人物的性格发展上有关的必要事件和情节。第三，或者你先有了一定的环境与气氛，然后再去找出可以表现或实现这环境和气氛的行为和人物来。”

史蒂文森关于小说构思的三种途经的论述，“五四”运动以后在中国小说界不断被引用。并由此引申出短篇小说三分法：“发生动作感应者、发生人物感应者和发生环境感应者”，即以情节为中心、以人物为中心和以环境为中心。

针对当下中国电影的创作实际和影视教学实践需要，以及根据影视剧本写作经验，笔者认为在影视剧本的创作中，对主题的寻找完全可以借鉴史蒂文森关于小说构思的三种途经，即是从情节或故事中去寻找主题、从人物去寻找主题、从环境去寻找主题。

1. 由故事去寻找主题

大千世界、无奇不有。现实生活充满无数个或悲或喜、或动情或诡异、或生动传神或匪夷所思的故事。如果把主题看作影视剧作者所描写的主要事件和主要人物的话，那么现实生活中众多的故事就可以构成寻找影视主题的素材。诚如悉德·菲尔德所言：“生活积累、调查研究，采集资料，从报章杂志、道听途说中都可以找到主题……你知道得越多，你可能传达的就越多。”在影视剧本创作教学中，教师常常告诫初学者，不要去硬编一个影视故事（主题），而要到报纸杂志、道听途说甚至各大网站去寻找一个自己能够驾驭和进行影像表达的有意义的故事（主题），这样创作的影视作品会收到事半功倍的效果。例如，从媒体报道过的大学生马加爵杀害四位室友的事件中，完全可以挖掘出一个有着社会心理层面和精神分析内蕴的犹如美国电影《沉默的羔羊》一般的惊悚电影主题。

“香港新浪潮电影”运动的主将严浩导演的电影《天国逆子》，在 1994 年东京国际电影节上获得最佳影片奖，是香港有史以来第一次入围奥斯卡影展的影片，主演斯琴高娃因此片获最佳女主角奖提名。这部电影取材于一个真实的新闻事件，一个长大成人的儿子凭借幼年时的记忆，告发母亲犯有弑夫的罪行。通过深入采访当事人，编剧王兴东在这个故事的影像塑造中，对将孝道作为最高美德的中国传统伦理进行反思，并且对传统文化进行本质性的发问。影片故事梗概如下：

> 小学关校长的妻子凤英不堪忍受丈夫的虐待，同救过她和儿子性命的林场工人有了私情。凤英为了摆脱丈夫的魔爪，在丈夫的饭里下了毒药，没想到却被 14 岁的儿子关健看到。十年后，关健欲为父申冤，状告母亲谋杀父亲。这一举动不被他人理解，关键和凤英都承受了巨大的心理折磨。经过一系列的斗争，凤英最终还是被自己的儿子送上了断头台。

不独在新闻事件中，我们亦可以在网络中去寻找适合影视表达的有意义的故事。两年前，笔者从新浪网上读到一个印度乡村红蝙蝠吸血杀人的真实故事，便构思了一个具有悬疑惊悚主题的电影故事《魔蝠》，当然这个电影故事的背景被移到了中国西南山村中一个具有百年历史的天主教堂之中。电影梗概如下：

> 一个古老的村庄流传着一个关于闹鬼教堂的故事，很多大胆的青年都与村庄饭店老板打赌欲证明这一切都是子虚乌有。然而他们都没有在教堂里安然地度过一夜，全都神秘死亡。直到一年夏天，古村迎来了一位拖着一口铁箱的干瘦老头，他不顾村民和饭馆老板的劝阻执意要在山上的教堂里睡一夜，欲揭开“闹鬼教堂”之谜……

七年前坐火车长途旅行时，在一张为打发时间而购买的小报上，笔者看到了一则民国时期新疆一处绿洲村庄里有鬼魂游荡的奇闻轶事，回来后稍加改编便成了这样一个具有惊悚主题的电影故事《魔地》：

20 世纪中叶，中国北方某城市。几位职业不同、身份各异的客人被神秘的请帖聚集到一处餐厅。他们互不相识，甚至从来没有见过面。几个人发现他们有唯一的相似处：就是 20 年前先后到过一个叫达梅孜克（维吾尔语，意为：魔鬼之域）的地方，他们回忆起了在“魔鬼城”的离奇经历：鬼魂、尸体、葬礼等恐怖的经历让他们对这次聚会的感到不寒而栗，故事围绕着“达梅孜克”之谜缓缓展开……

对于影视剧本编剧而言，在直接与间接的现实生活体验中去寻找具有意义和有市场价值的电影主题应成为一种自觉。

2. 由人物去寻找主题

在当下中国影视创作中，以真实的英模人物作为影视主题的影视作品是主旋律影片一个重要组成部分。《焦裕禄》《蒋筑英》《孔繁森》《钱学森》《邓稼先》《杨善洲》《生死牛玉儒》《任长霞》等众多现实英雄的影像重塑中，使我们找到了家国情怀、奉献精神、英雄情结等主题的表达。除了英模人物，影视剧中更多的是从普通人物形象中去寻找主题。如《二嫫》《九香》《法官妈妈》《黑骏马》等影片就是从忍辱负重的中国女性身上去寻找感人至深的“母爱”主题。

在影视剧本的创作中，常常有这样一种情况，并不是一个故事或一个情节感动了创作者，而是现实生活中和阅读中的一个人物所具有的与众不同的独特气质、独特性格和独特经历打动了创作者，于是创作者在对这个人物的影像表达中寻找了影视剧的主题。在十年前，笔者曾经采访一个年轻诗人激情杀人的案件，便写了一个名为《青苹果的剖面》的电影剧本。这个诗人杀人犯的形象比越南陈英雄导演的《三轮车夫》中那个梁朝伟扮演的诗人黑社会老大的形象还要早。《青苹果的剖面》电影故事梗概如下：

西蓉市接连发生三起恶性杀人案，警方通过现场勘查，发现很多奇怪的现象。凶手是什么人？他连续杀害三个手握实权的领导干部，到底出于什么动机，其目的又是什么？调查中，警方掌握了一个情况：去年建行一个名叫江梦云的信贷员，因为违规发放巨额贷款，在组织调查时，跳楼自杀了，而有关她自杀的各种传闻，使整件事显得扑朔迷离。而三名被杀的领导干部，在去年的贷款事件中，似乎都曾染指……正在此时，本市利税大户，头上有着无数光环的女强人李亚琴接到一个威胁电话，凶手明目张胆地表示，三个人都是他杀的，下一个要杀的，就会是她——李亚琴。三天后在警方的严密监控下，李亚琴依然难逃一死。各种迹象表现，李亚琴等四个人的被杀，和江梦云的跳楼自杀有直接的关系，一场暗中的较量，在警察和凶手之间展开。通过被人陷害、强制关在精神病院的女作家方飘鸿的帮助，警方意外得到了江梦云遗留下的一部摄影机——一个朦胧的身影，让警方人员大吃一惊。最终，警方抓获了有重大犯罪嫌疑的人，可他并不是一个女人，而是一个男人，一个儒雅的男人，一个有着自己的事业，出版过自己诗集的文人雅士。他缘何要接化装成女性接二连三杀人？他的作案动机是什么？面对一言不发的嫌疑人，警方一筹莫展。最终，在女作家方飘鸿的帮助下，凶手终于交代了全部的犯罪事实，同时揭开了江梦云自杀之谜。

笔者创作的国家电网系统第一部数字电影《生命之舟》就取材于五一劳动奖章获得者、感动电力十大人物王金玲的真实事迹。她在 2010 年甘肃陇南“8 · 12”特大洪暴来临时，并没有选择撤离，而是“冒险”送电，为 78 名矿工成功升井赢得了宝贵的 35 分钟，拯救了这些矿工的生命。在影片中我把故事背景移到了舟曲，其电影梗概如下：

2010 年 8 月 8 日凌晨，一场特大的泥石流突袭舟曲县城。一时间，楼房倒塌、河流堵塞，电力、通讯中断，甘肃电力一变电站值班人员金婷面临爱人和孩子生死不明和自身处于多种险境的情况，坚守岗位，确保矿山用电，使井下 78 名矿工脱离生命危险。然而金婷三人却要直面一场生死劫难。伴随着巨大的声响，大量泥石流和树木不断涌入主控室内，洪水深达七八十厘米。金婷三人从窗口艰难地涉水逃出了主控室，手拉手爬了上去一台 3 米高、已固定但尚未启用的变压器。最后前来抢险救灾的消防队员救出了陷在泥石流中的金婷的女儿和母亲，被洪水围困的金婷三人也被电力公司领导率领的抢险突击队救出。

在影视剧本的创作中，通过人物去寻找主题亦是剧作者常用的方法。《中国合伙人》正因为有了创建“新东方”的三个人物才有了电影中成冬青（黄晓明饰）、孟晓骏（邓超饰）、王阳（佟大为饰）这三个合伙人的故事主题。《亮剑》的作者都梁正是先有了亦正亦邪的另类英雄李云龙的人物形象，才有了围绕这个人物形象设置情节、细节和场景的“亮剑”主题。《士兵突击》也是先有了质朴木讷“一根筋”的许三多的人物形象，才有了围绕这个人物设置情节、细节和场景的“不抛弃不放弃”主题。事实上，美国电影《辛德勒的名单》《阿甘正传》亦是从人物去寻找主题的经典范本。

3. 由环境去寻找主题

还有一种寻找主题的方法是先有了一个影视表现的环境，然后再根据这个环境去设置故事、人物和主题。电影《钢的琴》背景环境就在东北老工业区的破旧厂房中，讲述一位父亲用钢材为女儿造一架“钢琴”的故事，为日趋没落的传统工业文明唱了一出无尽的挽歌。

在当下中国电影创作的生态环境中，常常有这样一种创作形式。各级政府部门为了宣传城市建设、企业风采、新农村风貌、旅游景点，要求编剧根据现实环境创作一部电影剧本。如宣传长虹企业的电影《气贯长虹》，宣传青岛海尔集团的电影《首席执行官》，宣传华西村的电影《吴仁宝》和电视连续剧《华西村的故事》等都是从环境去寻找主题的编剧方法。笔者编剧的电影《红色恋曲1933》就是应当地政府投资打造“4A”级景区石桥古镇的“列宁街”而创作的。

四川达县石桥列宁主义街，简称“列宁街”。街上由东向西一字排开四座仿木结构的石牌坊，古朴隽秀，雕刻精美。其中第二道牌坊横额正中雕刻着“列宁主义街”，其“列宁”二字为横书，每字约1平方米，“主义街”三字略小，为直书。镇内至今尚存“打倒帝国主义”“建立苏维埃政权”“工农专政”等38幅石刻宣传标语，极具红军文化特色，被誉为“中国红色第一街”。1933年年底，红三十军政治部进驻石桥镇，组织赤卫军、童子团、宣传队开展建政、扩红宣传活动。由红三十军政治部建立的列宁主义街，标志着石桥镇这个千年古镇，在当时已是当地苏维埃政权的中心。根据这个影视背景，创作了这样一个跨越时空的爱情主题故事，一个关于19岁红军“标语王”桐和石桥镇米铺老板女儿中学生雪儿几十年爱情守望的故事。电影梗概如下：

> 2009年，女记者娜娜在“中国红色第一街”列宁街偶遇白发苍苍的雪姨，从而引发了一场跨世纪的血色浪漫回忆。1933年的绥州（今达州），清纯的雪儿爱上了英俊的红军战士文书桐。后来，红军战略性转移撤出绥州，文书桐也随部队离开。红军连长之妻梅姐在战斗中不幸牺牲，雪儿独自承担起抚养梅姐遗孤的重任，并苦苦等候文书桐归来，但此时，她将再次面临曾经的老师、现已是国民党军官健豪的威逼求婚……

笔者曾为重庆梁平双桂堂写过一个宣传策划，这也可以作为从环境中寻找主题的创作范例，策划动因如下：

重庆梁平钟灵毓秀、人杰地灵。拥有山川胜景和众多的名胜古迹，其中以建于清顺治十年（1653）至今已有三百多年历史的佛教圣地双桂堂最享盛名。双桂堂庙宇为石木结构建筑，共占地七公顷。整个寺庙由大山门、弥勒殿、大雄宝殿、戒堂、破山塔、大悲殿、藏经楼组成，布局奇特，雄伟壮观。庙内有长廊相连的三百多间厢房，并有大小佛像一百余尊。堂内文物众多，有清雍正皇帝亲赐的打击乐器四种，《藏经》一部，圣旨石刻一块，梵文《贝叶经》一部，其他佛经 7 000 多册，破山《语录》12 卷和行书手迹等。寺内桂花飘香，白鹤成群，假山、龙窟、池沼、花园、果园、桥、亭、台等遍布其中，环境幽雅，石刻、浮雕千姿百态；寺外清溪环绕，绿林掩映。然而，近年来对双桂堂及梁平文化旅游资源的宣传力度并不够，完全有必要加大宣传力度，在社会公众面提升双桂堂独一无二的旅游品牌形象，进而提升梁平名胜古迹、自然风光的知名度，由此来提升整个梁平知名度。其中，利用大众传媒树立品牌形象是最直观和最具效果的宣传策略。创作拍摄一部以双桂堂和梁平旅游资源为背景的爱情题材的电影是最好的宣传策略。

《双桂同辉》电影故事梗概：

抗日战争时期，作为政府文史参事的宋翰林担忧独生子宋舒瞳在轰炸中遭遇不测，将儿子送到双桂堂庙宇托付给自己的世交好友竹山方丈照料。宋舒瞳在庙内与美丽的少女桂秋影相爱。得知家人在轰炸中遭遇不测，宋舒瞳非常痛苦，立志要加入抗战事业报国恨家仇。然而在一次物资运送中，宋舒瞳遭到了轰炸，死在了桂秋影的怀里，受尽磨难的桂秋影在产子后香消玉殒……

寻找到主题并不意味着电影剧本写作大功告成，重要的是如何去表达主题。

影视剧主题既然不是说出来、讲出来的，就需要赋予它一种形式——在剧情中形象地展示出来。这就要求电影主题的表达必须是：单纯的、明确的，同时必须是隐蔽的并允许是多义的。

单纯、明确——电影的长度有限，不可能在 90 分钟到 120 分钟展示复杂的剧情，表达复杂的主题。因此，电影主题要求单纯。电影是“一次过”的艺术，看电影不像小说可以反复阅读来弄懂它，电影主题因此要求明确。

隐蔽——电影和一切艺术一样，不能通过说教、讲理去引导大众，而是靠形象去感染人，让人们在“不知不觉”中接受作品传达的思想。正如恩格斯在

《致玛—哈克纳斯》中所说的：作者的观点愈隐蔽，对于艺术作品就愈好些。

多义性，其实早已有之。例如，莎士比亚的悲剧《奥赛罗》，一般都认为它是“嫉妒”的悲剧，普希金却认为它是“轻信”的悲剧，而斯坦尼斯拉夫斯基在《奥赛罗》的导演阐述中则认为它是“人文主义思想的毁灭”。我们说过当代大量的现代、后现代电影文本的主题也是模糊、含混、潜隐和多义的。例如，阿仑·雷乃的《广岛之恋》，是表现种族与爱情，是表现和平与反战，还是表现痛苦与忘却的？黑泽明的《罗生门》是表现人的自私虚荣，是表现人的不可信任，还是表现事物的不可知？它们的主题是暧昧的，但它们的存在未必没有合理性。美国影片《鸟人》的主题是表现“现实对理想的扼杀”。现实与理想的冲突，是一个看似平常其实颇为残酷的主题。导演对人类生活的现实世界、对当今人类领域的自由持悲观态度，同时又对我们的精神领域的自由有着很高的期望。每个人的内心深处都会有那么一块柔软的圣土，它是理想，是梦，是人之所以活着的凭借。影片中的这块圣土是“飞”，而人类所面对的是一个物欲横流的社会，这就像一个孩子对着太阳吹出一个大大的五彩缤纷的肥皂泡，美丽而脆弱，就是这个肥皂泡也被导演给捅破了。

对于初学影视编剧的同学来说，影视主题的表达首先要做到单纯和明确，如同著名编剧王兴东所说：要用最简单的故事讲述最深刻的道理。

第二节　人　物

一、人物——剧作的核心

一切以叙事为特征的文艺作品，无不以写人作为艺术创造的核心。高尔基说“文学就是人学”——这一论断同样适用于电影。文学反映了在特定的时空环境中人的思维及身体活动，以行为为手段塑造形象来反映生活，表达创作者的认知与情感。人学是对人性的探知过程，是通过人的反思来重新认识个体和世界。人学关注人的心灵世界，看重追求生命的意义。这两者关注的重心都在于人本身，透过人类本身去表达灵性的主题。电影剧作以视觉听觉语言为工具，形象化地反映客观现实、表现内心情感和社会生活，以另一种传播形式暗合了文学与人学这两者共同的所指——以人物为核心。

电影剧作叙事的根本特征是，通过对人物形象和性格的发现来反映现实生活，并将现实升华到美的艺术境界。电影剧本所描绘的艺术形象，主要由人物和环境两部分组成。所谓环境，主要是指由人与人之间错综复杂的社会关系、人情关系所造成的特定的社会环境（包括与人物生活有关联的自然环境）；所谓人物，则是指被这一社会环境中诸般现实矛盾以及种种特殊生活形式所制约的有血有肉的性格。

人是社会生活的主体。社会生活中的各种关系、矛盾和斗争，都体现在人与人的关系中。“人的本质并不是单个人所固有的抽象物，在其现实性上，它是一切社会关系的总和。”①黑格尔在论及荷马笔下的古希腊英雄人物时说：“每个英雄人物都是许多性格特征充满生气的总和……每个人都是一个整体，本身就是一个世界，每个人都是一个完满的有生气的人，而不是某种孤立的性格特征的寓言性的牺牲品。”②艺术作品要反映社会生活，就要写人。因为叙事艺术基本上都是以人的活动为内容的。

1. 人物是剧作主题的体现者

黑格尔说:“叙事艺术无一不是通过对不断变化的各种社会关系以及寓于其中的人物命运的描写，来塑造艺术形象，反映特定现实的。”每个人都是一个整体，本身就是一个世界。所以，剧作的魅力来源于人物性格的魅力。换言之，剧作的成败也体现在人物性格刻画的成功或失败上。

剧作的冲突（矛盾和斗争）要靠人物来展开，情节的安排、场面的处理、细节的选择和运用，无不以人物为中心。抓住了人物形象的塑造，也就抓住了剧作的关键。影片《人生》曾被评论家称之为“半部杰作”，这部取材于路遥同名小说的电影对于高加林这一农村青年性格的刻画，可以说仅仅完成了一半而未克全功。高加林既带有新生活的鲜明印记，又带有自身的思想弱点以及历史的不成熟性，暂时尚难走出由农耕文明所形成的文化压抑的怪圈。影片对高加林形象的塑造，既表现了他身上的“光亮面”，也表现了他身上的“阴影”，对他有褒有贬，揭示出这一人物灵魂深处复杂的矛盾，并通过矛盾的展开讲述了相当严峻的人生哲理。高加林丰富的性格和矛盾的心态，他对于现代文明的向往、积极的进取心和带着几分狂热的人生抱负，他的虚荣心、以自我为中心的恋爱观和带有几分不择手段的个人品格，都反映着他周遭复杂的社会关系，体现着新旧交替时期农村各种现实关系的合力。人们之所以称电影《人生》为“半部杰作”，主要还在于剧本对高加林形象的个性化描写是偏于封闭的，以道德化

---

①《马克思恩格斯选集》，人民出版社 1995 年版，第 18 页。

② [德]黑格尔:《美学》，上海译文出版社 1981 年版，第 302 页。

的评价替代了具有历史深度的剖析。对高加林形象的“先褒后贬”，创作者施加了主观的道德化审视，使高加林的个性特征不能以自身生动而丰满的生存形态去展开，在影片后半部高加林“回归乡土”的描写中呈现出“寓言式抽象品”的扭曲形式。整部作品个性与共性没有达到完美的统一，这就是它只能成为半部杰作的最重要原因。

在《红色恋曲 1933》中，笔者设置了一个与众不同的“反一号”国民党军官何健豪。这个人物出身于大户人家、喜欢萨克斯、是个受“五四”影响的新青年，他逃婚来到绥州中学任教，深深爱上了美丽清纯的女学生雪儿。然而，因为父亲被赤卫队所杀而投笔从戎，成为国民党军官。一方面他屠杀被捕的红军、赤卫队员和革命群众，另一方面他又具有传统道德和西方民主意识，不许手下侮辱被捕的红军女宣传员和抢掠百姓。他对已经爱上红军“标语王”的雪儿依旧一往情深，最后为她自杀殉情，从另一个侧面阐释和深化了影片的爱情守望的主题。

2. 观众感受的需要

人们欣赏艺术作品，也是在欣赏自己和同类——任何艺术作品，能够打动观众，给观众留下深刻印象，令观众或爱或恨、或同情或反感的是鲜明、生动、有血有肉的人物形象。

“人生就像各种各样的朱古力，你永远不会知道哪一块属于你。”美国电影《阿甘正传》中弱智英雄阿甘的母亲向观众阐明了一个哲理：每一个人的生命轨迹都是独一无二的存在。阿甘正是听着这样的教诲，一步一个脚印地踩出属于自己的生活奇迹。从智商只有 75 分不得不进入特殊学校，到橄榄球健将，到越战英雄，到虾船船长，到跑遍美国……阿甘以先天缺陷的身躯使自己的人生达到了许多健全人也许终其一生都难以企及的高度。在影片的开头和结尾，一根轻盈而洁白的羽毛从天而降，缓缓地降落在阿甘的脚下。这其实是影片在暗示：这个世界上，如果有人的生命像羽毛般纯洁、平淡和美丽，那么，这个人一定是阿甘。阿甘天生就注定不是一个出类拔萃的人，但上天又是如此公平，往往会令起点不高的人比天生优越感十足的人更早、更深刻地认识到生活的真实。幼年的阿甘腿有残疾，阿甘的母亲不得不为儿子套上一个笨重的铁架子，以辅助行走。放学后，同伴们在路上讥笑他，玩弄他，追赶着向他扔石头。女同学珍妮喊道：“阿甘，快跑。”阿甘惊慌，拔腿就跑，跌倒了挣扎着爬起。渐渐地，铁架子不再束缚着他，他奔跑如飞，同伴们追不上他，眼睁睁地束手无策。这是阿甘人生中的第一个奇迹。凭着惊人的奔跑速度，阿甘进了橄榄球队，以后又进了大学并顺利毕业。不久，他参加了越战。在越南战场上，阿甘的部队中了埋伏，撤退令下，阿甘记起珍妮的嘱咐："打不过，就跑。"阿甘于是转头就跑。他成了唯一幸免的人。看到这里，观众大概都会发笑。阿甘如果不是跑得快，就不可能后来返回去救出负伤的战友；阿甘如果不回去拯救战友，那么阿甘也就不是阿甘了。编导为观众准备了阿甘人生中发生的一幕幕喜剧，但观众却不会为此而觉得夸张、可笑。在现实生活中，人们常常感觉到生活的负担过重，面前困难重重，因此整天垂头丧气、郁郁寡欢。而阿甘的所作所为给了人们深刻的启迪，他的信念是如此的单纯，目标是如此的清晰，即便先天不足，前有艰难险阻，他仍以平常心视之并最终一一跨过。这并不是说愚人之福。保持这种态度和意志的阿甘，靠信念能减轻许多生命的重负，而使他达到生命之巅。《阿甘正传》的编导通过阿甘和珍妮的命运的对比，通过丹尼乐中尉命运的变化告诉观众一个哲理：人的命运是掌握在自己手中的，要靠自己的奋斗来创造命运，即便我们有各种缺陷，承受着各种不幸和灾难，但是只要能坚定一种信念，就能创造出奇迹。

近年来，随着《新结婚时代》《麻辣婆媳》《媳妇》《双面胶》《双城记》《王贵与安娜》《媳妇的美好时代》等众多反映当代年轻女性婚姻状况的电视剧作品的热播，引发了社会对于电视剧中"媳妇"的关注，而这一现象被称作"媳妇"现象，甚至在"媳妇"现象中凸显了一个典型的形象——"国民媳妇"海青。事实上，这类引发社会各阶层人士广泛共鸣的家庭伦理剧具有深厚的社会文化内涵和社会心理内蕴。一方面这些影视剧为大众提供生活的真实演绎，带给大家一种具有生活气息的艺术作品；另一方面又集中反映了大众的生活模式和婚姻问题，生产了一种大众文化。影视剧作为最现代的信息载体和最直接的婚姻家庭的信息传播方式，不可避免地成为影响当代女性认识婚姻的重要因素。

二、性格是人物魅力之所在

性格决定命运。人的性格渗透于人类行为的方方面面，必定也影响着人类生活的方方面面。"个性"这个词在心理学中是一个内涵极为丰富的概念。从内因上讲，"个性"包括了能力、气质、性格、品质几大方面；在自我调节上，包括了自我认识、自我评价、自我体验、自我调控等；从行为上讲，包括动机、需要、兴趣、价值观等。然而，只有性格才是个性的核心。爱因斯坦曾说："优秀的性格和钢铁般的意志比智慧和博学更为重要……智力上的成就在很大程度

上依赖于性格的伟大，这一点往往超出人们通常的认识。”[①]

可以说，创造人物性格是创作影视剧本中最核心的要务。在写作理论上，“Character”一词，可译为“人物”，亦可译为“性格”。人物即性格，作家创造人物即是创造性格。性格，是指人在特定的社会关系中全部稳定的行为和心理特征的总和。生活中的人是千姿百态、千差万别的，人们关心的不仅是他们的高矮胖瘦、外貌美丑，更重要的是他们在社会生活中、在人与人的关系中，以及不断发展、变化的冲突中所表现出来的独特的性格魅力。从“人学”的角度来探讨，艺术中性格的美，主要发源于它反映现实矛盾的无限多样性和对于“人的本质”的独特发现。莱辛在《汉堡剧评》中指出：“一切与性格无关的东西，作者都可以置之不理。”[②]人物性格的刻画，贵在透过它揭示出时代、社会、人生的真谛，给观众以某种思想的启迪。电影剧作不同于其他叙事性文学作品的地方仅在于，它是用电影诉诸视听的特殊艺术手段来塑造人物性格的。在影视剧中，人物性格对整部作品的支撑作用是显而易见的。试想，如果没有优柔寡断的王子，还有《哈姆雷特》的精彩吗？

近年来，在中国的影视剧创作中，曾有两部因塑造人物性格的成功而脍炙人口的电视剧杰作，这就是《亮剑》和《士兵突击》。可以说，这两部作品都塑造出了性格独特的“这一个”另类英雄，构成独特的影视创作领域的“李云龙现象”和“许三多现象”。

《亮剑》中的李云龙在上级眼里是“能打仗，也能惹事”，“这小子是块打仗的料，使起来也很顺手”。但李云龙也很难驾驭，是一匹烈马，一不留神就会给人闹出乱子来，所以领导对他的评价，是既喜欢又头疼。

在友军楚云飞眼里，李云龙有勇有谋，不循常规，是胆大包天的骁勇战将，他是土包子出身的作战天才。没有进过军校，他也是有英雄气概的，值得交往的一个血性汉子，是个硬汉子。当然，在楚云飞眼里，李云龙也有很不好的一面，就是这个人是个只能占便宜、不能吃亏的主儿，在有些时候有些无赖、有些难缠。他的政委就曾经开玩笑说：“楚云飞和李云龙打交道，叫做君子碰上了小人了，你君子就占不着便宜。”

在敌人眼里，李云龙是不循常规出牌的一个神秘可怕的对手。日本情报部门对他进行研究后给出这样一个结论：李云龙性格桀骜不驯，胆识过人，意志坚毅，思维方式灵活多变，多采用逆向思维；处事从来不拘泥于形式，是个典型的现实主义者；纪律性差，善做离经叛道之事，不是个守规矩的人；实战经

---

① 潘东麟：《性格决定命运》，吉林大学出版社 2010 年版，第 6 页。

② [德]莱辛：《汉堡剧评》，张黎译，上海译文出版社 1981 年版。

验丰富，战斗中心理素质极其稳定；精通射击术，能够双手使用手枪，达到首发命中；受过格斗训练和刀术训练，科目是中国武术，级别不详。

事实上，李云龙的性格是一个多种矛盾综合体。就如黑格尔所言："是许多性格特征充满生气的总和……是一个整体，本身就是一个世界……而不是某种孤立的性格特征的寓言性的牺牲品。"他有着传奇般的战斗经历，屡建奇功，但他也是个惹事精，一不留神就弄出麻烦来了，这是一对矛盾；他是顶天立地，豪气干云的大英雄，又是脏话连篇，喜欢吹牛，缺乏文化修养的粗人，这是第二个矛盾。他率真、义气、性情粗犷，又粗中有细，精于算计，从来不吃亏，具有中国农民式的狡诈和狭隘等。李云龙的人物性格就是这样一个复杂的综合体。然而李云龙性格最闪光的，也是最有感染力就是：逢敌必亮剑，狭路相逢勇者胜！勇往直前，无坚不摧的战斗意志。他从不言败，意志坚定，坚持己见。在每一次战斗中，他都从不言败，都把自己队伍的精神发挥到极处，亮剑精神已经成为了他的军魂。无论面对如何强大的敌手，明知不敌也要毅然亮剑，即使倒下，也要成为一座山、一道岭。

与叱咤风云的李云龙的性格相反，《士兵突击》中一根筋的许三多是另一种英雄，是韧性的、木讷的英雄。《士兵突击》中的许三多憨厚、老实、淳朴、善良、乐观，却又的确够笨。他反应慢、不晓人情世故、笨嘴拙舌。然而，他又行事专注、长于强记、毅力超人。

> 许三多常跟人进行的对话是："×××（例如打扑克）没意义。""那你说什么有意义？""有意义就是好好活着。""那怎么算好好活？""好好活着就是做有意义的事。"这种翻来覆去的解释常让与许三多对话的人摸不着头脑，但他用自己的行为贯彻着自己的原则。最终他做出了许多有意义的事情，其他人则相形见绌。
>
> 在剧中，连长高城曾对许三多有这样的评价："他每做一件小事的时候，都像救命稻草似的抓住。有一天我一看，好家伙，他抱住的已经是一棵让我仰望的参天大树了。"

在现实中，"有意义""不抛弃不放弃"，已经跻身当下的流行语，甚至不少"突击粉们"开始坚持每天至少做一件有意义的事，并随时发到网上向其他粉丝们"汇报成果"。许三多的性格也有着许多优秀的品质，例如，顽强的意志，友善的作风，集体荣誉感强，鲜明的是非观念，笨鸟先飞的竞争哲学，事在人为的实践美学，追求有价值、有意义的生命体验，等等。但是，这些因素，只能论证出许三多是一个优秀的士兵、一个积极上进的人、一个称职的螺丝钉。

导致“许三多现象”应该有两个关键点：一是超人的完美道德，二是本能地对部队军事纪律的严格服从和执行。如果要让一个道德完美的许三多完全避开那些错误的明规则或潜规则，或者灰色规则，就要找一个只有正确规则的环境，而这个环境只能是军队。在正确地服从正确的军令的士兵面前，任何人都会感到无地自容，何况本来就具有完美道德的许三多。于是，剧情中我们就发现一个凡人面对上帝时候的感慨，即张干事前往驻防部队采访许三多的先进事迹，在逆光之中，看到坚守岗位的许三多的身姿，连声惊呼、感叹完美那一段落。于是，一个假定的人物——超人的完美道德，在一个人造的正确规则之中——军营，就完成了一个神话的想象和构造。

三、如何塑造人物

人物有主要人物、次要人物和群像之分。主要人物必然处在剧作所描写的各种矛盾和斗争的焦点上，是艺术提炼生活的结晶。

首先，创作者要了解所创作的人物，包括他的职业生活部分、个人生活部分、隐私生活部分；他从出生到现在的生活（内在的生活）、从故事开始到结束的生活（外在的生活）；他要做什么、他在做什么、他做的结果如何。有些编剧在剧本写作时先给人物写履历就是一种很好的方式。

其次，创作者要揭示所创作的人物性格。确定他的需求——观点、态度、行为动作。针对这些需求设置障碍——赋予故事以戏剧性的张力。通过他的戏剧性需求过程中所经历的冲突、揭示他与其他人物之间的冲突、揭示他自己情绪的冲突来完成动作——完成人物。

最后，处理好人物间的对话。对话是和人物的需求、希望、梦想相互联系的。对话必须把故事的信息或事实传达给观众，必须展示冲突并推动故事向前发展，必须表现人物的感情状况和性格的独到之处。

> “×××（例如打扑克）没意义。”“那你说什么有意义？”“有意义就是好好活着。”“那怎么算好好活？”“好好活着就是做有意义的事。”

这种循环论证式的对话正是《士兵突击》中许三多性格的精当注脚。而《亮剑》中李云龙的性格特点也体现在他的对话中。

> “老天有眼。别打了，别打了，停止射击，千万别打死那个日本少将，老子要跟他过过招。同志们，活捉那个日本少将，冲啊。”

“老婆被人抓走了,咱连个屁都不放那还是爷们吗？就这个理由，我李云龙不掖着藏着，到总司令那儿，我也敢说。还有一条理由，这一仗是为咱赵政委，为咱们独立团牺牲的弟兄们，为赵家峪死去的乡亲们，报仇!”

“别扯淡了，活人还能让尿憋死。这次咱们的兵力是八比一，这种富余仗，我八辈子也没有打过，咱们就敞开了当回地主，没有助攻，全他娘的主攻。你三营长别嘴咧得跟荷花似的，助攻改主攻，我一不给你加人，二不给你添枪。一个字，一字之变，要变出杀气来，要给我大打出精神头来。”

“今天我李云龙来，没有别的事，来给你们上上课，课文也好懂，只有八个字：杀人偿命，欠债还钱!”

“除了二当家的，其余的都走吧。我也给孔团长留点面子，你看看他招的这些兵，孔团长已经给你们派了政委、指导员了，剩下的课让他给你们上吧。都走吧。”

四、人物的类型与设置语境

类型化不仅是好莱坞电影题材划分的标准，这同样体现在人物形象的塑造上。在美国影视作品中，尽管英雄总是作为主流意识形态的“边缘人”出现，尽管政府乃至总统总是受到批判和嘲弄，但这种批判与嘲弄绝对不会超过一定的“度”。《勇闯夺命岛》中，总统是在不断地权衡利弊得失之后，在 100 万市民与 81 名人质之间选择了对夺命岛实施空袭的,这使得电影作品获得了一种叙事的可信性，同时又不至于引发对“美国精神”的怀疑。

生活在现实世界中的人总是面临着多重压抑。自然界的天崩地裂、洪水猛兽、生老病死，人世间的处心积虑、沟心斗角、尔虞我诈，使人的内心充满了孤独、焦虑和忧郁之情。随着现代科学技术的发展，人类发现最可怕的威胁并非来自于自然界，而很可能是来自于人类自身，战争危机、能源危机、人口危机等。人类发明了机器，机器又反过来构成了对人某种程度的控制。人与人之间变得越来越淡漠，越来越无法沟通。美国影视作品正是通过对英雄的塑造，满足了人们潜意识中对偶像的期盼和崇拜心理。在这个没有英雄的世俗化时代里，艺术中的英雄成为了人们崇拜的唯一偶像。同时，这些作品还可以让人体验到一些最为原始、也最具生命力的内心情感，如欣喜、惊奇、恐惧、爱慕、

仇恨等。观众在观赏影片的过程中，总是处在不断的角色置换之中，有时将自己想象成无恶不作的坏人，满足现实生活中受到禁止的攻击欲、破坏欲；有时又把自己想象成为英雄，从中获得一种类似于报复、惩罚、正义、胜利的快感。这样，影视作品所隐含的正义战胜邪恶的道德神话就不再是历史的再现和现实的写照，而是集中表现了一种民族精神和道德理想。

“美国精神”是通过那些出生入死、叱咤风云，既建功立业又赢得美人芳心的英雄人物得以表现的。这种英雄神话恰好满足了世俗化时代的观众无意识中对英雄的期待和崇拜心理。这些英雄是同特定的明星联系在一起的，大致有下面几种类型。

1. 力量型

以阿若德·施瓦辛格、西尔维斯特·史泰龙主演的影片为主要代表。这类英雄一般具有超人的体魄和力量，在同坏人的较量中大显神威，无往不胜。施瓦辛格在《真实的谎言》中，除了展示了他那大块的肌肉和超人的功夫以显示“英雄本色”外，还表现了他作为一个丈夫的个人情怀，展示了一种情感的力量：硬汉的柔情同样是十分动人的。

2. 偶像型

以基努·里维斯、凯文·科斯特纳、汤姆·克鲁斯、哈里森·福特主演的影片为代表。这类英雄既有英俊潇洒的外表，又有男子汉的力度。基努·里维斯长着一张英俊的脸庞，作为一个青春偶像，他在《生死时速》之后又拍摄了《云中漫步》《爱情故事》等影片。哈里森·福特主演的影片总是能将矫健的动作与儒雅的风度天衣无缝地结合在一起。

3. 知识型

在传统意义上，这类人物与英雄根本沾不上边。他们既不是肩负使命的警察，也不是身怀绝技的孤胆英雄；既不具有英俊潇洒的外表，也不具有超凡惊人的力量。他们的社会身份往往是医生、博士、专家等，即平常意义上的“知识分子”。《勇闯夺命岛》中由尼古拉斯·凯奇扮演的生化武器专家史丹利·古斯，是一位不像英雄的英雄。这位把枪放在袜柜里的人，同样表现得无所不能。他能够说服梅森参与营救人质，在梅森逃跑后，他还可以演出飞车追逐的好戏，并在一连串曲折离奇的经历中将这位具有不可思议能力的职业越狱专家管理得服服帖帖。

4. 凡人型

在《无名英雄》中，达斯廷·霍夫曼以高超的演技，出演了班尼的形象。同一般英雄形象不同，班尼不仅没有那些令人肃然起敬的品性，还有一些“反”英雄的色彩。他是个小偷，自私、胆小、卑怯、猥琐，有世俗的烦恼，连离异的妻子也瞧不起他，只有儿子才是他自欺欺人生活中唯一的眷恋。但就是这样一个世俗凡人，一个有着种种缺陷的人，不仅冒着生命危险救出了几十位遇难飞机乘客，还在被人冒名顶替领走百万奖金之后，又“拯救”了那位冒名顶替者。这部影片试图告诉人们，每个人内心都会有善良正直的一面，每个人都有可能成为英雄。

5. 弱智型

这类英雄与常人相比，有着明显的缺陷，但在某一方面往往有特异功能，并且能够获得超常的成功。《阿甘正传》中的阿甘正是这样的人物形象，这个智商只有 75 的弱智儿，不仅获得了令正常人难以想象的成功，使因身残而心灰意冷、愤世嫉俗的丹尼乐中尉重新鼓起生活的勇气，他自身也成为“美国精神”的一种象征。

巴拉兹曾说：“英雄、俊杰、楷模、典范是所有民族的文学中不可或缺的，从远古的史诗到近代的电影莫不如是。”美国影视作品中的英雄是美国价值观的捍卫者和体现者，他们总是竭尽全力保护脆弱的社会、善良的人们免遭破坏和迫害。英雄不仅能够惩恶扬善，匡扶正义，而且能够重新确立被金钱所迷惑、被邪恶势力所压制的信念和理想。他们不仅要同敌手搏斗，还要和腐败、无能的政府抗争，从而让观众满足在这个没有英雄的年代里对英雄的渴望，并一泄平时的抑郁之气。在文化与反文化的二元对立中，影视剧使观众获得了双重的快感和满足，成为了在现实生活中难圆美梦的人们的视听神话。

五、情节推动人物性格的发展

在影视艺术中，情节包含了两种因素，人物外部行动的进程和人物心理动作的进程。“我们可以把前者看成是情节的‘外壳’，而把后者看成是情节的‘灵魂’。或者，可以把前者称之为影片的‘外部情节’，而把后者叫做影片的‘心理情节’。”[①]两种情节在一部作品中会因表现内容和导演风格的不同而有所侧重，但它们是不可缺少的。过去的影视剧作品往往比较多的强调外部情节，现

① 谭霈生：《电影美学基础》，江苏人民出版社 1983 年版。

代影视作品则比较重视心理情节。就编剧来说，这两方面的情节因素都是不能缺少的。

《辛德勒的名单》的纪实化美学风格是非常明显的，但它同早期意大利新现实主义的纪实化风格是完全不同的，其区别就在于在强调外部情节的同时，注入了心理化等非美学因素。心理世界的真实，补充了单纯在外部强调纪实化的某些不足，从而使作品的整体性纪实化艺术效果得到了充实和加强。作品中的法西斯代表人物阿蒙·戈特，就没有被描写成一个简单化、模式化的纳粹分子形象，影片在表现他的残暴性格的同时，对他的心理进行了深入的刻画。他很想学辛德勒处世冷静、稳健的作风，但他的权欲本性又使他无法控制住自己，忍不住还是杀了不该杀的人，这是他心理世界一个侧面的真实写照。作品还对这一反面人物心理的更深层次给予了真实的揭示。戈特杀人如麻，但他也渴望爱情，尤其是在他发现海伦·凯丝这个犹太姑娘后，他陷入了不能自控的爱欲之中。利用权力，他可以将姑娘留在身边做女佣，但他却无法真正地去爱她。有一次，海伦替他修指甲，他忍不住想贴近她，但一想到自己的军官身份，他理智地暂时控制住了自己的欲念。可是在他跟随海伦走到地下室时，他还是忍不住欲念的煎熬，从姑娘身后紧紧地搂抱住她，嘴里还发出一种渴求爱情的喃喃自语。海伦没有任何反应，呆若木鸡，一言不发。她的这一“无反应”的反应，似乎唤醒了戈特的理智，感觉到了自己的失态行为，于是他就立即用狠狠抽打海伦来发泄自己被扭曲的欲望。他在对爱情无望之下，对辛德勒说：“问题不在于我们，在于战争，他们把犹太人比作洪水猛兽，比作寄生虫。”当他看见辛德勒因在生日晚会上接受了两位犹太姑娘的亲吻祝贺而遭到盖世太保的责问时，竟主动为其开脱罪责，这更是戈特矛盾心理又一次情不自禁的流露。这也说明，心理化的描写不仅不会损伤原有的基本审美格调，而且还能使其得到强化和加深，同时也为外部情节提供了心理依据，使人物更加真实。

既然情节包含了事件与事件之间的因果关系，编剧在构思和处理情节时，就应该通过这种因果关系揭示出某种规律性，并通过情节引导观众去认识复杂的社会生活。情节既然是表现一种事实间的因果关系，那么为什么又会在影视艺术的发展过程中出现“非情节化”的理论与实践呢？“非情节化”的理论根据正是要否定生活事件中的因果规律。艺术创新必须打破模式化的阻碍，但创新的依据仍然是生活，脱离生活的艺术创新，最终只能走向自我否定。苏联电影艺术家罗姆在20世纪60年代曾提出这样的观点：电影创作中存在着一种公式化的倾向，其原因在于“选择事件的原则、展开情节的原则类似于戏剧的原则”，在发展冲突、展开情节时，“只选取有助于合乎规律地展开故事的那些东西”。“可是生活本身却不是这样——无论是生活的内容，还是生活的发展，也都更为复杂。实际生活事件的顺序，以至这些事件的形式本身，有时使我们觉得实在太古怪，仿佛是偶然的、不合乎规律的。然而，正是在生活事件的这些仿佛如此的无规律中，蕴含着生活的极其深刻的丰富性，有时还包含着所发生的事件的意义”。既然情节是对生活事件的艺术处理，那么，强调事件的“无规律性”必然会导致“非情节化”。应该怎样评价“非情节化”这一“新浪潮”的产物，还是要根据具体的创作实践来决定。

吕克·戈达尔创作出一部让整个西方影坛震惊的作品——《精疲力尽》。无论是内容，还是形式，其反传统的特点都令人震惊。因此而引发的争论自然也是难免的。有人认为这不过是一个完全不会电影创作基本法的孩子的“拼贴画”，连最起码的“蒙太奇”技法也不懂。也有人做了令人咋舌的评价，布努艾尔说：“除了戈达尔，我丝毫看不出‘新浪潮’有什么新东西。”存在主义哲学家萨特则从哲学的高度对影片加以分析和肯定：“戈达尔之所以对文化有着持久的号召力，原因就在于他自己没有号召……在戈达尔的影片里学问太多了，而表现在戈达尔身上却太少了”。路易·阿拉贡在《法兰西文学报》上撰文宣告：“今天的艺术就是让-吕克·戈达尔，因为除了戈达尔就再也无人能够更好地描写混乱的社会了……”

那么这部影片到底讲了些什么呢？

身无分文的街头混混米歇尔从马赛偷了一辆小汽车，在驶往巴黎的路上，他因超速行驶被警察逮住，为了脱身开枪打死了一名警察。来到巴黎后，他躲进当记者的女友帕特丽夏的住处。帕特丽夏去报社时，警长要她一有米歇尔的消息就打电话相告。帕特丽夏对米歇尔的心态很复杂，一面深深为他对一切都无所谓的劲儿着迷，一面叩嫌弃他太吊儿郎当。两人经历了一系列的爱和情感挣扎后，帕特丽夏最终向警察局告发了他。米歇尔在面对情人的背叛后感觉到“精疲力尽”，他放弃了逃跑。警察赶来时，他捡起朋友临走时丢给他的枪，走到屋外，想再走几步，却被警察击中倒地。帕特丽夏赶到他跟前，他朝她做了个鬼脸，吐出“该死的”几个字，死去。

其实影片并没有让人感到非常惊奇的情节，只是从根本上否定了传统的叙事模式，代之以杂文式的新颖叙事技巧，将各种各样的生活素材天衣无缝地进行拼贴，以追求理想的“真实”。戈达尔提出了“电影是每秒钟 24 格的真实”

的著名口号，并将它付诸实践。在影片中，戈达尔有意避开那种首尾相衔、情节跌宕的结构方法，限制和缩小了影片的叙事成分，让生活在银幕上流动，从而拆除了影片同观众之间的观赏心理障碍。由于人们所习惯的审美心理已形成模式，总认为一定要按照传统的社会道德观念塑造出各种正面和反面的人物，但戈达尔却没有按照“好人”和“坏人”的模式去表现他的人物，而是完全按照现实主义中的人物自身的言行举止来表现他们。如果说米歇尔是个我行我素、随心所欲的人，最后他还是“精疲力尽”死在了警察的枪口下，这又使他成为了一个可怜的悲剧性人物。帕特丽夏帮他偷车，和他混，为保护他还向警察撒谎，可又告发了他。按传统观念，她的这一行为应是“好人”的行为。警长开枪打死米歇尔完全是为了表现自己，因为他已不愿再逃跑了，不用开枪也能抓住他，难怪米歇尔要说“真可恶”，让人感到奇妙的是，打死米歇尔的警察竟对帕特丽夏说米歇尔在说她“可恶”。这话出自于警察之口，就不能不让人深思，这是个怎样混乱的社会了。该片被视为“新浪潮”电影的宣言。20 世纪 50 年代末，法国社会动荡不安，青年一代普遍对政治产生了厌倦情绪，他们拒绝走父兄的道路。在此期间，苏联共产党揭发了斯大林的一些错误，法国左派青年也因此对共产主义产生了不解和疑虑。与此同时，右派青年对戴高乐将军奉行的非殖民化政策产生质疑，担心法国在国际事务中的影响会因此下降。另外，高速发展的科学技术也使一代青年深深感到他们与社会日益加大了距离，使他们陷入彷徨和苦闷之中。正是在这样的社会背景下，“新浪潮”电影运动诞生了。戈达尔塑造的米歇尔正是这样一个游离于社会之外的反英雄的形象，是“愤怒的青年”，是“垮掉的一代”中的一员，他以逃离的形式反叛社会。萨特的存在主义认为存在先于本质。《精疲力尽》正是以人物自身的行为展示了他们的存在，至于各自的本质如何，存在已经说明了。影片的这一哲学观符合了萨特的存在主义思想，而获得了他高度的评价。

《精疲力尽》完全不按故事发生的因果关系构思排列，各种事情的发生无法预测，镜头与镜头之间的连接不用任何技巧，直接切入切出，甚至打破常规自由跳接，连景别的大小和远近也不在乎。戈达尔说：“我认为自己是个杂文作家，我用小说的形式写杂文，或者用杂文形式写小说；我不过非常轻而易举地将它拍成了电影，而不是将其写下来。”

这里我们论述了情节发展对塑造人物性格的重要作用。至于影视剧本创作中如何处理情节和故事的关系，将在下一章进行论述。

练 习

1. 请叙述影视剧“主题”的概念，并概括三部电影的主题。

2. 写一份简洁的人物介绍，在这份介绍里，写出希望观众了解的人物的五个特征（请不要包括头发颜色或者身高之类的东西，除非这与你的故事有关）。并论述如何用视觉化的语言将这些特征传达给观众。

3. 收集 15 个空白注释的卡片，把它们分成三组，每组五张。在第一组的每张卡片上，写下一位影星的名字；在第二组的每张卡片上，写下一个有趣的事件；在第三组的每张卡片上，写下一个有特色的地点。把每一组的卡片都翻过来，没有字的一面向上，随意在每组卡片中抽取一张，用三张卡片上的人物、事件、地点构建一个电影大纲。

第二章　故事与情节

叙事学研究者认为，故事由一个或多个元素依据人物、时间、空间、因果、秩序结构而成，所谓“元素”就是故事所叙述的“事件”，即故事中所发生的动作。具体的故事元素包括，时间、地点、人物（即故事的主要角色），主要人物的动机和其他关键性的次要角色，冲突以及相关的行为事件，高潮，结局。这些都是重要的故事元素，是发展一个故事的必备要素。

情节是事情的变化和经过。在叙事作品中，情节就是构成故事的一个个环节。通过一个个情节，在构成故事的过程中完成对人物性格的塑造。而故事则是由一组组情节以一定的内部结构或线性关系排列组合而成，最后达到表现主题、升华思想的目的，因而，情节是叙事的核心，是故事的构成。

按俄国形式主义学说的观点，“故事”是原生形态的，遵循事情发生的正常顺序的，而“情节”则是人为操作的结果，对“故事”进行了某种结构、层次等方面的重新安排。一般按内容和形式的两分看，“故事”往往是属于内容层面的，和题材等概念直接挂钩；而“情节”则复杂些，有形式层面也有内容层面，或可以这么说，“情节”就是呈现于文本当中的“故事”，已经是形式化的内容了。

第一节　用影像讲一个好故事

获得2012年诺贝尔文学奖的中国作家莫言，自诩是一个讲故事的人，他在瑞典学院发表演讲，主题即为“讲故事的人”。诺贝尔奖评委会给莫言的颁奖词是“将魔幻现实主义与民间故事、历史与当代社会融合在一起”。莫言在他的小说中构造独特的主观感觉世界和神秘超验的对象世界，他以天马行空的叙述、陌生化的处理，将虚拟的“山东高密东北乡”一个个祖辈和父辈、历史与当代的传奇故事演绎得如此神奇而瑰丽。

无独有偶，笔者在与美国电影《第五元素》编剧之一的罗伯特·马克·卡门先生和视觉特效总监马克·斯泰森先生座谈时，他们一再强调好莱坞电影成功的关键就是“故事”。而马克·斯泰森先生更是强调所有的数字特技就是为“故事”服务的。以纪实美学而闻名的法国电影理论家安德列·巴赞于1939年指出，好莱坞电影具有“古典艺术的全部特征”。他认为，使好莱坞雄霸世界影坛的原因，“不只是这个或那个电影制作者的天才，而是创作体系的天然优越，永远充满活力的传统的丰厚与它同新的元素结合时的旺盛繁殖力”。好莱坞从古典戏剧和19世纪的小说汲取了成功的经验，吸收了它们的美学原则和叙事模式，并且结合电影作为现代艺术媒介的特点，沿用了电影的基本表现手段，从而形成一个复杂的、能进行自我调节的系统。

一些电影史学家对好莱坞传统电影原则进行了这样的归纳：

第一，讲故事是个基本的、惯常的主题。

第二，“三一律”是电影形式的基本特征。

第三，追求介乎戏剧和自然之间的真实。

第四，用剪接和“看不见的”叙事来掩盖人工痕迹。

第五，影片必须清晰、易懂。

第六，具有基本的超阶级、超民族的动情力和感染力。

这些原则首要的一点就是讲故事。事实上，用影像讲一个好故事，不仅仅是导演的事儿，也是编剧的事儿。电影剧本是未来电影可视的蓝本，怎样去讲一个通俗易懂、老少皆宜，具有超阶级、超民族的动情力、感染力且具有普世价值的故事，这是每一位电影编剧必须面对的课题。

用影像讲一个好故事！这是电影成功的关键所在。然而，令人遗憾的是，大多数中国电影编导却不会用影像讲故事。造成这种情况主要是由于我国的影视学院在编导人才培育中长期对故事与好莱坞创作方式的漠视与贬低。“文革”后的电影教育家们常常教导电影学子要“站在大师的肩膀上”，而他们眼中的大师却是欧洲艺术电影、小众电影、沙龙电影的大师，如安东尼奥尼、费里尼、伯格曼、戈达尔、特吕弗等现代主义电影大师。事实上这些大师的创作实践并不是致力于用影像去讲述一个通俗感人的好故事，而是致力于去建构一个在存在主义哲学和精神分析层面上属于自我的超然的主观影像王国，这注定了他们所创造的电影文本与作为大众传媒的电影根本属性相去甚远，只能是一种小众的、沙龙的精英电影文本。20世纪八九十年代，在中国电影的先锋实践的“探索片”大潮中，力图“站在大师肩膀上”的新一代科班出身的电影人不屑于用影像去讲一个完整、好看的故事，而是热衷于形形色色的“先锋”实践，常常在创作的电影文本中负载一些观念和哲理，把电影文本搞成一堆观念的“碎片”。

这类电影也注定是小众的，发行的电影拷贝数量甚少，甚至还有零拷贝的记录。对好莱坞的轻视、对电影故事营造的漠视，使当代中国电影编导在面对以好莱坞为代表的商业电影大潮来临时有点手足无措，发现自己根本就不能用影像去讲通俗易懂的好故事了。不可否认，进入21世纪的当下，在对好莱坞商业电影的借鉴和学习中，有屈指可数的中国编导可以用影像去讲一个还算精彩的电影故事，然而与好莱坞的差距依然不小。只要把中国当代最好的商业电影文本和《泰坦尼克》《阿甘正传》《角斗士》《辛德勒的名单》《拯救大兵瑞恩》《勇敢的心》《阿凡达》等好莱坞电影相比较的话，就知道两者之间的差距有多大。

电影故事的精彩与否，来源于电影编剧的巧思。因而，在电影剧本这个可视的蓝本中讲一个好故事，应该成为每一位电影剧本写作者应恪守的准则。

一、情节与故事

在现行的影视专业教科书中，对情节的定义有三种解释：

1. 亚里斯多德在《诗学》里的说法[①]

（1）情节乃悲剧的基础，有似悲剧的灵魂。

（2）整个悲剧艺术包含“形象”“性格”“情节”“言词”“歌曲”和“思想”。六个成分里，最重要的是情节。

（3）情节，即事件的安排。

（4）情节必须完整。所谓完整，指事之有头、有身、有尾……

2. 高尔基的说法

文学的第三个要素是情节，即人物之间的联系、同情、反感和一般的相互关系——其性格、典型的成长和构成的历史。[②]（一般简化为：情节是人物性格的发展史。）

3. 爱·摩·福斯特在《小说面面观》中的说法

故事是按照时间顺序来叙述事件的；情节同样要叙述事件，只不过特别强调因果关系罢了。例如：

（1）国王死了，王后随后也死了（故事）。

（2）国王死了，王后因悲伤而随后也死了（情节）。[③]

---

① [古希腊]亚里斯多德：《诗学》，罗念生译，人民出版社1982年版，第64、74页。

② [苏]高尔基：《高尔基论文学》，林焕平译，广西人民出版社1980年版，第81页。

③ [英]爱·摩·福斯特：《小说面面观》，冯涛译，人民文学出版社2009年版，第75页。

我们究竟同意谁的说法呢？笔者认为，用这样简单的引用来区分故事和情节，虽然方便，却不科学、不准确。何以言之？可试来分析一下。

亚里斯多德的说法：（1）和（2）只是讲情节的重要性，而非情节的定义；（3）的意思接近了，却显得空泛；（4）更像对故事的解释。什么原因造成的误解？笔者认为，问题可能出在译文上。如果把后两层意思翻译成“剧情”就贴切了。

高尔基的说法：对长篇小说而言无疑是准确的，可能对长篇电视剧也有一定的适用性。然而，对电影剧作就很难说了。电影剧作没有足够的篇幅来写性格、典型成长的“发展史”；何况，一般电影故事表现的时间比较集中，性格、典型还来不及充分展开。

关于“故事”和“情节”的区别，最常提到的就是福斯特举出的例子，所以，因果关系成了判断两者区别的标志。根据爱·摩·福斯特的说法：“国王死了，王后也死了”和“国王死了，王后因伤心过度也死了”，前者只是强调了时间关系，而后者突出了因果关系，似乎按“时间顺序”或“因果关系”来叙事，就是故事和情节的区别。但是，人们常常会把时间关系误认为因果关系，或者说因果关系本身也呈现出时间关系，如经常说前因后果。所以，福斯特的区分也不是一定的。

综上所述结论是：电影的情节是构成电影故事的一个个剧情环节。电影通过一个个画面展示的情节，在构成故事的过程中完成对人物性格的塑造。如《魂断蓝桥》的几个关键情节是：

> 邂逅（一战期间，年轻上尉罗依在伦敦偶遇芭蕾舞学员玛拉）→钟情（罗依和玛拉浪漫约会互致爱意）→订婚（罗依向玛拉求婚、玛拉同意了）→分离（婚礼未举行，罗依部队开赴前线，玛拉未赶上火车送别罗依）→开除（耽误了演出的玛拉被剧团开除）→堕落（误以为罗依阵亡的玛拉为了生计沦为妓女）→归来（罗依死里逃生回到玛拉身边）→出走（在门第和内疚的双重压力下，玛拉对罗依母亲说出一切然后不辞而别）→自杀（在当年罗依与玛拉相遇的滑铁卢桥上，玛拉用自杀的方式结束生命）。

《泰坦尼克》的几个关键情节是：

> 赢得船票→杰克救露茜→答谢宴会→三等舱派对→画像委身→露茜救杰克→沉船，杰克选择死，而把生的希望留给了露茜。

《一夜风流》的几个关键情节是：

富家千金跳船→潦倒记者辞职→巴士奇遇→途中受困（耶利哥墙、弃车过河、夜宿草丛、搭顺风车等）→互生情愫→遭遇误会→婚礼惊变。

这些“关键情节”就是悉德·菲尔德所说的“情节点”。悉德·菲尔德解释：① 它是一个事件。② 它把故事推向另一个方向。③ 它把故事推向前进，直至结束。[①]

说完“情节”，就要说到“故事”的概念了。现行的影视专业教科书中对故事的定义大多是引用亚里斯多德和爱·摩·福斯特的说法。亚里斯多德认为：“不管诗人是自编的情节还是用流传下来的故事，都要善于处理。”爱·摩·福斯特认为：“按照时间顺序来叙述事件的叫‘故事’，而强调了事件中的因果关系的则是‘情节’。”这两种说法，实际上是论述了情节和故事两者的区别。作为定义它们是不完整、不科学的，且引用者有断章取义之嫌。事实上，故事侧重于事情过程的描写，是人类对自身或他者历史的一种记忆，其中构建出某种社会价值与文化形态。

伊朗著名导演阿巴斯·基亚罗斯塔米的电影《樱桃的滋味》用诗意的手法完成了对故事的叙述，又以开放式的结局，使影片从故事的叙述层面提升到了对生命、死亡、宗教、情感、反叛等领域的哲学思考。影片从头至尾都是在叙述主人公自杀这一过程，个人在自然或神面前进行沉默的反抗，当人物选择到最后那个完美的灵魂栖息地之后，影片便进入了尾声，对自由的追求、对生命的责任，在黑暗中便完成了一个故事的主题。而阿巴斯的另一部杰作《何处是我朋友的家》讲述了一个小男孩历经艰难四处寻找、只为归还同桌好友作业本的故事，这个看似简单圆满的故事被评论家誉为是最美、最深刻、最具人性光辉的电影作品。

笔者创作的《红色恋曲 1933》亦是以刻满红军标语的“列宁街”为背景，通过米镇老板的女儿雪儿和红军“标语王”文书桐长达 70 年的爱情守望，诗意地叙述了一个忠贞的爱情故事。

《罗拉快跑》是一部被评论家誉为后现代经典文本的电影作品，这部德国导演汤姆·提克威于 1998 年拍摄的影片，借用电玩游戏推倒重来的表现手法，把影片分成三段，探讨了细节的差异造成截然不同结果的可能性。故事内容非常简单，讲述的是 20 岁的女孩罗拉为了拯救自己的男友曼尼，必须在 20 分钟

① [美]悉德·菲尔德：《电影剧本写作基础》，钱大丰、鲍玉珩译，中国电影出版社 2002 年版，第 106 页。

内筹集到丢失的 10 万马克并准时送到。顶着一头红发狂奔的罗拉选择的路线即是由她自己家中出发到父亲工作的银行，最后到达男友曼尼等待的电话亭。故事重复讲了三遍，每一遍都有不同的过程和结果。

第一次罗拉没有借到钱，她和曼尼去抢劫超市，罗拉不幸被警察打死。

第二次罗拉在父亲的银行抢到钱，曼尼却戏剧性地被急救车撞死。

第三次罗拉在赌场奇迹般地赢到了钱，而曼尼也找回了丢失的钱，皆大欢喜。

影片限定了 20 分钟的拯救时间，利用了“假如……结果……”的叙事方式，极大地挖掘了罗拉的潜力，吊足了观众的胃口。整部影片交织着巧合、危险、突发等不确定因素，延伸了表面上看似平淡无奇的事件背后的内在联系、事件的偶然和必然。正如片头开章明义的阐述与追问：

人类，也许是这星球上最神秘的生物，一个充满着疑团的奥秘。他们是谁？从哪儿来？往哪儿去？怎么确定自以为知道的是什么东西？为何会相信事物？数不尽的没答案的疑问，即使有答案也只会衍生另一个疑问，下一个答案又衍生下一个问题，但最终是否只是同一个问题？同一个答案？

总而言之，在现代电影中，无论是紧张、激烈，还是舒缓、细致，抑或是后现代叙事风格，其实都是在寻找最佳的故事表达方式。在此，可以给“故事”做一个简略的概括。

电影的故事，是用画面叙述的一个有开端、有发展、有结局（即何时、何地、何人、何事、结果如何）的事件。

二、类型中的作者

如果说讲故事是好莱坞电影惯常的主题的话，那么类型电影就是各种不同题材故事的载体。

类型电影（样式电影）是好莱坞技术主义电影在全盛时期所特有的一种影片创作方法。在好莱坞，类型电影作为一种电影制作方式，实际上就是一种艺术产品标准化的规范。类型电影即按照不同类型（或样式）的规定创作出来的影片。美国格杜尔德在《电影术语图解》一文中对类型电影下的定义是：“类型是由于不同的题材或技巧而形成的影片范畴、种类或形式。”他一共列出了 75 种故事片和非故事片的类型。在故事片项目下，人们比较熟悉的类型有西部片、歌舞片、喜剧片、恐怖片、科幻片、灾难片、战争片、体育片等。属于非故事片的类型则有广告片、新闻片、纪录片、科学片、教学片、风景片等。

事实上，类型电影的产生亦可以看作制片商在看到某部影片大受欢迎之后争相模仿的结果。从某种意义上可以说，类型电影并不是对人类社会的模仿，而是对第一部成功影片的模仿。如美国西部片从 1903 年的《火车大劫案》开始到现在，历经百年沉浮，其基本的故事和造型始终贯穿其中，无论是作为西部片开山之作的《火车大劫案》，还是西部片鼎盛时期的《铁骑》《关山飞渡》《红河》《正午》；无论是西部片衰落时期的《消失的西部》，还是西部片复兴时期的《与狼共舞》《不可饶恕》等都是如此，在变化中有着不变的沉淀。美国西部神秘莫测的山林、尘土飞扬的荒漠、高低起伏的群山、杀机四伏的小镇，头戴宽边帽、身穿紧身牛仔服的牛仔及警长、匪徒、酒徒、赌棍、妓女、印第安人等各色人物，荒原上的奋战厮杀，小镇上的短兵相接，英雄美女的生死相恋，最后一分钟的营救和除暴安良的大团圆结局等构成了西部片定型化的视觉图谱和剧情模式。传统的美国歌舞片剧情都很简单，或写一代舞蹈新人的发现和成才，或写一种街头舞蹈被正统艺术接受。美国科幻片经历了九十年的发展历程，其故事、情节、结构却没有多大的变化，变化的只是影像特技。影片要么写善恶科学家之争，单枪匹马的科学狂人挟智威胁人类，群体科学家力挽狂澜、拯救社会；要么写人与物的异化，人丧失人性，异化成兽、怪物、神等；要么写宇宙间善与恶两种势力的较量。从 20 世纪 60 年代开始摄制的《007》系列电影拍到今天，尽管特技等有了长足的飞跃。但其基本的四大卖点依然没有变化，这就是惊险、美女、新式武器、异国情调。

值得一提的是，在 20 世纪八九十年代，除香港以外的中国电影人的类型电影观念是相当薄弱的。相当一部分自诩精英的电影人甚至与欧洲精英电影人士一样对好莱坞类型电影嗤之以鼻。进入 21 世纪，在商业电影大潮的洗礼中，中国电影人已经开始有了明显的类型意识，如张艺谋的《英雄》《十面埋伏》《满城尽带黄金甲》，陈凯歌的《无极》，何平的《天地英雄》，冯小刚的《夜宴》等都祭起了中国传统类型武侠片的大旗。然而，笔者认为类型电影在中国当下电影创作中依然未达到一种自觉的境界，尤其在一些小成本投资的电影中更是如此。两部小成本的国产喜剧电影曾创造过票房奇迹，这就是 2006 年宁浩导演的《疯狂的石头》和 2012 年徐铮导演的《人在囧途之泰囧》，尤其是后者以三千万投资赢得了十三亿的票房。事实上，这两部喜剧电影的创作完全遵循了好莱坞喜剧电影的创作方法，把喜剧片中的“搞笑”功能发挥到了极致。然而，大多数小成本投资的国产电影却是“养在深闺人未识”，甚至没有机会进入电影放映院线。

近年来，一些电影界有识之士提出了一个很好的电影创作理念：类型中的作者。也就说电影编剧和导演在电影创作中，要有自觉的类型电影意识。如果创作喜剧电影，就要有自觉的喜剧意识，把“搞笑”功能发挥到极致；如果创作惊险电影，就要自觉把“惊险”功能发挥到极致；如果创作爱情电影，可以借鉴好莱坞经典爱情电影模式，在银屏上唱响一曲荡气回肠的爱情之歌。在自觉的类型电影创作中依旧要恪守创作者对艺术和自我的坚守、对人生和社会的思考，并不把自己的思想和个性淹没在类型电影引人入胜的故事和情节之中。笔者在电影创作中也力图借鉴好莱坞类型电影的创作方法，如前面提到的那个《魔》都借鉴了恐怖片的创作方法和惊悚元素。而在《红色恋曲 1933》《双桂同辉》两剧则表达了对好莱坞经典爱情电影一种致敬。

笔者认为：“类型中的作者”的电影创作观念更接近“新好莱坞电影”的创作观念。“新好莱坞电影”正是从欧洲艺术电影中吸取了营养。电影理论家曾总结出欧洲艺术电影与好莱坞电影的不同特点是：

（1）事件联系松散，常常事出无因，因此影片必须依靠写实手法和导演个人的表达力来推动。

（2）人物性格模糊，漫无目的，因此造成叙事上的漂浮不定和插曲段落的特点。

（3）艺术电影关心的是反应而不是行动，人物常常会停顿下来去探索他们产生这些感觉的原因，从而制止因果关系形成向前发展的动力。

（4）艺术电影的时空结构受到写实主义观念的影响，结构上的选择范围从纪录片式的真实报道到完全主观的心理表现。

（5）艺术电影强调作者在结构上的地位，作者常出场叙事，这在传统电影中几乎不可想象的。

（6）艺术电影可以提出不解之谜来强调叙事的动作。如，故事是谁讲的？故事是怎样讲的？为什么讲这个故事？等等。

向欧洲艺术电影的学习加上继承传统的特点，使在 20 世纪 60 年代的美国电影有了新旧好莱坞的划分。1967 年阿瑟·佩恩的《邦妮和克莱德》（港台译为《雄雌大盗》）被电影史学家认为是新好莱坞和旧好莱坞电影的分界线。尽管影片中表现的仍是一个英俊潇洒的青年和一个美貌风流的姑娘的爱情故事，但是他们西装革履的外表掩饰不住他们的真实身份：两个手持枪弹、抢劫银行的

"江洋大盗"，这是美国电影银幕上首次出现的与传统好莱坞电影人物形象截然不同的新人物形象。他们同《四百下》中的安托纳、《精疲力尽》中的米歇尔一样，是十足的无政府主义者，是社会秩序的破坏者和颠覆者。影片片头以字幕形式和资料照片强调了人物的历史传记色彩、强调了叙事的真实性和纪录性，同《四百下》中的安托纳被询问时精心设计的时空异步剪辑一样。这部影片的成功在于使人们接受了对"美国正面形象的巨大否定"，颠覆了美国电影的强盗片和警匪片的类型模式。而类型模式的破产之日便是作者电影的生成之时，影片《邦尼和克莱德》标志着美国新好莱坞电影的诞生。此后，波格丹诺维奇的《纸月亮》，卢卡斯的《美国风情录》《逍遥骑士》，马丁·斯柯塞斯的《出租汽车司机》，弗朗西斯·福特·科波拉《教父》《对话》《现代启示录》，米洛斯·福尔曼的《飞越疯人院》等。新一代电影导演的创作使人们看到了"美国新电影中最令人感兴趣的形象"。这些新形象表现在以下几个方面：

（1）价值观念的颠倒。主要人物是犯罪分子，其对立面是维护法制的警察等。主人公并非不近人情的坏蛋，相反，他们迷人、善良、富于同情心，是反英雄式的英雄。

（2）新的镜头语言。多运用新的电影技巧，如跳接、黑白画面、定格、慢镜头等。

（3）对真实的追求，实景拍摄为主，受到欧洲写实电影的影响。

（4）人物不再埋没在情节中，他们被凸现出来，成为影片的主要表现对象。

事实上，新好莱坞电影对好莱坞传统类型电影并不是简单地摒弃和反叛，而是以引入欧洲电影的美学传统及创作原则的方式对其改造和创新，很有些"类型中的作者"的意味。对于类型电影发育先天不足的当下我国电影创作而言，"类型中作者"无疑是应当坚守的创作理念。

第二节　情节与故事的关系

情节和故事是两个不同的概念，但又有不可分割的联系。有人曾用诗意的语言叙述两者的关系：

> 故事原本是一张白纸，等待着组成它的一个个情节慢慢充实它，组成一个五光十色的画面。上面有被修改过的痕迹，有被泪滴打过的印迹；故事好比浩瀚无边的大海，情节让它找到了停靠的彼岸。

故事就是一个漏斗，情节就是所有通过的沙粒。旧的情节过去了，新的情节发生了，不被预知的情节在点滴积累着、酝酿着。

故事和情节原本是一对素未谋面的朋友，它们彼此独立的生存在这个客观世界里，但当打破了时空距离后，它们成为了相识相知的知己。因此，离开故事谈情节是枯燥的，索然无味的；离开情节谈故事是空洞的，毫无意义的。只有当两者融为一体，才是有血有肉的精灵。

事实上，用项链与珠宝来比喻故事和情节的关系是很恰当的：

如果说故事是一串精美的项链的话，情节就是一个个组成项链的珠宝。项链（故事）的价值来自于珠宝（情节）的品质……

也可以用宴席与菜肴来比喻故事和情节的关系：

如果说故事是一桌丰盛的宴席的话，情节就是一道道组成宴席的菜肴。宴席（故事）的丰厚来自于菜肴（情节）的构成……

还可以用景区与景点来比喻故事和情节的关系：

如果说故事是一个美丽的景区的话，情节就是一处处构成景区的景点。景区（故事）的多彩来自于景点（情节）的精制……

黄河美在九曲十八弯。如果把一部影视剧的故事看成是黄河的话，那么九曲十八弯就构成了其中一个个情节的点……

庐山美在横看成岭侧成峰，远近高低各不同。如果把一部影视剧的故事看成是庐山的话，那么远近高低不同的岭峰就构成其中一个个情节的点……

张家界美在金鞭峡的重重叠叠、错落有致。如果把一部影视剧的故事看成是张家界的话，那么错落有致的金鞭峡的众多景点就构成其中一个个情节的点……

没有惊险紧张、离奇曲折、跌宕起伏的故事和情节，影片将是平淡乏味的。剧作不讲好故事，导演不会讲故事，观众要么看不懂，要么没兴趣。而故事又是由情节构成的，好故事如果没有好情节支撑，就像只有设计图纸没有建筑材料的“虚拟建筑”；好情节如果没有好故事聚合，就像一堆散乱的建材因没有设计而无法施工。

情节和故事是两个概念，“它们是辩证的、复杂的和有机的，既是内容又是形式”[①]。从内容（内涵）看，故事与情节的关系是：

① [苏]弗雷里赫：《银幕的剧作》，中国电影出版社 1979 年版，第 58 页。

第一，相互的依存性。

没有情节，就构不成故事；没有故事，情节只是一些零碎的片断。

获得多项国际大奖的马其顿影片《暴雨将至》运用后现代拼贴叙事的方法，以“Word”“Face”“Picture”三个词汇为标题讲述了三个故事：

> Word：年轻的传教士解救了一个被追捕的女子，他爱上了她。当他们准备一起离开的时候，女孩的族人找到了他们，女孩死于哥哥的枪下，爱情没有了结果！
>
> Face：安妮有一个爱她的丈夫，还有一个来自马其顿的情人亚历斯，他获得过普利策奖。他想安妮陪他回故乡，安妮犹豫了。安妮和丈夫在餐馆谈离婚的事，被乱枪打死，脸上的肉一片模糊。
>
> Picture：亚历斯回到阔别 16 年的家乡，和昔日的朋友回味着幸福时光。为了救年轻时的恋人的女儿，和朋友翻了脸，结果被朋友枪杀，女孩终于得以出逃。女孩逃到一座古老的教堂，镜头回到第一个故事的开始。

影片第一个故事是一段没有结果的爱情，第二个故事是关于自我的选择，第三个故事是关于回归。三个独立成章的故事呈现出如此精妙而又开放的结构形态，它们互相联系又互为因果，表达了同一个主题：反战反暴力和人性关怀。影片中有很多值得思考的情节：

> 不能用语言沟通的科端和莎美娜产生了爱情，而同一个语系的亲人之间却互相残杀。
>
> 教堂这样神圣的地方本该用来祷告，却成了匪徒杀戮的场所；科端出于保护莎美娜的目的而想到伦敦投靠摄影师叔叔，而摄影师叔叔却最后回到马其顿与莎美娜相遇并用另一种方式保护莎美娜。
>
> 安妮用放大镜审视着照片上倒在血泊中的少女 ,而亚历山大却在故乡看着照片上的安妮。
>
> 摄影师亚历山大躺在大地上微笑地注视着天空，鲜血从他身体上的弹孔涌出，暴雨终于来临。
>
> 莎美娜终于死在族人疯狂的暴力循环中……

这部影片中的三个故事均有完整的开端、发展、高潮和结尾，三个段落中的情节不断交叉、重复、呼应。编导在颠倒的时间顺序中安排情节，从第三个段落串回到第一段落中，从结尾连接到开头，故事完成了叙述，三个故事既各自独立又同为一体。

第二，相互的制约性。

故事的走向决定情节的选择；情节的安排又可能改变故事的发展。

《魂断蓝桥》中如果情节安排玛拉最终没有撞车而死，而是面对罗依坦诚当妓女的一切，赢得罗依的谅解，最后有情人终成眷属。那么电影还会有如此经典的悲剧力量吗？

苏联导演格·丘赫拉依的电影处女作，根据鲍·拉甫列涅夫同名小说改编的电影《第四十一》，故事发生在苏联内战年代。

> 红军女战士玛留特卡是个神枪手，她已经打死了40名敌人。她所在的红军部队由政委叶夫秀柯夫率领，他们在突围撤退途中俘获了一名白匪中尉。政委让玛留特卡与另外两名战士乘渔船把被俘中尉从海路押送到司令部去受审。途中遭遇风暴，两名战士被卷入海中．玛留特卡和中尉漂到了一个孤岛。蔚蓝的海洋，中尉的眼睛和海水一样的蓝，少女不由意乱情迷，他们双双堕入情网。可是，由于对世事的立场观点迥然不同，两人经常发生争吵。这天，有一艘小船朝孤岛驶来，船越来越靠近，中尉看出是己方的船，于是拼命狂喊着："是我们的人！是我们的人！"他向海边奔去。玛留特卡用自己的呼喊极力阻止，他却置若罔闻。玛留特卡举起枪来，中尉成了她枪下毙命的"第四十一"个敌人。影片结尾玛留特卡站在海水中抱着她的"蓝眼睛"哭泣。

如果编剧把结尾改成玛留特卡最后举起枪又放下，放过了中尉．用超阶级的爱情来消弭阶级性的话。这部电影还能叫《第四十一》吗？

日本电影《人证》中如果母亲没有杀死自己的儿子，而是收留了儿子，或者儿子最后杀死母亲。那电影还是原来的《人证》吗？

第三，相互的补充性。

情节塑造人物的性格，故事叙述人物的命运；人物命运在情节中得到表现，人物性格在故事中得以完成。

如《魂断蓝桥》正是通过邂逅、钟情、订婚、分离、开除、堕落、归来、出走、自杀等几个关键情节揭示出玛拉的悲剧命运，同时完成了对玛拉和罗依的性格塑造。

电视连续剧《亮剑》和《士兵突击》也是通过一系列的情节完成了对李云龙和许三多与众不同的性格的塑造。

如果我们从形式（形态）看，故事与情节的关系应是：

（1）故事是整体，情节是若干局部。

（2）故事是起点到终点，情节是其中的过程。

（3）故事是框架，情节是若干构件。

影视作品中的情节可分为常规情节和非常规情节。常规情节是一条主线贯穿全片。主线是贯穿全片的情节线，是影片故事的核心。主线完成影片的故事叙事、人物塑造和主题表现。在具体影视作品中，有些是一条主线贯穿全片，主线很明确、清楚，影片没有副线，如《鸟人》。有时为了使影片内容更加丰富，更多的影片是在情节主线之外，设置若干副线，副线的作用是使整个影片更丰富、更生动。主线带副线出现在影片中主要有两种情况：一种情况是副线直接为主线服务，副线与主线缠在一起。如《飞越疯人院》，主线是迈克与院方斗争；副线是酋长与院方斗争（这条线很隐蔽）。从表面上看，副线不断干扰主线，给主线出难题，甚至把主线推向绝境，但正是由于副线的出现，才使得主线更加出色有力，故事也更加丰富好看。另一种情况是副线与主线“貌合神离”，表面上是并行关系，如《蜘蛛女之吻》。

绝大部分影片的情节形态是“常规情节”。非常规情节在影片中比较少见，主流影片一般不采用非常规情节。非常规情节的形态主要有：一种情况是两条或两条以上情节主线并驾齐驱，如《法国中尉的女人》。统帅各条主线的是影片的主题和作者的思想。另一种情况是情节淡化和无情节。

常规情节剧本创作时，首先要确立情节主线，即围绕影片的主题及主要人物，设置一条贯穿影片的情节线。它应该简单明了，用一句话或几句话就能够概括出来。如《鸟人》，“鸟人”和艾尔从小便是一对好朋友。“鸟人”特别爱鸟，他甚至幻想自己能变成一只鸟。十多年后，他们参加越战回来，“鸟人”变成了不说话的怪人，艾尔努力劝说“鸟人”回到现实。其次是设置情节副线，围绕影片主题及人物（主要人物或次要人物），设置一条或数条情节线，它是为配合情节主线而设置的情节线。目的是为了使情节主线更加出色有力，使整个影片的内容更加丰富好看。如《飞越疯人院》，迈克（主线）在前景与院方公开斗争，酋长（副线）在后景暗自观察。随着故事的发展，迈克（主线）不断停滞，酋长（副线）逐渐显现，从后景逐步走向前景。影片最后，副线与主线重叠，酋长带着迈克的灵魂逃离疯人院。影片正是由于尊长这条副线的设置，不仅最后完成、结束了迈克这条主线，使迈克的灵魂逃离了疯人院，也使影片的主题更加丰富、深刻，故事更加曲折、好看。

好莱坞剧本创作的流行方式是：在写第一稿前，先建立影片的卡片系统。

每张卡片要求写出一个场景的内容核心（注意：每张卡片不是写一个情节点）。如《骗术大全》的开头部分：

卡片 1：“马托拉（朗雷根在某小镇的喽啰）前往赌场。”

卡片 2：“赌场办公室内，马托拉接受任务去芝加哥总部送钱，马托拉调戏女秘书。”

卡片 3：“路上，马托拉看到霍克帮鲁萨抢回鲁萨被抢的钱。”

卡片 4：“鲁萨装作腿断，请霍克去送钱，霍克面有难色，马托拉自荐去送钱，霍克趁机用假钱与马托拉的真钱调包。”

卡片 5：“出租车上，马托拉发现自己的钱变成了一叠废纸。”

卡片 6：“霍克、鲁萨打开马托拉的钱包，发现钱的数量巨大。”

这六张卡片是影片开头部分的“第一本”。该部分共有两个情节点：一是马托拉接受任务去送钱（由前两张卡片完成），二是霍克、鲁萨将马托拉的钱骗到手（由后四张卡片完成）。六张共同完成影片的“情节段落 1”：“霍克、鲁萨骗钱成功”，同时完成影片“开头”部分的“第一本”。

一部影片的卡片没有固定的数目。好莱坞编剧爱德华·安霍尔编写的影片《幼狮》和《绳套》用了 52 张卡片；欧纳斯特·莱曼编写《西北偏北》和《音乐之声》用了 50 ~ 100 张卡片。一些好莱坞编剧用三种不同颜色的卡片分写“开头”“发展”“结尾”三个部分。如果一部影片的卡片是 80 张的话，那么三个部分的比例大致是：开头 20 张（第一本 6、7 张）；发展 40 张；结尾 20 张。建立卡片系统的最大优点是具有灵活性，使编剧过程事半功倍。

建立卡片系统应注意以下问题：每张卡片记录一个场景的内容核心；先建立情节主线卡片，然后再建立情节副线卡片和其他卡片；先写下最满意的“卡片眼”，即“画龙点睛”，它往往是影片的“情节点 3”，是优秀的、与众不同的天才性的冲突或细节；写下“情节点 1”“情节点 2”“情节点 3”，特别是“情节点 3”要花大力气写好；设置好小情节点，给人处处有景之感；卡片系统最费时费力的工作不是卡片，而是在建立卡片以后的调整工作。在调整卡片前后次序的过程中，不断增加或减少卡片，当觉得卡片无懈可击时，再开始写剧本的第一稿；卡片系统稳妥之后，不妨再大胆调整一下卡片的前后次序，看是否会产生出新的意味；卡片数量的多少没有规定，可多可少；在卡片系统确定之后的剧本实际写作过程中，要更相信自己的感觉，而不是卡片系统，在剧本的写作过程中，卡片随时可以推翻；对于商业片，卡片系统尤为可行；卡片系统只是编剧写作方法中的一种，可用可不用，可按自己的创作习惯进行写作。

练　习

1. 情节的有序排列对故事的风格会有怎样的影响？

2. 分析一部电影的情节点设置。

3. 拿出第一章“练习”中你习作的电影大纲，确定以下内容：

（1）最富有冲突的场景是什么？

（2）你产生最大共鸣的画面是哪处？

（3）让故事发生转折时的情节如何设置？

第三章 剧情模式

第一节 电影剧作的传统模式

早在电影诞生之前，戏剧艺术就积累了数千年的叙事经验。在电影诞生之初，向戏剧学习叙事艺术是一条必经之路。要使电影发展成为使人们认可的艺术种类，就必须探索出属于电影的相对完善的叙事经验，这些经验其实就是模式。亚里斯多德将戏剧分类为简单喜剧、简单悲剧、复杂喜剧和复杂悲剧四种，开创了戏剧结构模式分类的先河，使得戏剧创作有章可循。电影剧作情结模式虽然要比戏剧结构模式复杂一些，但模式化的倾向也是再明显不过了。

电影艺术是比戏剧艺术更为商业化的艺术形式。票房是检验电影工业是否成功的重要指标，一旦某种模式赢得了高票房，那么此种模式将成为大量生产的样板。从某种意义上来说，电影是一种“样式”的艺术。把握“样式”的规律，即电影创作的情节模式，是学习电影创作的捷径。

早在18世纪末，法国戏剧家普罗蒂就将剧作的情节总结为36种情节模式。直到今天虽不乏突破模式的影视作品，但36种模式依然主导着影视创作，涵盖了大部分电影剧作的情节（详见附录）。

电影制作者确实追求着对传统情节模式的突破，例如，那些被标榜作“新”的一次次电影运动都是以反传统模式为标帜的。但是真正突破传统模式却并不像人们想象的那样容易，例如，作为法国“新浪潮”电影主将的戈达尔，几乎终生都在干着反情节剧的事儿，但直到最后他也不得不自叹未能逃出情节剧的范畴。他的作品《精疲力尽》和《疯狂的比埃罗》依然是36情节模式中的第5种“捕逃”，这显然是继承了警匪电影模式的公路片。作为“新德国电影”主将的法斯宾德在这个问题上似乎更聪明一点，他非常痛快地说自己追求的是拍摄“德国式的情节剧电影”。他的代表作《玛丽娅·布劳恩的婚姻》一开始就使用了一个经典传统情节模式“误以为丈夫已死而改嫁，其实未死”，这属于36种情节模式的第18种。

西方 19 世纪末期开始出现的现代派戏剧，以及 20 世纪 50 年代盛行的荒诞派戏剧，严重动摇了自古希腊以来的戏剧情节观念。普罗第在总结 36 种剧情模式的时候，还没有感受到 20 世纪 20 年代欧洲的先锋派电影运动和先锋派戏剧运动交相呼应的盛况，所以他的 36 剧情模式还是由欧洲古典主义和浪漫主义戏剧总结出来的。

不管艺术家们怎样评价模式化生产的电影，他们都无法回避模式化生产带来的电影奇迹。好莱坞爱情片常常表述一个弱女子爱情和婚姻生活的不幸，而造成这种不幸的原因是门第观念的障碍。这种情节模式属于 36 种剧情模式中的第 28 种“因为门第或地位不同而不能结为婚姻”。这样的模式创造出了一部部赚取观众眼泪的影片，在全球创造出票房奇迹的《泰坦尼克号》便是这种模式的最好典范。

应该说，普罗第的 36 种剧情模式，是对古典主义以及浪漫主义戏剧模式的一次很好的总结。在西方现代派戏剧和现代派电影出现之前，戏剧剧情模式和电影剧情模式差别不大。由于戏剧的悠久历史，戏剧剧情模式远比早期电影丰富，在 20 世纪 50 年代以前，世界上几乎所有的电影剧情都可以涵盖在 36 种剧情模式之内。

在 20 世纪 60 年代以后，随着现代主义电影作品的出现，36 种剧情模式无法再涵盖所有的电影剧情模式。就是针对戏剧本身而言，36 种剧情模式也无法涵盖《等待戈多》《青鸟》《琼斯皇》《六个寻找作者的剧中人》等这类戏剧作品的情节模式了。然而，对普罗第的 36 种剧情模式在现代电影创作中的运用进行梳理和研讨，依然可以成为初学者打开影视剧作之门的一柄钥匙。

第二节　对传统模式的遵循、演变、突破①

取材于丹·布朗同名小说的电影《达·芬奇密码》，因涉及敏感的宗教题材，自开拍伊始便风波不断。天主教联盟等团体纷纷表示抗议和发布反对信件，使该片成为 2005 到 2006 年度最具争议的影片。该片讲述了哈佛大学的符号学专家罗伯特·兰登在法国巴黎出差期间在一个午夜接到一个紧急电话，得知巴黎卢浮宫德高望重的博物馆馆长雅克·索尼埃被神秘谋杀，尸体被摆成了达·芬

① 本节参考了陈咏：《论 36 种剧情模式》，载于刘一兵主编：《电影剧作观念》，中国电影出版社 2006 年版。

奇名画《维特鲁威人》的模样，身旁留下一串难解的密码，并留下“找到罗伯特·兰登”的附言。罗伯特·兰登赶到博物馆现场。同时赶到现场的，还有法国中央司法警察部法希警官和索尼埃的孙女、密码破译专家索菲·奈芙。面对怪异的密码，兰登先是有些摸不着头脑，然而，在索菲的协助下，两人很快发现隐秘的线索竟然隐藏在达·芬奇的艺术作品当中。在调查中，兰登和奈芙发现自己正在找寻的可能会是一个惊天的历史秘密，这个秘密或许将改变人类的历史。为了尽快解开这个错综复杂的谜，兰登和奈芙开始马不停蹄地旅行，途中不断遭人追杀。在与神秘的幕后操纵者惊心动魄的斗智斗勇角逐里，两人能解开达·芬奇密码，找出那个可能永远消逝在历史的尘埃之中的令人震惊的古老真相……

《达·芬奇密码》的剧情模式完全可以归属于普洛第36种剧情模式的第11种：释谜。这种剧情模式也体现在美国影片《现代启示录》中。《现代启示录》是弗朗西斯·福特·科波拉在1979年拍摄的经典名作。影片情节框架取自英国作家约瑟夫·康拉德（Joseph Conrad）的小说《黑暗之心》（Heart of Darkness），只是在故事的时代、背景和人物上进行了新的设计。

影片围绕美军情报官员威拉德上尉逆河而上深入柬埔寨国境而展开——他此行的任务是除掉库尔兹上校，库尔兹上校有着辉煌的历史，但如今却已陷入疯狂。他在柬埔寨境内建立了一个独立王国，推行着野蛮、血腥、非人的残暴统治，成为不可一世的独裁者。影片真实、生动地描述了千奇百怪因战争而引发的疯狂：高视阔步、目空一切的基尔戈上校率领直升机打击目标时竟疯狂地陶醉在瓦格纳歌剧的乐声中；前来慰问的“花花公子”俱乐部联欢会一开场便陷入不可收拾的混乱；在一个被越军围困的营队里，官兵嗜毒成性，指挥部门形同虚设，士兵一派散沙。所有这一切不过是威拉德上尉丛林之旅的序曲而已。在库尔兹的据点周围，展现在眼前的更是一幅可怖的画面：挂在树枝上的尸体在烈日下东摇西晃；叛逆者的头颅被割下示众——

实际上，《现代启示录》是一部关于“找寻”的电影。威拉德上尉在探寻库尔兹上校怎么会从一个西点军校毕业的、战功卓著的、优秀的职业军人蜕变为一个杀人如麻的噬血暴君；探寻现代文明中的阴暗面——文明中所隐藏着的一颗黑暗的心。这亦是36种剧情模式中“释谜”模式的另一种影像表述。

在影视作品创作中，可以单独地使用一种情节模式，也可以将几种模式穿插运用。如模式 2“援救”与模式 5“逋逃”和模式 10“绑劫”常一起出现，这种组合催生了一大批警匪、悬疑片。如 2012 年上映的香港电影《寒战》，影片以援救被劫持的冲锋车为故事主线，“援救”“逋逃”“绑劫”等情节模式交替发展，剧情扑朔迷离，成为了 2012 年华语电影票房的小高潮。另外，模式 23“两个不同势力的竞争者”与模式 28“恋爱被阻碍”常一起使用，模式 33“错误的判断”与模式 34“悔恨”也常一起运用。当然，无需遵循常规的模式组合，通过作者具有独创性的想象力将不同的情节模式糅合运用，能创作出独具风格的影视作品。如笔者创作的电影《红色恋曲 1933》主要运用的是第 28 种剧情模式“恋爱被阻碍”。在影片中，红军“标语王”桐与国民党军官健豪的矛盾设置却运用了第 24 种剧情模式“两个不同势力的竞争”，桐离开雪儿踏上征途则属于第 20 种剧情模式“为了义务而牺牲自己的幸福”，雪儿用一生等待桐的归来亦是属于第 20 种剧情模式中的“为了诺言而牺牲自己的幸福”。几种剧作模式的交错并行，使影片冲突不断，层层递进。

通过研究发现，在以下列举的影片中，有 75%的影片几乎完全遵循了普罗第总结的 36 种剧情模式,而且每一种剧情模式至少可以找到一部典型影片作为例证。当然，一部影片也可能包含多个剧情模式，而且拍摄年代较晚的影片可能较多地采用多个剧情模式。为研究的方便，本节列举的影片仅选择其运用的最主要的情节模式。具体如下：

模式 1 求告 《淘金记》(1925)、《关山飞渡》(1939)
模式 2 援救 《党同伐异》之“母与法”(1916)、《触不可及》(2011)
模式 3 复仇 《伊万的童年》(1962)、《魔女嘉莉》(1976)
模式 4 骨肉间的报复 《狮子王》(1994)
模式 5 逋逃 《筋疲力尽》(1959)、《邦尼和克莱德》(1967)
模式 6 灾祸 《鸟》(1963)、《幼儿园》(1983)
模式 7 不幸 《西鹤一代女》(1952)、《活下去》(1952)
模式 8 革命 《战舰波将金号》(1925)、《母亲》(1926)
模式 9 壮举 《阿拉伯的劳伦斯》(1962)、《巴顿将军》(1970)
模式 10 绑劫 《完美世界》(1993)
模式 11 释谜 《公民凯恩》(1941)、《后窗》(1954)
模式 12 取求 《林家铺子》(1959)、《星探》(1995)
模式 13 骨肉间的仇视 《呼喊与细雨》(1972)、《乱》(1985)
模式 14 骨肉间的争竞 《高跟鞋》(1991)

模式 15 奸杀 《天国车站》(1984)
模式 16 疯狂 《幻觉》(1979)
模式 17 鲁莽 《飞越疯人院》(1975)
模式 18 无意中恋爱的罪恶 《小城之春》(1948)、《玛丽亚·布劳恩的婚姻》(1979)
模式 19 无意中伤残骨肉 《楢山节考》(1983)
模式 20 为了主义而牺牲自己 《罗马，不设防的城市》(1945)、《归心似箭》(1980)
模式 21 为了骨肉而牺牲自己 《神女》(1934)、《一江春水向东流》(1947)
模式 22 为了情欲的冲动而不顾一切 《魂断威尼斯》(1971)、《卡门》(1983)
模式 23 必须牺牲所爱的人 《要热爱人》(1973)
模式 24 两个不同势力的竞争(为了恋爱) 《野山》(1985)
模式 25 奸淫 《玛丽亚布·劳恩的婚姻》(1979)
模式 26 恋爱的罪恶 《月亮》(1979)、《蜘蛛女之吻》(1985)
模式 28 恋爱被阻碍 《瑞典女王》(1933)、《马路天使》(1937)
模式 29 爱恋一个仇敌 《罗密欧与朱丽叶》(1996)
模式 30 野心 《美国往事》(1984)
模式 31 人和神的斗争 《裸岛》(1960)、《罗丝玛丽的婴儿》(1968)
模式 32 因为错误而生的嫉妒 《似水流年》(1985)
模式 33 错误的判断 《黑炮事件》(1985)
模式 34 悔恨 《德克萨斯州的巴黎》(1984)
模式 35 骨肉重逢 《金色池塘》(1981)
模式 36 丧失所爱的人 《城南旧事》(1982)、《走出非洲》(1985)

36 种剧情模式对电影剧作的贡献，集中体现在美国电影中，或者说是美国类型电影中。20 世纪三四十年代，它对好莱坞的“黄金时代”做出过巨大贡献。当时的美国是类型电影的天下，共计拍摄了近 7 000 部影片，分为喜剧片、西部片、强盗片、音乐歌舞片等几大类型，这些类型电影大都是在 36 种剧情模式指导下生产的，而且都在 36 种剧情模式之内。

在电影艺术高速发展的 20 世纪 70 年代，美国电影剧作家 L. 赫尔曼结合

美国电影，将 36 种剧情模式概括为 9 大剧情模式，即爱情、飞黄腾达、灰姑娘、三角恋爱、归来、复仇、转变、牺牲和家庭。

赫尔曼认为自己的 9 种剧情模式同样可以“包罗人类的全部感情和戏剧动作”。他的剧情模式分类针对美国电影，大大简化了 36 种剧情模式，并增添了“转变”“归来”等模式。遗憾的是，他和普罗第同样存在着分类标准混乱的缺陷。

卡普拉的《一夜风流》(1934) 被认为是美国 20 世纪 30 年代喜剧片的代表作。它与一年之前的《瑞典女王》采用了同样的剧情模式，就是赫尔曼 9 大剧情模式之一——“灰姑娘”模式，也是乔治·普罗第 36 种剧情模式中的第 28 模式——“恋爱被阻碍”，具体说是细目 A“因门第或财富不同而不能结为婚姻”。

“灰姑娘”的故事或者说模式最早出自《格林童话》，但是《瑞典女王》和《一夜风流》确立了一种电影剧情模式，它的剧情模式已成为 30 年代上百部爱情喜剧片的模板。在随后的《窈窕淑女》《音乐之声》《罗马假日》，甚至 20 世纪 90 年代的《漂亮女人》《曼哈顿的灰姑娘》等一系列美国电影中被一再重复讲述，而且每次都赚得票房。这既显示了剧情模式有着旺盛的生命力和衍生能力，也表明了观众的情感需求是剧情模式的强大动力和潜在商业市场。

在本节列举的影片中，其中约 13%的影片虽然看似与 36 种剧情模式无关，但实际是 36 种剧情模式的演变。具体如下：

《罗生门》(1950) 是模式 15 奸杀中“情人杀害丈夫，或为了情人杀害丈夫”的演变。

《野草莓》(1957) 是模式 34 悔恨中“为了一件人家所不知的罪恶而忏悔”的演变。

《四百下》(1959) 是模式 1 求告中“行为不端，被自己人斥逐而祈求别人的慈悲”的演变。

《广岛之恋》(1959) 是模式 26 恋爱的罪恶中“爱上一个不该爱的人”的演变。

《铁皮鼓》(1979) 是模式 22 为了情欲的冲突而不顾一切中“情欲毁灭了富贵、荣誉、若干人的性命”的演变。

《两个人的车站》(1982) 是模式 28 恋爱被阻碍的演变。

《阿基米德后宫的茶》(1985) 是模式 7 不幸中“失去了唯一的希望”的演变。

《盗马贼》(1986)是模式21为了骨肉而牺牲自己中“为了父母或一个所爱的人的生命而牺牲自己的生命与荣誉”的演变。

《小信差》(1986)是模式24两个不同势力的竞争中“有权威者与新锐之人”的演变。

《被遗忘的长笛曲》(1987)是模式28恋爱被阻碍中“因为门第或地位不同而不能结为婚姻”的演变。

《爱情万岁》(1994)是模式7不幸中“失去了唯一的希望”的演变。

《离开拉斯维加斯》(1995)是模式26恋爱的罪恶中“爱上一个不该爱的人”的演变。

《地下》(1995)是模式14骨肉间的竞争中“朋友间的竞争”的演变。

《樱桃的滋味》(1997)是模式7不幸中“失去了唯一的希望”的演变。

《罗拉快跑》(1998)是模式2救援中“最后一分钟营救”的演变。

研究发现，在上述15部处在模式边缘的影片中，只有2部美国影片、4部亚洲影片，其余全部是欧洲影片。可以看出，欧洲电影一直在试图走一条剧情模式之外的道路，这也是欧洲电影一直追求与美国电影不同的个性品格的表现。

虽然剧情模式有着强大的生命力，但也不是一成不变的，因为观众在喜爱某类模式的同时也期待着对它的突破，使观众在变与不变之间得到最大限度的审美愉悦。即便是类型电影的“灰姑娘”的模式，美国电影也能在《音乐之声》《罗马假日》《漂亮女人》和《诺丁山》中自由变换，由“灰姑娘”的故事演变为“灰小子”的故事，再回到“灰姑娘”的故事。

同是情节模式26“恋爱的罪恶”，美国小制作独立影片《离开拉斯维加斯》与《月亮》《霸王别姬》有所不同，这部影片将“母恋子”“女恋父”“同性恋”的剧情模式变化为两颗绝望的心的相爱和毁灭。

在此节列举的影片中，尽管有88%的影片在乔治·普罗第的36种剧情模式之内或边缘，但还是有约占12%的影片完全突破了乔治·普罗第的36种剧情模式，具体如下：

《八部半》(1963)，片中片的结构方式，梦境与现实杂乱无章的组合。

《红色沙漠》(1964)，淡化情节的纯视觉叙事，色彩成为叙事的第一要素。

《安德烈·鲁勃廖夫》(1966)，双重视点的叙事方式，主人公既是事件的参与者，又是事件的目击者。纪实、象征、隐喻融入叙事。

《穿越欧洲的特快列车》(1966)，戏中戏的套层结构方式，在叙事和故事两个层面之间自由往返。

《资产阶级审慎的魅力》(1972)，将梦幻、想象、象征、隐喻构成影片叙事的主体。

《名誉》(1980)，群像人物，散点式的叙事方式。影片用散点叙事的方式讲述了几位艺术学院大学生的成长经历，却无剧情模式可以遵循。

《风柜来的人》(1983)，平淡无奇的故事讲述平淡无奇的人物。侯孝贤同样是用散点叙事讲述几位海岛青少年在台湾大都市成长经历的影片，同样不在36种剧情模式之列。

《人生交叉点》(1993)，进入20世纪90年代中期以来，段落式的剧作情节结构突然成为一种时尚。美国影片《人生交叉点》获得第50届威尼斯电影节金狮奖。该片编导完全放弃了传统的完整情节线索，采用生活化的散点叙事手法，平行穿插叙述了七、八组彼此不相关的人物日常生活事件，但所有的矛盾冲突都因一场意外发生的大地震而结束。

《低俗小说》(1994)由三个互相交叉又各自独立的故事构成影片的叙事段落。无中心情节线，影片的结尾回到影片的开头。

《暴雨将至》(1994)，看似古典的三段式结构，却无视常规的时空顺序，影片的开头即是结尾。时空看似环形，却无法缝合。叙事无时间先后顺序，却有因果必然联系。

《烟》(1994)看似毫不相干的普通人的生活，构筑成一幅奇特的人生画卷。

《重庆森林》(1994)，两个毫不相关的男人，三个毫不相关的女人，四段新奇的爱情故事。

《三轮车夫》(1995)，混合了东西方的电影表现元素，用极端化的情景和风格化的视听语言随意讲述一个非理性的故事。

以上的影片都可以看作对36种剧情模式的突破和拓展。

事实上，纵观现代电影会发现，无论奥逊·威尔斯的《公民凯恩》(1941)，还是黑泽明的《罗生门》(1950)、伯格曼的《野草莓》(1957)、特吕弗的《四百下》(1959)、阿伦·雷乃的《广岛之恋》(1959),乃至罗勃·格里耶的《去年在马里安巴德》(1961),都无一例外地不在常规叙事的36种剧情模式之内。

巧合的是,1994年,两部段落式结构的影片夺得戛纳电影节和威尼斯电影节的最佳影片奖,它们分别是影片《低俗小说》和《暴雨将至》。同年,华裔导演王颖的段落式结构影片《烟》获得了45届柏林电影节评委会大奖。段落式影片频频在国际电影节上获奖,这些电影完全突破了36种剧情模式,为观众提供了一种全新的情节叙事模式。

在中国"新生代"导演的创作中,张扬的《爱情麻辣烫》、金琛的《网络时代的爱情》、李欣的《花眼》都不约而同地采用了段落式的结构方式。

第三节 影视剧作的新模式实例

当然,任何量变最终都有可能会带来质变。今天的影坛上肯定会有很多36种情节模式以外的电影情节。例如,你如果细细地查阅一下,就会发现在36情节模式中没有《为戴丝小姐开车》这类影片的情节类型。也就是说,人们在不断创造出新的情节模式。

在20世纪50年代以前的战争岁月里,无论个体还是社会都处在生死攸关的激变之中。人们关心的焦点是表现社会中的重大事件或一个人出生入死的命运。所以,那个时候真正是"没有冲突便没有戏剧",同样的,"没有冲突便没有电影"。电影结构的"冲突律"模式首先是时代所赋予的。而那时的情节几乎都表现为两种突出的倾向:要么表现一个惊心动魄的的外部事件,要么表现一个人物生命中的坎坷道路。然而,当生活进入到20世纪50年代中期,战争已经成为历史,虽然进入了冷战时期,但无论东方还是西方的社会内部都出现了相对的稳定。这时,即便西方国家,社会也在逐渐地向中产阶级社会过渡,大多数人达到温饱,失业问题不再像20世纪40年代中后期那样突出。然而新的社会矛盾出现了,最突出的矛盾发生在两个方面。

一、人际关系的危机

物质文明常常会带来社会的异化和人类心灵的间离,在繁华热闹的都市里人们依然感到难以排遣的孤独。虽然每天都在和各种各样的人打交道，但真正的沟通却成为了普遍的社会问题。人们近在咫尺，心灵却远隔天涯。

二、个人心灵深处的危机

物质的满足不能解决心灵的问题，人是唯一一种会探求生存意义的动物。这种探求在没有衣食之忧的时代反而变得更加突出。电影剧作关注的生活焦点也就必然从社会外在的危机（比如战争和失业），转移到人类的内部危机中来，将镜头对准了人与人之间的关系和他们的内心情感甚至不成形的潜意识。如果电影制作者在过去的岁月里编织过灰姑娘变成公主的梦，今天人们似乎更需要编织的是在任何不同的个体之间都最终能够突破障碍、结成亲密关系的梦。

于是，一种新的情节模式便应运而生了。首先，找来两个性格存在着差异的人物。这些差异有可能产生于如下原因：性别、种族、年龄、宗教、文化、国度、民族、生理、地位、爱好、气质……总之，可以找来任何人们想象得出来的差异，但这些差异并不会给人物与人物之间带来你死我活的冲突，相反，作者所关注的是人物如何一步步地突破这些隔膜和障碍达到真正动人的沟通和交流。这类影片的情节线实际就是两个人物之间关系渐近的过程。例如《雨人》表现的是两兄弟间的关系发展变化，他们不仅性格气质和价值观念有很大差异，就连生理上也差异很大（弟弟是个很聪明的人，而哥哥却是个病态的智障者）。《为戴丝小姐开车》表现的是一个性情怪异的犹太阔老太太和她的性情温和的黑人司机之间的关系变化过程，两人之间除了性情差异外，还存在着种族、地位方面的差异。捷克影片《给我一个爸》则选择了一老一少；日本影片《谈谈情，跳跳舞》则选择了一个呆板的中年男子和一个美丽的舞蹈教师……影片总是从两个过去毫不相干的人由于偶然的机缘相遇开始的，他们的关系常常开始于相互的反感甚至对立，但影片不是通过激烈的外部事件来进一步强化和发展他们的反感和对立，而是通过两人点点滴滴的交往中促成他们之间壁垒的消泯、心灵的沟通和情感的融合。嬿

欧洲电影并不刻意夸张所选择的两个人物之间的差异，相反更追求自然。例如，《两极天使》中，两个打工妹之间虽然在性格和气质上不同，但地位和境遇差异不大。然而，美国喜剧电影有意将两个人物之间的差异拉得尽可能大，例如，《绿卡》中，男主角是一个外来的非法移民，他不仅教养不佳而且外表邋遢，而女主角却是个热衷于环保事业的白领美女，有着极好的职业和生活地位。剧作者将他们二人拉到了一起，为了各自的目的不得不假扮恋人，最终使他们

产生了爱情。更极端的例子是《漂亮女人》，男主角为财大气粗的大老板，女主角是个街头妓女，编剧在不到两个小时剧情中让他们产生了爱情!《四月的傻瓜》中，男主角是新到一家大公司里的打工族，他土头土脑，傻里傻气，为公司里所有的人都看不起；而女主角却是老板夫人，最后的结局是，老板夫人竟为了这个被人戏称作“四月的傻瓜”的男人抛家舍业和他私奔了。从主题意义上看，这样的喜剧是好莱坞一种新的梦幻，它们都一再告诉人们无论人与人之间有多么大的障碍，只要是真心，最终会达到相爱的境界。从情节意义上看，这对编剧是一种挑战。如何在短短的两个小时的剧情设置中顺理成章地完成在现实生活中根本无法想象的人际沟通呢？现在，这样的喜剧太多了，而且在美国电影中已经到了泛滥成灾的程度。

我们认为：对36种剧情模式的突破和超越，也许会给剧情模式带来更加多元的向度。然而，对初学影视剧编剧的人来说，与其去尝试新的剧情模式，还不如老老实实地拿起传统的武器，最好能像好莱坞的编剧那样熟练掌握36种模式中的几种。因为被两千年的戏剧和一百年的电影实践所检验过的36种剧情模式，还是具有强大的生命力和可靠的观众认知度的。

1. 什么是剧情模式？

2. 乔治·普罗第的36种剧情模式中的“复仇”在《伊万的童年》中，发挥了怎样的作用？

3. 写出你最喜欢的十部电影，并分析它们所运用的剧情模式。

4. 对照自己习作的电影大纲，分析自己运用的剧情模式。

第四章　结构模式

从瞬间到永恒，从方寸到寰宇，每个人的一生，都如百科全书般具有无限的可能性。电影，就是要从生命的洪流中挑选几个瞬间，借此展示复杂而又多层面的生活。写剧本很像制作机器，是一门手艺，机器的部件必须互相适配并且要有机组接，每一个小零件有其功能。电影剧作的形式所受到的限制和规定也如此严格。人们谈论的电影剧本三幕结构，也就是怎样写出一部电影剧本的那些要素。写剧本的诀窍在于熟练运用这些元素并使它们显得自然，让这些技巧融汇在故事推进的过程中，令观众感觉不到编剧的手法和技巧。

结构“structure”一词的词根是“struct”，它的含义是（将东西）“集结在一起”。当谈论一部电影的“结构”时，就是在谈论关于“集结”或“构筑”电影剧本所必需的材料：场景、段落、情节点、人物，等等。罗伯特·麦基认为，结构是对人物生活故事中一系列事件的选择，这种选择将事件组合成一个具有战略意义的序列，以激发特定而具体的情感，并表达一种特定而具体的人生观。[①]创作者是在构筑或组织事件，这将引导创作者穿越故事线，结构是剧本写作过程中的起始点。

著名电影剧作家威廉·戈德曼（William Goldman）认为：“电影剧本就是结构，它是维系你故事的脊椎。”当创作者坐下来协作一个电影剧本时，必须将故事作为一个整体来处理。情节不仅仅是简单的创意，而是包含了人物、经历、悬念等诸多写作要素的集合体。伟大的创意并非随着灵感时隐时现，而是随着故事、人物和悬念的层层推进越发明朗的有机体。而作为创作者必须将这些部分组织成一个整体，并赋予其确定的形象和形式以及完整的开端、发展和结尾。

第一节　结构的基本要素

关于影片的格局，首先要弄清两个基本概念：“情节点”和“情节段落”。

① [美]罗伯特·麦基：《故事：材质、结构、风格和银幕剧作的原理》，周铁东译，中国电影出版社 2001 年版，第 39 页。

一部影片从叙事的角度讲，是由许多“情节点”组成的，数个“情节点”组成一个“情节段落”，数个“情节段落”又组成一部完整的影片。

美国好莱坞著名编剧悉德·菲尔德认为，一部影片的格局应符合下面的模式：

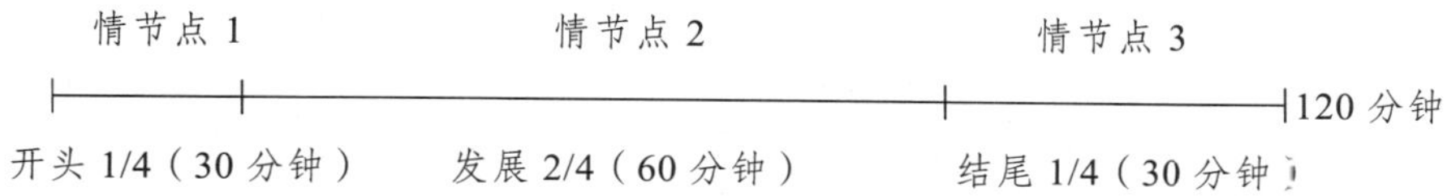

该模式中“情节点 1”“情节点 2”“情节点 3”是影片中很重要的情节点。

电影影像的基本单位是镜头，电影情节的基本单位是“情节点”。如同镜头在影像中的作用一样，“情节点”同样缩短或者延伸了现实时空，创造出特殊的影视时空。同时，“情节点”又集中了矛盾，渲染了冲突，深化了主题，刺激了观众。观众无疑是需要刺激的，刺激是电影的特性，也是电影的魅力所在。这里所说的“刺激”，不仅指它改变了现实的时空关系，更重要的是：从观众欣赏的角度讲，必须不断地使观众感到“意外”。就像镜头的剪辑是跳跃的一样，情节点的衔接也必须是跳跃的。一般说来，一部两个小时标准长度的影片的情节由几个“情节点”组成。

数个“情节点”组成一个“情节段落”。“情节段落”往往是围绕情节主线展开的，一部影片由十个左右的“情节段落”组成，一个情节段落如同一条铁链中的一环。而作为“情节段落落点”的那个“情节点”非常重要，它要巧妙地“勾住”前后两个“情节段落”，使其有所关联，从而既结束了上面一个“情节段落”，同时又巧妙地引出了下面一个“情节段落”。美国影片《唐人街》（1974）中有一个情节段落“调查私通”：私家侦探吉蒂斯受当地要人墨尔雷太太之雇，去调查墨尔雷先生与某女子私通的情况。吉蒂斯终于拍到了墨尔雷与某女子幽会的照片，而且，照片上了报。大功告成后，吉蒂斯回到办公室，这时，一个女子在办公室等他。女子问吉蒂斯：“你认识我吗？”她才是真正的墨尔雷太太。这是一个完整的情节段落，其中最后一个情节点，真正的墨尔雷太太来到侦探所，质问吉蒂斯：“你认识我吗？”该情节点就是这一情节段落的“落点”，既结束了该情节段落，又巧妙地引出了下一个情节段落。

关于影片的格局，悉德·菲尔德在《电影剧本写作基础》中提出了“三段论”，即一部影片不管它的“情节点”和“情节段落”有多少个，都可分为开头、发展、结尾三个部分。如果一部影片的时间长度是两个小时（120 分钟）的话，其划分比例为 1∶2∶1。三个部分的划分标志是“情节点 1”“情节点 2”“情节点 3”，无疑它们是影片中异常重要的情节点，在影片的整个格局中，它们的作用也是至关重要的。例如，影片《飞越疯人院》，描写了精神正常的迈克被送到了疯人院，他不断挑头和以护士长为代表的院方做斗争，并不断试图逃离疯人院。迈克不断失败，最后，他被医院摘去部分大脑，变成了痴呆人，他的好友酋长不忍看到他变成一个痴呆人生活下去，闷死了迈克，并带着迈克的灵魂逃离了疯人院。影片长度为 120 分钟，三个部分的时间分配为：开头 30 分钟，发展 60 分钟，结尾 30 分钟，这是标准的好莱坞剧作结构。开头：迈克来到疯人院，并与护士长交锋，他与人打赌，一周内把护士长制服（为情节点 1）；发展：迈克与护士长不断斗争，最后他遭受电刑（为情节点 2）；结尾：迈克誓死逃离疯人院，但逃离失败，被摘除部分大脑，变成痴呆，酋长“杀死”迈克，带着迈克的灵魂奔向自由（为情节点 3）。

一般说来，剧作结构中往往包含了开端、发展、高潮、结局（即开、承、转、合）四个基本要素。在传统结构的剧作中，这四个基本要素表现得相当规整也比较明显；在非传统结构的剧作中，则经常有所变化。

一、开端部分

开端部分表现的内容是交代时间、地点、环境，剧中主要事件起始、主要人物出现、主要矛盾显露，为发展部分做好充分的准备。

事件与人物的关系是影视艺术构成情境的重要因素。在作品的开端部分，就应该把这些因素通过画面展示清楚，目的是为了尽快地使人物（包括观众）进入到规定情境中去。在这方面，戏剧也是一样的，但影视艺术在完成这一任务时，由于时空的流动性和画面的特殊组合方式，使编创人员获得了极大的自由。这里可以看一下希区柯克的作品《三十九级台阶》（1935）是怎样将人物（包括观众）推入到规定情境中去的。乱哄哄的杂耍剧场，一位记忆大师正在进行表演。主人公汉奈出场，他坐在剧场里大声向记忆大师提问，两人的对话告诉观众：汉奈是一个到伦敦旅行的加拿大人。但剧场里忽然混乱起来，有人在打枪，汉奈往剧场外挤，一个年轻的女人拉着他挤出门，并要求跟他一起回他的住处。这时，观众已经看到了作品的主角汉奈，弄清了他的身份；知道了故事发生在 1935 年的英国；还看到了一位年轻漂亮的女人，她和汉奈肯定会发生些什么事。但这些作为情境因素的交代还不够，我们还没有搞清楚汉奈会遇到什么事（事件），会陷入到什么矛盾之中（人物关系），所以，这还不是真正的开端。接下来，汉奈和年轻女人回到住处，她显得令人奇怪地紧张，她告诉汉奈自己是一个身处危境之中的特工，因为发现一群以一个缺了一截小指的人为首的间谍盗取了英国的军事机密，而正被这伙人追杀……汉奈自然是不相信。但年轻女人却在他的屋里被人杀死了，汉奈这才明白她说的是真的，并且惊恐地发现自己陷入了大麻烦之中——间谍们要追杀他这个知情者，警察也将他作为杀人犯在追捕他。至此，作品的情境也真正地建立起来了，事件与人物关系使汉奈的人物性格获得了发展的动力。

现代影视艺术的一个重要发展现象是剧情节奏的加快，这种节奏变化不仅是镜头转换上思维空间的增大，同时也表现在开端部分对于情境的交代语言更加丰富，表现手段多元化，以便更快地引出动作。影片《断箭》(1996)以拳击开始，带出两位即将敌对的主要人物之间的对抗，从拳击台上下来走进将军的办公室领受任务，把整个情境交代完毕，人物开始动作。《真实的谎言》(1994)开场的枪战打斗，极富视觉的感染力，然后是主人公回到家中却对自己的妻子隐瞒自己的真实身份，带出复杂的人物关系和事件。《拯救大兵瑞恩》(1998)开始的登陆战斗蕴含了作品的内在冲突即：战争与个人的关系。紧接着是后方总部发现瑞恩兄弟四人已相继战死三人，仅剩一人，还在战场，这剩下的一个绝对不能够再让他牺牲，这样便建立起了叙事的起点。

这几部作品都属于动作片，所以开端比较强调视觉的刺激性和感染力。有的作品情况就复杂一些了，如《一个警察局长的自白》(1971)，在疯人院的气氛中，主人公出场，由他的活动展示出作为背景的疯人院，然后是他向主任医生发出放利普马出院的指令。通过警察局长与助手的对话，“透露”出这一指令的特殊意义。利普马出院后，找罗蒙诺复仇。至于主人公与罗蒙诺的关系，则是随着情节的发展逐步交代出来的，也就是说，把情境的因素分散后糅合到情节的发展进程中。这种处理方式，完全是由作品自身的复杂性所决定的，目的仍然是为了加快节奏。

电影开头部分要简洁、明快，建立“需求”、设置“悬念”，以抓住观众的兴趣。

例如，《美国往事》(1984)在第一段落中，描写了“面条”女友被杀的残酷过程和莫胖子遭毒打的血腥场面。从电影格局的角度讲，该段落是影片的开端。电影对开端的要求是：节奏快、刺激、能够立即吸引住观众。《美国往事》第一段落的主要特征就是节奏快、刺激、残忍、血腥、充满悬念。“面条”的女友为什么被残忍杀死，莫胖子为什么遭人如此毒打，这些能够激起观众的观影欲望。这是典型的电影格局中的开端。影片到“段落 4 丢钱出走”，是影片的开端部分，“丢钱出走”是影片开端部分的“情节点 1”：火车站保险柜大家的巨款消失了，这是怎么回事？巨款到哪里去了？谁偷的巨款？是否弟兄们中有叛徒？谁是叛徒？“情节点 1”以内在动力结束了影片的开端部分，紧紧勾住了影片下面的发展部分。这些疑问需要在后面的故事中得到解答。

一般来说，影片的开端是引起观众兴趣的关键，在片头部分，创作者常常将影片中与影片主要剧情有密切相关的镜头进行快速组接，让观众迅速地了解影片的大致内容。例如《唐人街》，在最初几幕中就展现和描述了戏剧性情境：洛杉矶正处于严重的干旱时期，因此水源就成了稀缺物品。杰克·吉蒂斯是一位私人侦探，他受雇于某位大人物的妻子去查清她丈夫的风流韵事，她丈夫是洛杉矶市政府水利部门的负责人。三件事情主要人物、戏剧性前提和戏剧性情境被连接在一起，这样故事的开端就建立起来了。另外，制造刺激和悬念也是常用的一种手段，将影片中最刺激的场面（如爆炸、凶杀等）组接在一起，在短时间内为观众营造出一种特定的具有吸引力的氛围，从而激发观众的观影欲望。例如，《碟中谍》系列就采用了这种方式，在开场以凶杀镜头制造悬念，迅速地引起观众的关注。也可以将两种手法共同运用，在制造悬念和感官刺激的同时，又介绍剧情。

如何写好电影剧本的开端部分？用悉德·菲尔德的话来说，就是要在十分钟内介绍三件事：谁是你的主要人物、戏剧性的前提是什么、主要人物的动作，即什么人、在什么情况下、做什么事。在影片开端，故事主要人物必须出场，即使不出场，情节设置也要围绕着主要人物展开。例如，《天堂电影院》（1988）的开头：在海边的小屋里，海风吹起白色的窗帘，一名老人正在打电话找沙瓦托狄维塔，她在电话里交代她是沙瓦托狄维塔的母亲，她找了他一整天。但她这一次也没有成功，失望地挂掉电话。镜头转向一名年轻女子，女子劝说老人不要再继续，沙瓦托狄维塔已经三十年没有回家了，他一定是不记得了。老人坚持要继续寻找这位主人公，她认为他一定记得，如果他发现我们没有告诉他，会生气的。在这个过程中，主人公并没有出现，故事情节却紧紧地扣着主人公展开，沙瓦托狄维塔是谁，为什么他的母亲找不到他，既然他三十年都没有回过家，这时候母亲是因为什么事这么着急地要找到他。一系列的悬念为主角的出场做足了铺垫，为后续故事的开展埋下伏笔。

《搏击俱乐部》（1999）开头：男子惊恐的脸部特写，接着镜头往后拉，看见他嘴里抵着一把枪，持枪者并未入画面，却用一段台词抛出悬念：“总是有人问我认不认识泰勒·德顿，还有三分钟，精彩的时刻就要到了，一切回到原来的起点，你想说几句话纪念这伟大的时刻吗？”影片在高度的紧张中展开，同时带出主人公泰勒·德顿的神秘身份，在影片开始三分钟内就抓牢观众，这是典型的将制造悬念和介绍主要内容并用的开端手法。

《法国中尉的女人》(1981)在时空处理上极富影视特性，特别是序幕这一段落。它是一个镜头画面，但它所传达的信息量，表达的丰富内容，都大大超过了句子，而构成了一个段落。镜头画面长度约3分钟，后半部为字幕衬底。镜头画面开始是莎拉蒙着斗篷的头部侧背特写，占据画面的2/3，右面是一面小镜子和化妆师的半个面孔，用固定摄影机位拍摄。显然，这是电影开拍前的修妆。随后是导演的画外音，在10秒钟左右，莎拉转过头，答应导演的问话，把镜子交给化妆师，转身向远处走去。镜头随着莎拉的动作变焦(由长焦变广角)拉出，镜头画面则由特写变成大全景，画右出现巨大的船头，画左出现工棚和燃烧着的炉火。莎拉走成远景至大远景，与此同时，前景的化妆师，后景提着扩音器的副导演及远景处的小面包车快速退出画面。这一视像是要让观众确认这是电影拍摄现场，布置成英国19世纪小镇的修船码头。莎拉隐入工棚后面。30秒钟左右，随着导演的喊声，镜头板插入画面，占据整个幅面，代替场面，成了主要表现对象，将来就是靠它进行声画对位组接。镜头板撤出后，在镜头画面包括的空间范围内，构成拍摄现场景象的视觉因素已全无，它俨然如古旧码头，空旷、冷僻气氛十足。莎拉从炉火后边走出，向镜头走来，由大全景走成小全景。这时镜头伴随着莎拉的行动跟摇。45秒左右，她从远景走成全景，并向防波堤上走去。摄影机开始跟摇(是升降摇臂转动的结果)，莎拉从正面渐成侧面。她登上防波堤台阶，摄影机随着升起，人物也从侧面而渐成背面，人物虽有方位变化，但幅面位置基本处于趣味中心。莎拉沿防波堤远去，摄影机升到俯视防波堤位置停住，开始变焦。防波堤处于幅面几何中心与趣味中心之间位置，向远处延伸过去，两面尽是海水，铅灰色的天空几乎和海水色调混同，构成阴冷情调。莎拉在大远景处，伫立在防波堤的尽头，叠出影片字幕。

事实上，电影的开头是多种多样的。可以分成：顺开头，例如，《克雷默夫妇》(1979)、《马路天使》(1928)；倒开头，例如，《天国的车站》(1984)、《白夜》(1957)、《放牛班的春天》(2004)；中间开头，例如，《情书》(1995)、《天云山传奇》(1981)、《人证》(1977)；呼应开头，例如，《良家妇女》(1985)、《两个人的车站》(1982)、《早春二月》(1963))；冷开头（《黄土地》(1985)、

《雁南飞》(1957)、《罗生门》(1950)；热开头，例如，《兵临城下》(2001)、《红高粱》(1987)、《士兵之歌》(1959)；先主后宾开头，例如，《阿凡达》(2009)，先宾后主开头，例如，《铁皮鼓》(1979)、《法国中尉的女人》(1981)等。

二、发展部分

发展也叫“纠葛”，是电影结构中最主要的部分，篇幅最长，着重展示矛盾纠葛如何加强剧中人物的困难与危机。不仅要展示剧中正反主人公的性格特征，还要着重刻画剧中人物所面对的环境。观众为什么会喜欢看电影？按照弗洛伊德的说法，电影“所有的快乐都源于紧张程度的减少”。吃饭带来快乐是因为饥饿带来的紧张感减少，按摩带来快乐是因为疲惫带来的紧张感减少。常说的一个词叫“戏剧的张力”，所谓“张力”就是指在戏剧的发展阶段所积累的紧张与释放的过程。影片《魂断蓝桥》发展部分有五段戏，上一段是下一段的开始，下一段又是上一段的必然延续。《魂断蓝桥》的作者正是按照“冲突律”的法则，经过仔细设计和安排，错落有致地把各个部分组织起来，以达到矛盾深化的目的。由于矛盾的不断深化，便造成了戏剧艺术必须具备的那种紧张感。阿契尔在《剧作法》一书中也提到：“戏剧的秘密的最大部分在于一个词：‘紧张’。而剧作家技巧的主要内容就是在于产生、维持、悬置、加剧和解除紧张。”紧张的程度越强，与之相应的紧张程度就能够减少更多，相应地使观众获得更多的快乐。经典的剧情发展结构为了不断加强这种紧张感，往往要遵循一条原则，即按照情节发展的逻辑，顺序地把故事的来龙去脉交代清楚，使剧情能够层层递进达到高潮。创作者必须按照因果关系，把段和段、场和场，循序渐进地、承上启下地、合情合理地连接起来。

经典发展模式强调戏剧的整体性，表面上合理的动机，各个组成部分的连贯性。每一个镜头都不露痕迹地过渡到下一个镜头，力求使动作顺利地开展，造成一种必然的感觉。为了增加冲突的紧迫感，有时会加上某种最后期限，用滴答作响的计时器来强化感情。

设计情节意味着从一个地方，通过蜿蜒的路线，到达另一个地方。在故事中，不能走直线，必须走曲线，所有的故事都有情节设计。因此在发展部分，要为人物不断设置障碍，通过人物动作不断克服障碍，实现需求。在剧本创作之前，创作者必须为主人公构建好一个核心冲突，也就是要制定一个目标，通常在大目标之下还包含着小目标。也就是我们常说的主线和副线。例如，在《窈窕淑男》(1982)里，迈克的第一个目标是得到一份演员的工作以挣钱来投资朋友的剧本；当他男扮女装在一部肥皂剧中得到一个角色时，他爱上了另外一个主要演员，获取她的芳心就成为他的第二个目标。在《沉默的羔羊》(1991)里，克拉丽斯·斯塔玲的两个目标都与职业有关：第一个目标是成为联邦调查局的探员，特别是为杰克·克劳福特工作；第二个目标是在连环杀人案的凶手再次作案前抓到他。这两个目标在影片中是完全交织在一起的，因此可以认为她成功抓到凶手会确保她与克劳福特的合作。

电影《铁甲钢拳》(2011)讲述了一个落败拳击手与自己十一年未谋面的儿子带着一个垃圾堆里翻出来的陪练机器人去参加顶级拳击赛的故事。在故事里，机器人能否赢得比赛，是作者设置的大目标，是剧情的主要冲突；父亲与儿子的关系能否得到改善，是剧中的小目标，它们构成了一对冲突。而随着剧情的发展，陪练机器人与顶级拳击机器人的矛盾冲突不断推进，营造出紧张的剧情氛围，而父子关系却愈渐缓和，两对矛盾，一松一紧，张弛有度。

电影《阳光小美女》(2006)将一个面临破产危机的中年父亲、一个烟不离手对婚姻爱情麻木的母亲、一个沉迷毒品满口脏话的爷爷、一个失恋兼失业的同性恋舅舅、一名自杀未遂的哥哥和一个乖巧天真的小女孩儿组合成一个家庭，全家人寄希望于送女儿参加选美比赛以改变危机中的家庭。这样一个奇特家庭的寻梦之旅一路上状况不断。女儿能赢得选美比赛，是影片设定的大目标，而一家人能在这场荆棘丛生的旅途中获得成长，是隐藏在大目标下面的小目标，但却超越了大目标的存在，成为感动观众的主要因素。

主副线交织的情节设置方法，可使得戏剧更有情感张力，而不是枯燥的通关游戏。无论是从动作还是从悬疑为主线的影片，在加入了情感的副线之后，都会有助于推动情节发展，并使角色塑造更为人性化，也就是更让影片接近我们真实的生活和真实的情感。

电影是对生活的浓缩，所以创作者要选取生活中最典型的片段用最艺术的方法来展现生活或时间带给人物的影响。在影片发展部分中要明确的是，主人公面临着什么样的问题，或在哪一方面陷入了绝望，在主人公的日常生活中什么是他最珍视的东西等。当然，这种东西最好不要是主人公在第一幕时遇到考验就会毅然选择的事物，要将最宝贵的东西隐藏于主人公的意识之下。随着矛盾不断推进、冲突不断加剧以及人物性格的形成，主人公才发现这件隐藏在现

实生活之下的宝贵事物，从而做出遵循自己内心的选择。这种选择与之前选择的对比，就是人物的成长。例如：

> 在电影《怦然心动》（2010）中，女孩茱莉对新搬来的邻居家小男孩布莱斯一见钟情，最大的心愿就是获得他的吻。她一直努力接近他，但布莱斯都避之不及。经过一系列的事件，布莱斯终于发现了茱莉的特别和可爱，开始追求茱莉，而此时，茱莉却发现了布莱斯不是她想象中的梦中情人。
>
> 在电影《谍影重重 2》（2004）中，贾森·伯恩出发踏上了生死攸关的历程，去为他的女友玛丽的死复仇，并查清究竟是谁在追杀自己以及是为了什么，这是影片设置的大目标。而随着剧情的展开，伯恩发现自己涉嫌几年前俄国政客及其妻子的被杀案，现在他必须为自己的行为承担责任，并要去找到这两位被害人的女儿。这其实是一个关于发现和救赎的故事。

在观众眼里，剧情必须是有趣的。如果观众从影片第一幕就能知道接下来会发生的事情，这无疑是一本失败的剧作。所以，故事在发展中必须要设置一些出其不意的曲折情节，当剧中人物制订出一个计划或策略时，通常是先公开展示出来以便让观众有一个预期，当有了这么一个预期，事态并未按照预期那样发展时，剧情就变得无法预测了。当崭新的、出乎意料的障碍出现导致原有的计划无处施展时，观众的兴奋点就被触发了。例如：

> 在电影《捕蝇纸》（2011）中，一伙专业的抢劫团队和两个笨贼同时来一家银行打劫，加上 FBI 的介入，导致两个抢劫队伍的原订计划都被搅乱，一切只得在令人啼笑皆非的混乱中进行。然而当两个抢劫队伍、几名银行职员、几名无辜的顾客被困在银行时，所有的人才意识到自己卷入了一个巨大的阴谋。这是一张由全国抢劫通缉排行第一的罪犯德拉姆精心布下的“捕蝇纸”，目的是一网打尽自己的竞争对手。那么 13 人中，谁是德拉姆，最后每个人的命运如何，每个悬念都妙趣横生。

但是要强调的是，情节设置必须层次分明、疏密适度、变化无常而合情入理。在《电影编剧的四个魔法》中，作者提出电影创作应该围绕着四个富有魔力的问题展开：主要人物的梦想是什么？主要人物的噩梦是什么？他们会为了得到什么人或者什么东西而不惜一“死”呢（真正的或者比喻意义上的）？这个梦想的结局是什么？或者说，什么情况催生了新的梦想。以电影《教父》为例，电影的主要人物包括主人公迈克尔·柯里昂、反派坏蛋堂·艾米利奥·巴西尼。我们可以由此说明这四个魔法的具体运用技巧。

迈克尔是一名战斗英雄，他是不可一世的教父维托·柯里昂的小儿子，这个家族是纽约五大犯罪家族之一。迈克尔想和家族生意撇开一切干系，但是，当父亲遭到刺杀后，迈克尔不得不为了父亲而战，他必须铲除那些试图杀害教父的刺客。当迈克尔在西西里避祸时，他爱上了美丽的西西里姑娘阿波罗尼娅，可是，父亲的仇家杀死了自己的新娘。迈克尔的心碎了，他变得心如铁石，回到美国。后来，通过血腥的杀戮，他控制了家族生意而准备带领这个家族进入一个全新的世界，迈克尔成了新的教父。

在这个故事中，迈克尔给这四个问题的答案是：迈克尔的梦想是过一种摆脱黑手党的生活。他的噩梦是不得不卷入家族斗争。他愿意为阿波罗尼娅而死，可是却没有这个机会。他失去了自己的梦想，从而变成了新的教父。

堂·巴西尼的答案是：他的梦想是要接管柯里昂家族。他的噩梦是他没有那个本事。他愿意不惜一死接管那个家族。他没有接管这个家族而且被杀了。[①]完成了对这四个问题的回答，两个人物的故事发展结构也基本搭建完成。

三、高潮部分

高潮部分是剧情结构中最关键的部分。电影叙事中的高潮是指戏剧性进展（在情绪、剧情、力度方面）最高点。经典好莱坞电影叙事高潮不一定是一场激烈的戏，只需要情绪激烈就行了。高潮也不一定是一种戏剧性突变，相反，高潮完全可以是一次意料之中的、期待着的对抗，高潮的发生是绝对不可逆转的变化。经典好莱坞叙事结构中的高潮往往是结构的顶点，是冲突从量变到达质变的时刻。在《魂断蓝桥》（1940）中，如果说发展部分还只是矛盾经历着量变的过程，那么，当一直作为伏线处理的“等级差距”这一新的矛盾突现出来时，促使原有的矛盾产生质变，形成了全剧的高潮。在高潮这一时刻里，整个冲突中的两种力量的胜负也已被确定：在纯洁爱情和传统观念较量中，玛拉终于失败了。

① [美]雪莉·艾莉斯、芬丽·拉姆森：《开始写吧：影视剧本创作》，王著定译，中国人民大学出版社 2012 年版，第 104 页。

高潮部分也是矛盾发展的必然结果和顶点，此时，人物性格塑造完成、主要悬念得以消除，因而，也是最震撼人心的时刻。高潮部分的到来要突然，既要在情理之中，又要在意料之外。如《第四十一》(1956）中女红军战士打死“第四十一个”敌人（恋人）的那一枪;《胜利大逃亡》(1981）中史泰龙扮演的盟军守门员挡住德军球星的那一必进的点球……

一直以来，对影视剧中的“高潮”有很多不同解释，出现这种情况的原因是讨论问题的出发点不同。假如感情反映、情绪效果、命运转折、矛盾冲突、主题思想、动作等因素，在一出戏中能够完全统一起来，那是再好不过了。但遗憾的是，这些因素却常常不能统一在一起。正因为如此，才有人提出了一出戏可能有两个高潮的看法，也就是情节高潮与感情高潮；有人则提出“高潮线”“高潮圈”等概念，主张扩大高潮的范围。其实，扩大范围并不能真正解决问题。因为高潮属于戏剧结构的范畴，而结构的基本任务则是在戏剧时间、空间的范围内组织动作。在剧本中，动作是塑造人物形象、揭示人物性格的基本手段；动作使矛盾冲突得以具体、直观的体现；情节也是由人物的动作体现出来的。人物的动作在剧本中应该有所发展，应该也有它的顶点。人物动作的顶点，当然是能够充分揭示人物性格的地方。同时，一出戏的主题思想也是在动作中体现出来的。动作的顶点，也应该是能够充分揭示主题思想的地方。由此可以看出，人物动作的顶点和剧作的主题思想的统一成了剧作的高潮。在许多影片中，观众很容易看到这样的高潮。

从高潮看统一性，究竟意味着什么？结构的统一性意味着动作和主题的结合，这种结合，必须在高潮中得到检验。一个好的剧本，不仅要有好的思想中心，而且要有好的动作中心（或者说动作顶点）。剧作者构思剧本的过程，可能是在大量、分散的动作中抓住动作的中心，在这个基点上明确剧本思想的中心；也可能在研究、分析分散动作的思想含意时，先明确剧作思想的中心，再对动作进行选择，从而确立动作的中心。不管是前者还是后者，动作的选择和思想的集中是同时进行的。而结构的任务，就是使动作和思想结合起来。在一个剧本的动作体系中，一切动作的作用都要在高潮得到检验。也就是说，动作的统一性包含着动作的前后连贯、动作和动作之间的因果关系，这一切，都需要通过高潮去检验。

一般地说，剧作家在开端部分要交代、介绍人物所处环境，人物关系的历史状况，正在发生的事情，等等。通过交代、说明，造成戏剧情景，造成悬念，指明动作的方向。开端部分造成的悬念是否准确，必须在高潮得到检验。故有人认为，开端部分的任务是系结，而解结则是高潮部分的任务。剧作家在开端部分通过必要的交代、说明，造成了全剧的悬念，为动作指明了方向，并引导观众沿着这个方向，一步一步走向高潮。

就影视剧作而言，一幅地图上，任意两个地点间都可以有无数条走法，但是，无论走哪一条路，最终的目的地是不变的。这就像一个故事，它可以有无数种编织剧情和穿插细节的可能性，但是，剧作者的创作思想，剧作者在动笔前对于整个故事的“目的地”应当在出发前就了然于心的。这个“目的地”就是“高潮”，这曲直不一的路线就是推进。诚如剧作家及理论家们所言：

> 一个戏剧性场面是一个危机（或高潮），它导向一个决定性高潮（或动作中心）……戏剧结构的秘密主要在于紧张这两个字：在于酝酿、维持、悬疑、加剧和解除一种紧张的状态。
>
> 一出戏能吸引住观众，主要是依靠清楚和正确的强调……它引起持久的兴趣和迫切要求知道后事如何的心情……每一场，每一幕，甚至整出戏，都应该有起伏不断的浪潮。
>
> 意义，从正面到负面或从负面到正面，或有反讽或无反讽的价值巨变——朝向绝对而又不可逆转的具有最大负荷的价值的摇摆。这一变化的意义可以打动观众的心。

影片《美国丽人》（1999）一开始就告诉观众：“我的名字是里特·伯纳姆，这是我的社区，这是我的街道，这是我的生活，四十岁，一事无成，在一年内，我将死掉。”这里，故事的起点和终点在开端就交代了，并暗示观众，故事的目的地是里特的死亡，里特的死亡也是影片的“高潮”。

我们剧本写作可能有很多的触发点，一幅画、一则新闻、几个词语意外的组合，或者在某个瞬间一掠而过的情绪，读了一首诗后的灵机一动等。这时开始播下故事的种子，开始用创作者未来的若干个月去浇灌它。这个打动创作者的想法就是一个故事的点，故事点发展壮大，成为可以解决一场戏的决定性矛盾时，就成为一场戏的“戏眼”；故事点继续被丰富并被赋予有逻辑序列的动作性后，能够表达创作者的整体创作观点，凸显为一部影片中人物主体动作的决定性段落时，它就构成了高潮。

所以，创作者力图将一切术语都用一句话来解释：高潮，就是主要角色的核心动作获得解决的段落。

一些商业剧作家是带着预先设定的“高潮”来写作的。对于普通观众而言，剧中人的出场意味着一种性格的出场，一个带着特有逻辑的人物形象在银幕上发生行动。对于剧作者而言，人物出场时带着他的终极使命，带着他的高潮动作在行动的。观众期望的是人物下一步要怎样做，能否成功；剧作者却在构思如何在高潮的到来前使人物的行动线真正丰满扎实，以使高潮尽可能以意外的方式合情合理地到来。

由此不难推导出所有素材价值的大小都由其与高潮的关系决定的。在集中的故事线索中，这些素材或者是引起了高潮事件的爆发，或者是催化了高潮事件的反应，或者是恰当延迟了高潮的到来，使悬念危机更加舒展充分。高潮不仅决定着每一个素材的某种正面或负面价值，同时也影响了所有素材在人物性格逻辑线索上排列组合的顺序。素材的正面价值是沿着已定的人物性格和故事情境线索，推动剧情走向高潮，它的表现是为人物性格形象朝特定方向"加分"。例如，《美丽心灵》（2001）在讲述对数学达到痴迷程度的年轻纳什的故事时，从一开始就不断显示出他对生活中数学问题的浓厚兴趣：在聚会上他通过酒杯的反射观察到与朋友领带花纹吻合，在夜晚他将星空指点出各种形状，宿舍的玻璃窗也被当作黑板用来运算，这些都是为他的人物性格"加分"而设计的，用以塑造数学家的形象。素材的负面价值是在沿用人物性格线同时，提供相反的信息。这种负面价值或用来刻画人物性格的另一面，使人物显得更丰富、更有多义性，或用来与先前情境造成对抗冲突，更好地推进人物的动作线。纳什有一回在酒吧里见到被众人追捧的美女，他朝女郎勇敢地走过去，但是数学家的求爱失败了——纳什的这个举动只显示出了他是一个不善交际的普通人，与创作者设立的"痴迷的数学家"逻辑没有明显一致。但随后，当众人再一次聚会时，他竟受启发地修改了权威的管理学理论——人物性格以另一个角度被再次确认，并构成了动作的前进。《哈姆雷特》（1948）的高潮是主角哈姆雷特复仇行动实施并取得成功的整段戏。《无间道》（2002）则是警匪双方互派的卧底在确认对方身份后做的决战。高潮并不是指短促的爆发，它是指深刻的变化，这样的场景不可能一掠而过，所以要把它展开，让它们呼吸，要放慢进度，让观众屏住呼吸思忖下一步会发生什么。此处，回报递减定律同样成立：停顿得越频繁，停顿的效果就越小。如果重大高潮之前的场景漫长而迟缓，那么想要制造紧张感的大场景就会流于平淡。因为已经在不太重要的场景中过多地消耗了观众的精力，这样重大时刻的事件所得到的反应只是观众耸耸肩而已。相反，创作者必须通过浓缩节奏，螺旋式地提升速度，来"挣得停顿的资格"，当高潮来临时，拉长时间，令紧张感长留不去。

《美国丽人》呈现了一个类似于曹禺先生的《雷雨》里"决战之夜"的场景——在一个雷雨交加的夜晚，所有人命运在同一地点给出决定性答案：里特昙花一现地实现了追求安吉拉的愿望，并结束了自己的生命；可丽莲终于鼓起勇气要向名存实亡的婚姻生活挑战了；珍和男友里奇也终于要离家逃离纽约。在这里的人物动作与高潮的统一性可以通过里奇的那位美国海军军士长的父亲卡尔宾来观察：卡尔宾从一出场就显示出与环境格格不入的举止，作为一个深受煎熬的同性恋者，他的心理动作一直潜藏在对白和生活表面之下。他若有所感地凝视里特光膀子举哑铃，并用一己的揣测去猜疑儿子与邻居的“特殊”关系，当看到三个健壮男人做晨练时，更刻薄地讽喻：“这是什么？马戏团么？”这些都构成了一个隐藏的悬念，直到大结局之夜才让他同性恋的身份被揭露出来。这是全戏的高潮，此时，立刻使前面所有关于他的细节值得回味，这里恰好又直观地印证了另一句关于高潮的格言——当第一幕的墙上出现一支枪时，要在最后一幕让它打响。

高潮可以是一整部影片的高潮，同样，每一场戏中也存在着每场戏的高潮——“戏眼”。单场戏或一段落的戏的高潮应当与整部戏的高潮保持统一性，一部影片的每一场戏都是从起点出发后的中途，它是向着高潮去的，尽管它根据作者的奇思妙想呈现出了千变万化的图景，但高潮是所有殊途共同的归宿。

四、结尾部分

高潮之后，主要矛盾和悬念最终解决，剧情得到平衡和稳定。虽然如此，但影片并非到此结束，影片仍要继续下去，所以还有一些余波、余事、余味需要交代，甚至某些影片还有作者想表达的对人物、事件、生活的冷静评价——肯定、批判、嘲讽等需要在结尾处理。

结尾部分的要求：必须干净利落，切忌拖泥带水。好的结尾更要含蓄隽永，给观众留下广阔的想象空间和思考余地。例如，《天堂电影院》的结尾：最后成名后的多多看着艾弗雷多留给自己的曾经被他剪辑掉的所有接吻的胶片、微笑着流下眼泪。他明白艾弗雷多对自己的一片苦心，正因为当初放弃了爱情，才有了今天事业上的成功。虽然艾弗雷多自私地决定着多多的人生，但最后的结果是多多自己走出来的。人生不是电影，人生要辛苦得多。

结尾一般可分为两大类：稳定性结尾和开放性结尾。

1. 稳定性结尾

一般影片结尾基本上是故事有一个明确的结局，事件告一段落。善有善报、恶有恶报，人物各得其所，生活回归平静。

（1）常规型结尾。大团圆结局具有东方文化特点，如中国戏剧里的书生落难、小姐赠金、金榜题名、衣锦荣归等都是大团圆结局。事实上，好莱坞电影亦是如此。假如将《永别了，武器》（1932）的结尾改一下，让卡萨玲生下小卡萨玲，一切像预想的一样，或者是顺产，或者是由一个大夫简简单单地把自然产变成剖腹产。总之是让大人小孩都平安无事，那么这就变成一个典型的好莱坞模式——大团圆。好莱坞有一个原则——绝不跟观众为难，这可以说是一百年来好莱坞击败世界其他电影制作机构而达到全面胜利的最主要秘诀。好莱坞有一个说法，观众自己掏钱来看电影，为什么要让观众心里堵着心里不舒服地离开电影院呢？事实上，《漂亮女人》（1990）、《诺丁山》（1999）、《绿卡》（1990）、《贫民区的百万富翁》（2008）等众多有着大团圆结局的好莱坞电影，正是“梦工厂”造梦功能最生动最形象的体现。

在中国早期电影中，脱胎于“文明戏”的“影戏”的大团圆结局的电影主要有以下几种形态：全家团聚型（《孤儿救祖记》，1923）、喜结良缘型（《野草闲花》，1930）、因果报应型（《阎瑞生》，1921）、复仇雪恨型（《火烧红莲寺》，1928），这几种类型都构成一种稳定性的、常规的电影结尾。此外，稳定性的、常规的电影结尾在表现在电影叙事完结后的中止，例如，《甲午风云》（1962）、《金色池塘》（1981）、《青春之歌》（1959）等影片都是如此。

（2）喜剧型结尾。有些稳定性的结尾是具有喜剧意味的，如《两个人的车站》（1982）。这是苏联著名喜剧导演埃利达尔·梁赞诺夫的爱情三部曲之一。作为一部生活喜剧，充满着生活的真实感和时代气息。影片中处处彰显着一种耐人寻味的幽默感，引人发出会心的微笑，平凡中的真情让每一个观众都为之动容。影片男主人公是代妻子受过的，善良敦厚的他为了保全做电视台播音员妻子的名誉、地位，心甘情愿做了车祸的肇事者，在冰天雪地的西伯利亚接受劳改。现在他被获准去见妻子——她从七千里外来看他，在村子里租了一间房子。长官给了他通行证，顺便叫他把修好的手风琴捎回来。那个情愿让丈夫代罪而得以换取自己的前途的女人在等他，他无法相信，本想拒绝去看她，但又没有权利拒绝去取手风琴。临走，长官告诉他必须在规定的时间内归队，否则会加刑。于是，这个叫普拉东的人走出了监狱大门，踏上荒凉而积雪覆盖的大路。西伯利亚天寒地冻，路途遥远，一件件往事不由得涌上他的心头，温暖了他的心。影片以大量的细节将往事娓娓道来，从快餐不合口味没吃拒绝付账开始，钢琴家普拉东与车站快餐厅女服务员薇拉之间，由争吵到相互同情、关心，最后产生了爱情。影片用优美的画面展示和人物形象的出色刻画，通过一个又一个的情节设置，巧妙地推进了情节的层层发展。这两个不幸的人虽然社会地位、文化教养差距很大，但两颗真诚、善良的心，使他们最终走到了一起。

颇有喜剧意味的结尾是影片的点睛之笔,这个结尾把全剧的情感推向高潮。影片早就埋下了伏笔：两个人，男主角和女主角；跑不动了，瘫在雪地上；必须要有一个手风琴；这是在清晨，在回监狱的路上，已经很近了，已经跑了很远很长时间了。在观众脑海里印下了这样的感人场面：男女主角躺在冬季的风雪地上拼命地拉手风琴，企图向近在眼前的监狱里的管教人员报告他们已经回来了，他们不但没有逃跑而且在规定时间以前回来了，但是他们实在是跑不动了，茫茫雪野里，俩人背靠背，那么亲密，那么甜蜜，琴声在空旷的雪原上传得很远很远，飘过了劳改营高大的围墙……这大约是世界上最美妙的琴声了。琴声里满含真诚，满含对新生活的渴望，满含源自心灵深处的感动，看到这里，又有谁能不为之动容呢?

（3）悲剧型结尾。有的影片结尾是具有悲剧性的，例如，施隆多夫导演的电影《推销员之死》（1985）中，年逾花甲的主人公推销员威利·洛曼拎着两只沉重的、装样品的箱子回到家，他极度疲倦，仿佛已经走到了生命的尽头。只有老伴儿琳达了解他、体贴他，尽一切努力来维护他的尊严，希望能给他一些生活下去的勇气和信心。然而，这一切似乎都无济于事……壮年时代的威利，一副精明强干的神气，两个儿子比夫和哈皮，是他的骄傲。尽管比夫的学习成绩不及格，也没有引起父亲的重视，因为，他确认比夫将来完全可以当一名体育明星。然而，事与愿违，比夫多次离家出走，宁愿去当农业工人，也不愿留在充满竞争与欺诈的大城市里。在沉重的压力下，威利的精神恍惚不定。为了拯救威利，琳达呼吁孩子们要怜爱父亲，甚至把威利要自杀的企图告诉了他们。这时，小儿子哈皮想出一个办法——让比夫向朋友借钱，由洛曼兄弟自家独立经营，以期干出一番事业来。这个令人振奋的设想，使全家人抱着新的希望进入了梦乡……为了预祝未来理想的实现，父子们约定在餐馆中聚会。就在他们见面时，双方带来的都是不幸的消息：比夫没有借到钱，威利也被公司开除了。这使得父子间又发生了激烈的争吵，然而，他们谁也没搞清楚，生活不下去的社会原因。最终，威利还是自杀了……

（4）思考型结尾。有的影片的稳定性结尾却给人以思考的空间。例如，韩国电影《杀人回忆》（2003）中，韩国京畿道华城郡发生一起连环强奸杀人案，两个没有接受过系统严格司法训练的探员，凭直觉和暴力刑讯逼供，使用原始笨拙的断案方式，几经周折，案情开始有所突破——雨夜被害的红衣女子、女子学校的神秘传说、电台播放的悲伤情歌、匿名的点歌人……案件终于有线索可循，证据环环相扣，探员剥丝抽茧步步接近真相。观众的呼吸已经被导演控制，甚至到最后，若干巧合已经足以让所有人确凿不疑地相信那个英俊的点歌人就是凶手，因为要靠证据说话，所以必须等待 DNA 化验结果。在此案的真相似乎已呼之欲出时，案情急转直下，导演使所有观众从守得云开见月明的希望中，又重重地跌入到沉寂的绝望之谷里。最后一个受害者是高中少女，令人作呕的死状，未闭合的双眼，和苏探员不久前亲手为少女贴上的创可贴，这时附在一具毫无生气的尸体上，在瓢泼的大雨中，理智冷静的苏探员终于崩溃了，他听到恶魔在黑暗中偷偷地冷笑。他宁愿相信久等的 DNA 报告只是一纸谎言，他要靠自己终结眼前的罪恶——他掏出手枪愤怒地射向疑犯…… 然而十七年后，昔日的警官已经成为商人并养儿育女，但当他路过当年的稻田时，又禁不住走到当年发现第一具尸体的田垦排水管前。从一个天真的女童口中得知，凶手不久前来过此地。再继续追问，答案让所有人都为之绝望——他只是一个普普通通的人。影片以中年朴探员闪着泪光、透着惊愕与茫然的复杂眼神结尾，留给观众的是一个没有答案的结局。影片并未交代凶手是谁，重点不是揭露案件的真相，而是给予影片一个开放式的结局：凶手就在每天与我们擦肩而过的普通人之中，人人都有可能——这个世界上，总有一些人隐藏着不为人知的另一面；而有一些真相注定无法大白于天下，如同那个片中经常出现的火车隧道，黑暗冗长，谁也看不到尽头是什么。

（5）突转型结尾。很多时候，观众看电影都有种习惯，往往故事刚刚开始，就迫不及待地想要猜测电影的结局。电影史上有很多颇具反转意味的电影结局，智慧的剧作者精心结构一场与观众斗智的游戏，也许观众正为自己抓住了一丝线索而沾沾自喜，它却能在下一刻突然来个“U”形转弯，令观众猝不及防。观众可能还沉浸在故事结局所带来的震惊当中，却不得不佩服编剧的智慧。

例如，英国电影《禁闭岛》(2010)，1954 年，联邦警官泰迪和搭档查克乘船来到波士顿附近的禁闭岛精神病犯监狱调查一桩离奇失踪案。手刃亲生骨肉的女犯蕾切尔从戒备森严的牢室神秘逃脱，藏匿于孤岛深处。泰迪怀疑监狱的主治精神病医师约翰·考利有意隐瞒内情，并向查克透露他上岛的真实目的其实是寻找当年纵火烧死他妻子德洛丽丝的管理员，并揭露美国政府利用精神病犯人进行人体科学实验的罪行。但随着调查的逐渐深入，真相变得越来越扑朔迷离。结尾希区柯克式的大反转，非但没能解开谜团，反而令观众更加疑窦丛生。

《第六感》(1999)，麦克是个儿童心理医生，被一个自己曾经放弃治疗的青年枪击。一年以后，当日目睹这个青年饮弹自尽的麦克决定帮助一个同样有着心理问题的小男孩柯尔。柯尔拥有一双天生的鬼眼，他可以看到死人，但没有人相信他的特异功能，母亲也觉得小柯尔有天生的心理疾病。麦克用他的真诚和耐心让柯尔终于相信他，两个同样孤独的人携手帮助一个死去的女孩找到了杀害她的凶手。男孩渐渐找回了属于他的童年，而麦克则解开了属于他的心结。他回到了至爱的妻子身边，看着她香甜地入梦。正当这时，结局却发生突转，原来麦克确实是早已身亡的鬼魂，并非是他救援了柯尔，而是柯尔的童真拯救了他不安的灵魂。

这类结尾，好莱坞称之为“The final twist”——“最后一扭”。

2. 开放性结尾

有些影片故事的结尾则未必是明确的，它往往带有暗示性、延伸性、联想性、假定性，统称为开放性的结尾。

（1）暗示性结尾。美国早期电影导演罗伯特·维尼拍摄于1919年的《卡里加利博士的小屋》讲述了这样一个故事，小镇上来了一位可以预言未来的卡里加利博士，跟随着卡里加利博士而来的还有一系列的谋杀案。弗兰西斯的好朋友阿兰也是遇害者之一，于是弗兰西斯开始进入调查。这部影片出人意料地拥有一个开放性的结局，究竟卡里加利博士是所有事件的幕后真凶，还是所有的事情都起源于精神病人弗兰西斯的大脑。尽管影片有诸多暗示，但这个疑问最终并没有得到解决。这部影片的开放结局对之后很多的电影产生了影响。

（2）延伸性结尾。法国电影《四百击》（1959），描写了一位处于青春叛逆期的少年安托万，在经历了僵化保守的学校教育、四分五裂的家庭环境和冰冷残酷的社会现实后，少年无论如何都找不到出路。他逃课，见到母亲和他人偷情，跟老师谎称母亲去世。谎言被揭穿后，他离家出走，彻夜不归，并为了归还偷走的打印机而被警察当场抓住，带去了少管中心，但他还是在大家不留神的时候逃走了。电影的结尾安托万拼命往外跑，身后警笛鸣起，迷惘的安托万一直朝着大海奔跑……正是这样一个开放式的长镜头结局树立了这部电影在“新浪潮”运动中的领军地位，少年成长的迷茫，无处可去的青春，在这个不动声色的结局中彰显无遗。

（3）联想性结尾。电影《红河》（2009）具有开放式结局：到底阿夏是不是“越狱”成功？阿桃和阿夏两个人有没有机会重逢？这都成了不解之谜。导演章家瑞说：“阿桃和阿夏之后的故事可以让观众们自己填写，比如阿夏最终劳改就出狱了，找到阿桃一起生活下去，或者阿夏流落街头。我希望电影的结尾不是一个句号，而是一个省略号。”

（4）假定性结尾。日本黑泽明导演的经典影片《罗生门》（1950）在“武士被杀”的问诘中，在樵夫已经承认现场没有发现凶器之余，又不能说出镶珍珠的匕首的下落时，被路人逼问出了真相。樵夫，其实不只是这个故事的发现者，还是自始至终的目击者。宝剑，被樵夫藏起……至此，故事也应该讲完了。然而，影片的结尾很精彩：一个弃婴被三人在罗生门下发现，路人剥掉孩子身上的和服，揣入怀中，被偷走宝剑而内疚的樵夫一阵大骂。但那路人说：“我不拿也有别人会拿的！”“你不去说这孩子的父母反倒对我叫嚣！在这世道小人总是活得最好！”“人不自私就寸步难行！”雨中，路人大笑着走了。樵夫决定收养这孩子。片尾，在夕阳下，樵夫抱着孩子走向远方，只留下背后三个大字——罗生门……这个结尾耐人寻味：存放死人的地方，听到婴儿的哭声。就像庄子的庄周梦蝶一样，其实死人未必不把我们的生当作一种死。在一片死寂中，一声清脆的婴啼，是多么响亮的绝响啊！从中我们看到黑泽明对人类的希望和期盼。

事实上，在现代电影中，开放性的结尾已呈现出一种多元的向度。美国导演斯坦利·库布里克的作品结尾都是反高潮式的、开放式的。在《发条橙》（1971）中，医院里的亚历克斯脸庞颤抖着高呼：“我已经治好了！”影片便戛然而止；在《2001：太空漫游》（1968）中，微微发光的大眼睛婴儿向下凝望着地球，施特劳斯《查拉图斯特拉如是说》（2001）的“世界之谜”主题曲又一次响起；在《奇爱博士》（1964）中，音乐声中核爆炸的镜头出现了，可怕而美丽的蘑菇云变得越来越清晰，等等。库布里克喜欢开放式的结尾与其创作理念息息相关，他信奉的是“不管黑暗多么广阔无边，我们必须拥有自己的光明”。在黑暗与光明的交汇处，并无绝对的分界，也就是无所谓悲剧或喜剧，看到的就是存在，接受这个事实方是真诚地对待这个世界。

附：影片剧作结构分析实例

编剧菲尔德对剧本格局划分非常自信：“它是一个模特儿，一个样式，一个构思的规划，一个技巧高超的电影剧本就是这个样子的。它为我们提供了关于电影剧本结构的总观。如果你弄清楚了它就是这个样子的话，你可以简单地把你的故事‘装’进去就行了。”

检验一部影片开头的标准应该看是否完成了以下功能：

第一，交代背景，即要将影片发生的时间、地点、背景交代清楚。

第二，主要人物出场，影片中的主要人物都应该出场，并将他们的主要情况（身份、家庭环境、工作环境、个人性格特点等）介绍给观众。

第三，写好“第一本”，即影片开始的头10分钟，要抓住观众（包括抓住制片人、导演），商业片靠的是情节设置、人物表演、电影特技等，艺术片靠的是它独到的艺术韵味。

第四，建置好“情节点1”，例如前面提到的《唐人街》中的“调查私通”，真正的墨尔雷太太到侦探所质问吉蒂斯：“你认识我吗？”这个情节点不仅是“调查私通”这一情节段落的落点，也是影片“情节点1”，它结束了影片的“开头”部分，巧妙地引出了影片的“发展”部分。

《飞越疯人院》的剧作结构分析情节框架：

开头：“第一本”（10分钟），护士长出场（黑衣）；护士长强迫众人吃药（优美的音乐）；迈克（蓝色衬衣）来到精神病院，他戏弄守卫，跳舞，大叫，带来色情扑克；院长（黑衣、黑领带、黑色眼镜架）盘问迈克，交代迈克的过去，迈克是一个正常人，他来此完全是误会（10分到30分）。第一次开会（8分钟），讨论哈丁的妻子为什么看街上的男人；打篮球，迈克教哑巴酋长打篮球，酋长观察迈克（副线）；第一次交锋，打牌时音乐声太大，迈克请求声音低一点（迈克与护士长第一次交锋）；护士长让众人吃药，迈克把药吐了。

迈克和众人打赌（一块钱），“一个星期之内我把她制服”（情节点1）。

发展：第二次开会，继续讨论哈丁的妻子为什么看街上的男人；迈克要求换电视节目，众人表决，迈克失败（得3票）；众人打牌，迈克用水浇众人；迈克搬大理石水池子，未成功，他却说：“我试了！”（酋长看迈克，伏笔）；第三次开会，讨论比利为什么想自杀，再次为电视节目表决，结果9：9，最后酋长举手（副线）；护士长说已经散会，迈克对着未打开的电视机解说垒球比赛；院长与迈克谈话，“滚的石头不会长青苔”，“不要当众脱你的裤衩！”迈克甩掉警卫，开车和众人外出。他叫来妓女凯蒂（红衣），船上，众人钓到大鱼，迈克与凯蒂发生关系，比利注意凯蒂；院长问如何处置迈克，护士长表示：“我不愿意把我的难题留给别人“；打篮球，酋长投篮（副线）；第四次开会，讨论大家为什么来精神病院；杰西威要香烟，迈克打碎窗户拿到香烟，迈克被打；酋长帮忙，被抓（副线）；杰西威受电刑；佯装哑巴的酋长对迈克开口说话（副线）。

迈克遭受惨无人道的电刑（情节点2）。

结尾：第五次开会，讨论吃药；迈克回来，晚上，护士长（黑衣）等离开；迈克打电话，让凯蒂帮他逃走，他劝酋长一块走，酋长对他说，“印第安人无处可去”；凯蒂和女友（红裙）来，带来酒（红酒）；黑人看守被酒色所动；众人喝酒（红酒），众人跳舞；迈克欲走时，比利想和凯蒂亲热，迈克成全了他；迈克酒后睡着；第二天早上，护士长等来，比利请求不要告诉母亲，护士长不同意，比利自杀（红血）；迈克掐住护士长脖子，迈克被抓；众人打牌（优美的音乐）；迈克大脑被做手术，变成痴呆。

酋长："我不能留你像这个样子"，他用枕头闷死了迈克。酋长搬起大理石水池子砸开窗户，他带着迈克的灵魂奔向自由的原野（情节点3）。

影片的开头部分并没有多少离奇和惊心动魄之处，它只是在完成作为开头部分的功能，为下面的"发展"部分进行充分的铺垫，如将故事发生的时间、地点、背景交代清楚。影片的主要人物全都出场，还要交代清楚主要人物，最重要的就是要交代清楚迈克是一个正常人。为此，影片特意安排了迈克与院长的见面，有意味的是，此后院长几乎从未再出现，可见院长出场完全是为了完成介绍人物的功能。通过院长和迈克的谈话，观众得知迈克是一个正常人，来此完全是误会。情节点1是迈克与人打赌：一周内要把护士长制服。这意味着更大矛盾就要开始了。

发展部分是一部影片的主干，其任务是：展开故事和设置好情节点 2。原则上讲，情节点2应该是仅次于情节点3的情节点。影片的情节点2是迈克和众人反抗护士长和院方后，迈克遭受惨无人道的电刑——仅次于给迈克大脑做手术。此后，迈克下定决心，一定要逃出疯人院。

影片的结尾，关键是如何理解和运用情节点3：第一，情节点3出现的时间，应该是在充分铺垫后，在影片即将结束时；第二，"情节点3"的任务是把影片推向高潮，同时结束故事，完成人物塑造和影片主题的升华；第三，情节点3的作用应该是影片的点睛之笔，往往是与众不同的冲突或细节；第四，情节点3与影片中前面一系列情节点的关系往往有两种情况，一是逐步提升，最后到达顶峰，《骗术大全》属于该类，二是一明一暗，暗藏杀机，最后揭示隐藏的故事线索，《飞越疯人院》属于此类；第五，情节点3是影片的高潮，所以最佳处理方案是情节点3后，影片戛然而止，将余味留给观众。

一般情况下，影片的开头并无好坏之分，而情节点3则是决定一部影片艺术质量的重要标志——一个好的情节点3是构成一部好影片的灵魂。《飞越疯人院》的情节点3是：酋长用枕头闷死了如同行尸走肉的迈克，然后带着迈克的灵魂逃向迈克梦寐以求的自由天地。"酋长闷死迈克"无疑是影片最震撼人心的一笔，事件的外部表现是酋长残忍地杀死了朋友，但透过现象看本质，事件的实质是：酋长不是"杀死"迈克，他只是不能容忍自己的朋友——那个一心向往着自由的迈克，最后像一个行尸走肉那样苟延残喘地"活"在这个世界上。"酋长逃离"并非他自己的逃离，如果他想逃走，根本不用等到今天。迈克等人逃走还要设法找到打开窗户的钥匙，酋长逃走根本不用钥匙，他体力超群，最后他拔起地上的大理石水池，然后将水池砸向窗户（影片前面迈克曾经试着搬动这个水池，但水池却纹丝不动）。其实，酋长作为一个在当时备受歧视凌辱的印第安人，他比迈克有着更深一层的苦难。由于对社会的绝望，他甚至装扮成哑巴，拒绝和人说话。在他看来，逃走与留在疯人院，没有本质的区别，他是为了迈克，为了将迈克的灵魂带向自由的天地，才破窗而去。所以，表面上是酋长的身体逃离了疯人院，实质上却是迈克的灵魂逃离了疯人院。情节点3是影片最大的闪光之处，也是整部影片的灵魂，它使影片出色而震撼人心。

用最简单的话来概括电影结构，那么，开头——“把人物推入困境”；发展——“人物在困境中挣扎”；结尾——“解决困境”（包括喜剧式的胜利、悲剧式的死亡）。

美国影片《骗行天下》的剧作结构分析：

美国影片《骗行天下》长度为120分钟。其中开头30分钟，第一本10分钟（霍克、鲁萨骗钱成功），情节点1是鲁萨骗钱成功后，被朗雷根的手下杀死，霍克决心复仇。发展60分钟（霍克找到亨利，亨利带领霍克向朗雷根复仇），情节点2是朗雷根第二次到赛马场，他未赢到钱，决定下次赌注50万。结尾30分钟（朗雷根决心赌50万，最后他输掉50万），情节点3是朗雷根输掉50万。整部影片由44个情节点和10个情节段落组成，是一部情节紧凑、矛盾冲突剧烈的情节片，影片的情节点和情节段落的安排脉络清晰。

开头：情节点1，朗雷根的喽罗接受任务去送钱。情节点2，霍克、鲁萨用计将喽罗的钱骗走。情节段落1，霍克、鲁萨骗钱成功（情节段落1是典型的影片“第一本”，其作用是在影片开始时就抓住观众，激起观众的观影欲望，该片第一本干脆利落，又刺激幽默）。情节点3，霍克带舞女去赌钱并把钱输光。情节点4，朗雷根下令杀死霍克和鲁萨。情节点5，鲁萨决定洗手不干了，他告诉霍克，芝加哥的亨利是他的好友，并且是他们中“最棒的”。情节点6，警官施奈德拦路抢劫霍克的钱，霍克给了他假钞（副线1，不自觉中，霍克为自己埋下了副线1，它以后给霍克带来了无穷无尽的麻烦）。情节点7，霍克赶到鲁萨家，鲁萨被杀，霍克决心复仇（该情节点结束了开头部分，发展部分从此开始。情节段落2，鲁萨被杀，霍克决心复仇（情节段落1和情节段落2构成了影片开头部分的内容，它们介绍了人物，设置了悬念，完成了第一本的主要任务。为了使影片紧张好看，在这部分出现了“情节副线1”，同时大情节点1干脆准确地结束了影片的开头部分，为发展部分故事的展开，打下了坚实的基础）。

发展：情节点 8，霍克来到芝加哥看到亨利一副“落魄”之相，亨利令霍克折服。情节点 9，朗雷根下令继续追杀霍克。情节点 10，霍克劝说亨利，亨利说他要让朗雷根倾家荡产。情节段落 3，霍克去请亨利，亨利说要让朗雷根倾家荡产。情节点 11，复仇行动开始，亨利广招三教九流各路高手。情节点 12，亨利调查朗雷根的性情爱好，并制订出行动计划。情节点 13，施奈德追踪霍克来到芝加哥，霍克未告诉亨利假钞之事（副线 1 开始干扰主线）。情节段落 4，亨利广招各路高手，调查朗雷根，制订复仇计划。情节点 14，亨利的同伙租下一间地下室，准备把它改成赛马赌场。情节点 15，火车上亨利为参加赌局贿赂车长。情节点 16，赛思特到酒馆招兵买马，施奈德追踪霍克也来到酒馆（副线 1 出现）。情节点 17，火车上亨利的女友偷走了朗雷根的钱夹，亨利带着朗雷根的钱来到赌桌前。情节点 18，赌桌前亨利对朗雷根百般奚落。情节点 19，赛思特指挥装修赛马赌场，并继续招兵买马。情节点 20，赌桌上朗雷根不断作弊，结果亨利却赢了朗雷根。情节点 21，霍克化名“科比”到朗雷根的车厢取钱，他告诉朗雷根他想联合朗雷根打败亨利。情节段落 5，赌场招人，火车赌钱（“火车”与“赌场”是两组平行蒙太奇段落，这两组平行蒙太奇段落，外部叙事一主一次，平行交代，内部节奏一紧一松，一急一缓，引人入胜）。情节点 22，汽车上霍克告诉朗雷根，他们可在赛马赌场赢亨利的钱。情节点 23，霍克回到住处，遭到朗雷根的人的追杀，亨利问霍克脸上为何有伤，霍克再次隐瞒了实情（副线 2 出现，并开始干扰主线）。情节点 24，朗雷根下令雇职业杀手苏里诺（女）杀死霍克（副线 2）。情节点 25，朗雷根应霍克之约来到酒馆，并在电话中得知赛马“蓝雕”（马名）比赛中会赢。情节点 26，朗雷根来到赛马赌场，他赌“蓝雕”，结果赢了。情节段落 6，朗雷根第一次赌马（为了使影片的情节更加紧张、曲折，本情节段落中，在“情节副线 1”之外，又增加了“情节副线 2”，此后，两条情节副线一起干扰情节主线）。情节点 27，霍克来到朗雷根处，告诉朗雷根自己电话局有内线，可比赌场提前知道比赛消息。情节点 28，警官施奈德抓住霍克，霍克逃脱（副线 1）。情节点 29，霍克告诉亨利施奈德因假钞追捕他的事。情节点 30，职业杀手苏里诺到霍克住处附近的酒馆当女招待，霍克对她一见钟情（副线 2）。情节点 31，霍克带朗雷根来到电话局，亨利的人扮作电话局工作人员骗过朗雷根。情节段落 7，朗雷根调查电话局。情节点 32，亨利的人冒充“联邦调查局官员”拘留施奈德，指示他配合抓住亨利（副线 1 开始与主线重叠）。情节点 33，朗雷根第二次到赌场，按电话所说赌“营救队”，因比赛开始未买到赌票。情节点 34，“营救队”获胜，朗雷根告诉霍克，下次他赌 50 万（大情节点 2 结束了发展部分，结尾部分的全部内容表现一件事——

朗雷根第三次赌马)。情节段落 8，朗雷根再次到赌场，他告诉霍克下赌注 50 万(情节段落 3 到情节段落 8 构成影片的发展部分，在这些段落中，影片人物充分展开，情节主线与情节副线 1、情节副线 2 交织在一起，使影片情节丰富曲折，情节段落 8 的影片大情节点 2，鲜明、准确地结束了影片的发展部分)。

结尾：情节点 35，另一伙朗雷根的人追杀霍克，苏里诺救了霍克并杀死了追杀者(副线 2)。情节点 36，施奈德抓到霍克，他把霍克带到“联邦调查局”，“联邦调查局官员”为了抓亨利把霍克放走(副线 1)。情节点 37，霍克说他终于可以复仇了，亨利说“我行骗了 30 年，从没人想对我复仇”。(两个层次上的复仇，一个是把朗雷根从楼上推下去，一个是让朗雷根自己从楼上跳下去)情节点 38，大战前夜，霍克去找苏里诺(副线 2)。情节段落 9，大战前的宁静(一部节奏紧张、情节复杂的情节剧，影片的时间异常重要，本段落编导居然用近 10 分钟来“抒情”)。情节点 40，早晨霍克出门，苏里诺要杀死霍克，亨利的人将她击毙(副线 2 结束)。情节点 41，“联邦调查局官员”带着施奈德前往赌场，指示他到时候把朗雷根带离赌场。情节点 42，酒馆电话说了一匹马的名字“好运单”，朗雷根用 50 万现金赌“好运单”第一。情节点 43，“电话局的人”来到赌场，他说“好运单”应该是第二，朗雷根冲向柜台要求退钱，被拒绝(亨利的高明之处，让朗雷根有苦难言，自己恨自己，自己逼自己跳楼)。情节点 44，“好运单”果然是第二，“联邦调查局官员”和施奈德冲入赌场，亨利开枪打死霍克，“联邦调查局官员”开枪打死亨利。施奈德把朗雷根拖出赌场，赌场内，霍克、亨利睁开双眼，骗钱成功，众人大笑(大情节点 3 是整部影片的高潮，它结束了整部影片)。情节段落 10，亨利、霍克获胜，朗雷根输掉 50 万(情节段落 9 和情节段落 10 是影片结尾部分的内容，整个结尾部分就是一件事“朗雷根第三次赌马”，这里值得注意的是，编导在何时、何处、如何结束“情节副线 2”，编导何时、何处、如何使“情节副线 1”与情节主线重叠。大情节点 3 作为影片的高潮，在结尾部分的 30 分钟内，编导是怎样步步推向高潮，最后达到大情节点 3。

在影片中设置多条情节线是使影片精彩的重要手段。《骗行天下》为了在情节上最大限度地吸引观众，在一条主线之外还安排了两条副线，这两条情节线均是各自独立的，有自己的人物配置、自己的主题内涵和自己叙事布局上的起承转合，但在影片中它们是以情节副线的形态出现的。与《飞越疯人院》中酋长的情节副线最后取代了迈克的情节主线不同，《骗术大全》情节副线的目的不是在影片中发展、完成自己的叙事、人物和主题，它的情节副线的作用是不断地干扰主线，不断地给主线出难题，给主线设置障碍，甚至把主线推向绝境，它们随时可以中断主线，只要霍克被警官施奈德抓住或被朗雷根的人杀死，主线便会立即中断，情节副线在影片中发挥着巨大的作用。

商业片不“求”深刻，但不是没有思想、没有深度。《骗行天下》的精神实质是：为朋友复仇（这种复仇不是为了金钱，这是亨利、霍克同朗雷根的根本不同）。这种“复仇”是很打动人的，好莱坞影片的特点也在于不是“深刻”而是“打动”观众。

影片情节段落 9“大战前的宁静”充分表现出了导演的风度。一部节奏紧张、情节复杂的情节剧，情节线三条，在时间异常宝贵的前提下，编导竟用了近 10 分钟来抒情，这里的抒情绝非一般意义上的“写人性”，而是出于影片节奏上的需要。“静”是为了“动”。

影片的叙事、刻画人物、表现矛盾都是很有特点的。这里看一下人物出场：朗雷根的喽罗出场，影片的第一个镜头是从萧条街道的大全景，移推至一双漂亮的黑白相间的皮鞋的特写，镜头随着鞋跟移，刻画出人物的身份以及他傲慢、轻浮、随便，镜头语言似乎在告诉观众：他肯定是要出事的。朗雷根的第一次出场，镜头是 180 度的背面角度，人物的脸部的布光是黑白分明的硬光，既表现出朗雷根的身份，同时也表现出他的阴险和凶狠。亨利出场是在一系列表现其“落魄”之相的镜头之后，出现了门框边的亨利的脸部特写，那双锐利的眼睛告诉观众：他就是鲁萨所说的那个“最棒的”。

第二节　结构的一般原则

结构是一切影视文学创作者都不可忽视的重大问题，结构就是脉络，与自然引力相似，引力妥帖地掌握了一切事物，使万物都稳定地围绕在它周围运行。电影剧本的结构的功能就像引力一样，将一切东西各就各位地收纳在一起。结构的好坏，往往是衡量一部影视作品的水准高下的标准。影视剧作结构应当是一个完整而严密的统一体，还应当服务于主题表达、人物形象塑造与情节发展的需要，同时还要符合影视特性尤其是蒙太奇思维的规律。另外，结构还应该新颖而独特，和其他艺术形式一样，电影剧作也是对现实生活的形象反映和艺术概括。那么，现实生活的丰富性和复杂性就必然决定了其结构形式的多样性和常变性。并且，由于作者的生活经验不同，对反映对象的认识和理解不同，以及他们的艺术趣味和表现意图不同，也就必然会出现不同的结构安排。不过，无论如何，作者仍需遵循以下共同规律和一般原则。

一、剧作的结构必须以生活为依据

剧作结构从生活出发并以它所反映的现实生活为依据，必须使剧作的整体安排符合客观的生活真实。

以散文结构的几部影片为例，《城南旧事》就是几个独立的故事，没有完整安排，只有通过小英子和导演的眼光，用他们的感受将故事串联起来。《黄土地》故事集中在翠巧的命运身上，但没有复杂的矛盾、冲突，只有通过采风战士的两次所见、所闻的对比来表现。这种抒发情怀的电影内容，无疑最适合以散文结构来处理。

贾樟柯谈到《三峡好人》的创作时说，当时他正在为《刺青时代》看外景，这时，他的朋友、画家刘小东告诉他自己要去三峡搞创作，一位收藏家也想让贾樟柯来为刘小东拍摄关于这幅新作创作过程的纪录片。于是贾樟柯就去了，去拍纪录片《东》。那是重庆最热的时候，顶着接近 40 °C 的高温，贾樟柯看到了奉节县那些拆迁工人为了生存辛苦劳动的经历。他还动情地形容道：“重庆人说工作，不叫工作，叫‘找活路’，很直白，也体现了这里的人为了生存有着顽强的生命力和奋斗精神。”他从中发现了三峡有很多东西值得去拍，对这些他在生活中发现的东西，贾樟柯用了自己擅长的原生态纪实结构去表现，这就是今天我们看到的纪实电影的杰作《三峡好人》。对于三峡，贾樟柯说道：“我从来没有去过三峡，但是第一次看到小东关于三峡的画的时候就特别喜欢。对这个地方也产生了兴趣，于是就与他一起去了。它一切都是变化着的，今天这个人在，明天这个人可能就不在了，所有这些都在流动变化着。《三峡好人》讲述了一个寻找的故事，我之前在接受采访时就说过，这部电影表面上是说的寻找，其实我想表达的是选择的主题。这群特定的人在周围的大变化中，还能保持默默的态度，以顽强的生命力生活、劳动，这是三峡之行令我最感动的。”可以说，三峡百姓就是《三峡好人》故事原型。

二、剧作的结构必须为表达主题思想和塑造人物形象服务

结构的最终目的是为了塑造形象和突出主题，作品的主题必然会对结构起着主导的作用。同时，剧作的结构必须服从于塑造人物形象的需要：必须在矛

盾冲突中紧紧围绕着对典型形象的塑造，即紧紧围绕着人物性格本身及其相互间的冲突去安排剧作的总体结构。

在《美国美人》里，莱斯特的戏剧需求是重新回归生活。在故事的开头，他感觉自己像一个死人，而正是在他遇到他女儿的朋友少女安吉拉之后，才使他找回自我并回归生活。所以影片结构主要是围绕着莱斯特学会去生活、去欢乐、享受自由以及尽情地自我表现展开。

三、剧作的结构必须完整、统一

任何文艺作品，无论以何种形态、方式来组织、结构故事，都必须有头、有身、有尾，杂乱无章、有头无尾或者空有框架，就称不上完整；同时，风格、情调也必须统一，否则，将破坏读者或者观众的欣赏兴味，在艺术上是失败的。影视剧作结构应该是一个完整统一的有机整体，剧作结构的完整和统一，主要表现在通过蒙太奇思维和一系列结构手段，将剧作的内容安排得匀称、齐整而有次序，使各个部分之间紧密关联并能够相互依赖、彼此照应。使整个剧作成为剪裁得当、布局合理、线索分明、层次清晰的艺术整体。每一个好剧本都有一个强有力和坚实的结构基础，无论是线性叙事影片《杯酒人生》(2004)、《新世界》(2005)以及《教父》(1972)；或者是非线性叙事影片如《时时刻刻》(2002)、《谍影重重 2》(2004)、《低俗小说》(1994)等都是如此。无论故事采用直线推进、分段，或是循环轮回的叙述方式，这都无关紧要。观众所看到的以及以何种方式看到都在观众的眼前不断地发展变化。

《低俗小说》(1994)是电影故事讲述方式的一种新的尝试。正因如此，很多人觉得《低俗小说》因其创新的想法、概念和手法，当之无愧地成了一部革命性的影片。《低俗小说》其实是“关于一个故事的三个故事”，而三个故事都是由一个关键事件所激发的，即文森特与朱尔斯从四个小伙子那里取回马赛鲁斯·沃拉斯的手提箱这件事。这样一个事件成为三个故事的轴心，而每个故事又都被构筑成一个整体和线性的形式。它始于情节的开端，进入到发展，然后向结尾进发，每个单元都像一个小故事，并且以不同人物的视角来表述。

而由墨西哥导演执导的影片《欲望大街》(1995)，这部影片似乎更具小说味而非电影味。影片包含了四个故事，每个故事都围绕着四五个不同的人物，他们全都在同一条街上工作、生活和恋爱。突然这些都被摧毁了。父亲和儿子之间的关系是事件关键。这个关键事件以不同的方式影响了所有人物，而且被编排进了结构中以回忆闪回的方式进行回溯，这就更像一部小说。这部影片在观念和手法上新奇别致令人侧目，而且也富含了戏剧性情节。

以上两部影片尽管都采用了非线性风格的表现手法，它们仍然都具备开端、发展和结尾三部分。就像伟大俄罗斯剧作家契诃夫的戏剧《三姐妹》中的一句台词："生命中最重要的是它的形式，失去了形式也就没有了它自身，这与我们日常生活也相同。"

例如，在结构的基本要素上，很多影片的高潮和结尾几乎同时完成。

悉德·菲尔德在《电影剧本写作基础》一书中分析影片的结构时，只谈到了"开端—发展（中段）—结尾"三个部分，就是这个道理。这种高潮部分与结尾部分几乎同时完成的影片，不乏其例：

《第四十一》就最为突出，电影结尾：当敌军的船只驶向荒岛，中尉欢呼雀跃地向船跑去时，红军女战士玛留特卡下意识地举起枪来，打死了她曾经深爱的"蓝眼睛"，随后又跑上前去，抱着"蓝眼睛"的尸体痛哭起来。这一刻即是影片的高潮，又是影片的结尾。

中国的剧作技巧有"凤头、猪肚、豹尾"之说，西方则有"头一幕清楚末一幕短，中间要有趣味"之说，也有利于我们理解对剧作结构的把握。

还有，在结构的表现形态上，结构的诸种表现形态，各有所长、各有所短，诸种表现形态之间，也没有不可逾越的鸿沟。它们都在不断地发展、完善，也就难免互相渗透、互相影响。

目前很多影片已经不是一种表现形态所能概括的了。

我国第四代导演在"丢掉戏剧拐杖"的口号下，在使用现实与回忆交叉的结构的同时，经常把梦境、幻觉，长镜头、慢动作等生活流、意识流的手法穿插到影片中，例如，《生活的颤音》《苦恼人的笑》等。

其实，第三代导演谢晋的《天云山传奇》既是以戏剧冲突为支撑的，又是以主人公宋薇心理活动为线索的，戏剧式和心理式两种结构形态兼具。

可见，电影结构表现形态的多元融合，已成为一个普遍、重要的艺术现象，这值得我们研究。

总之，剧作的结构无论其基本要素的构成和表现形态的特征如何嬗变，都需要通过技巧的运用，使其引人入胜，取得"3S"效果。

Suspense（紧张）：所谓"紧张"，就是指在冲突进展的过程中，使观众始终关注主人公的命运，急欲知道究竟。

Surprise（出奇）：所谓"出奇"，就是指冲突的解决应完全出乎意料，又不失在情理之中。

Satisfaction（满意）：所谓“满意”，就是指冲突的结局虽不必是大团圆或者善者得报，但至少是除此之外不复有更佳的选择。

第三节　彰显冲突——戏剧式电影结构之核

日常生活中充满了冲突，“时间冲突”“利益冲突”……冲突是世间万物与生俱来的特质：动物世界的弱肉强食、战争时期的群雄争夺、爱情世界的情感选择、职场的尔虞我诈，等等，没有人能回避和忽视冲突，而作为戏剧，创作者要抓住这些冲突，并将它们展现在银幕上。

所有的戏剧都是冲突，没有冲突就没有行动，没有行动就没有人物，没有了人物就不会有故事，而没有了故事就不会有电影剧本了。换句话说，冲突之于故事讲述，犹如声音之于音乐。故事和音乐都是时间艺术，时间艺术家最艰难的也是唯一的任务就是要抓住观赏者的兴趣，始终如一地集中观赏者的注意力，然后带着观赏者在时间中穿行却不让我们意识到时间的流逝。

冲突法则不仅仅是一条审美原理，它还是故事的灵魂。故事是生活的比喻，活着就是置身于看似永恒的冲突之中。

一、戏剧冲突律

影视结构主要是从戏剧结构转化而来的。在两千多年的发展史中，戏剧逐渐形成了结构方面的模式：亚里斯多德认为，戏剧的结构必须分为头、中、尾的三段式。后来人们感觉在一出戏里高潮特别重要，应该强调，就出现了“启、承、转、合”的说法。黑格尔总结出“冲突律”的结构思想，他认为戏剧冲突是布局的依据，他进一步发展了亚里斯多德关于“头、身、尾”的三段式说法：“起点就应该在导致冲突的那一个情境里，这个冲突尽管还没有爆发，但是在进一步发展中却必然要暴露出来。结尾则要等到冲突纠纷都已解决才能达到。落在头尾之间的中间部分则是不同的目的和相互冲突的人物之间的斗争。”

从那以后，直到今天，这已经成为包括电影在内的剧作艺术所普遍遵循的结构法则。例如，在著名的剧作理论家劳逊所撰《戏剧与电影的剧作理论与技巧》一书中，即以“冲突律”为核心的结构原则引入了电影剧作理论。在电影剧作的教学领域里有一本被广泛使用的教材就是悉德·菲尔德撰写的《电影剧本的写作基础》。其中在论述结构的部分依然将“冲突律”作为剧作家必须严格遵守的定律，他认为：一部影片的开端就是建置冲突；中段就是发展冲突并使冲突双方反复地较量；所谓高潮就是冲突的总爆发，是冲突的制高点，因此也就是冲突的决战时刻；至于结尾，无非是冲突过后所产生的最终结果。可以说，以这样的原则创作出来的电影剧本在今天仍然是电影结构类型的主流。这种被今天的人们称作“戏剧式结构”的原则依然是进行电影剧作教学的基础。如果不掌握这样的结构模式，就无法创作出《变脸》《天地大冲撞》《生死时速》《离开雷锋的日子》《三大战役》《红河谷》……数不胜数的电影剧本来。有的学生经常会轻视传统的东西，然而他们走向社会之后便发现，传统的东西却会成为他们必须遵循的创作准则。

二、基本特征与冲突类型

（一）基本特征

所谓戏剧式结构，就是运用电影“重要的特殊条件”即电影特有的表现手段来组织和安排戏剧冲突的剧作结构样式。那么，它到底有哪些基本特征呢？

1. 情节因素的完整性

戏剧式结构的剧作，一般都以戏剧冲突推动情节的发展，造成一种环环相扣、步步进逼的态势，迫使冲突尖锐化。它不但要求整部剧作有一条包括开端、发展、高潮、结局的结构要素在内的情节线，而且要求每一段（场）戏中也尽量做到有其开端、发展、高潮、结局，造成一个个“小型的霹雳”（席勒语），以促使全剧大高潮的到来。例如，影片《祝福》（1956）主要由出逃、被卖、重返鲁家、捐门槛到砍门槛等情节段落构成。就整体而言，出逃为影片开端；被卖、重返鲁家，直到捐门槛为影片发展；砍门槛为影片高潮，最后主人公的死亡为影片结局。戏剧式结构的情节就是如此既紧张激烈又曲折有致地向高潮推进，因此，影片情节必然如戏剧那样具有完整性。

2. 段落布局的严整性

戏剧式结构既然讲究对情节进行紧张而曲折的安排和处理，它就要求按照因果关系，把段落与段落之间层层递进地、合乎逻辑地联结起来，使之构成一个相互依存的严谨的整体，“任何部分一经挪动或删削，就会使整体松劲脱节”[①]。

① [古希腊]亚里士多德：《诗学》，罗念生译，人民出版社1982年版。

例如，美国影片《魂断蓝桥》：要不是玛拉与罗依之间存在着“等级差距”，他们就用不着来回折腾求得批准，以致耽搁了教堂规定举行婚礼仪式的时间；要不是芭蕾舞团那位老太太不近情理，玛拉就不会失业；要不是玛拉失业和罗依的死讯，玛拉也就不会于绝望中沦落为妓女，也不会因此加深她与罗依之间的“等级差距”，最后不会导致玛拉向罗依母亲吐露真情的高潮。前一个段落是后一个段落的“因”，一环扣一环，使得段落布局异常严谨周密。

3. 叙述进程的顺时性

戏剧式结构的剧作，为了造成情节步步紧逼，达到吸引观众的效果，必然要求严格按照时空顺序组织和安排故事情节。即使在十分需要的情况下运用倒叙、插叙、闪回的手法，也只能是对主要情节作必要的补充，绝不允许从根本上打乱情节发展的时空顺序。

在电影发展史上，戏剧式结构的作品占有非常重要的地位。它是最重要、最常见，也是影响最大的一种结构形式。“戏剧冲突律”是构成戏剧式电影结构的核心。“没有冲突就没有戏剧”，冲突产生于性格（人物）。人物因性格与时代、社会、自然，与他人，与自己（个人）经常发生矛盾，矛盾激化就造成冲突。在剧作中，冲突就构成了戏剧情节，经过精心安排，戏剧冲突（情节）贯穿于始终的剧作，其结构形式即称为“以戏剧冲突为支撑的结构”。

悉德·菲尔德的《电影剧本写作基础》一书，主要讲述的便是如何运用“戏剧冲突律”来结构一个故事，其要点如下：全剧必须围绕着一个贯穿冲突展开情节。结构分为开端、中段、结尾三段。“开端”用来建立冲突，即让冲突的双方第一次较量。“中段”用来展开冲突，让冲突的双方进行多个回合的较量，这些较量要一次比一次激烈，直到推向最后的高潮，在高潮部分展开全剧的最后一次的总较量。“结尾”的段落用来向观众交代冲突的结局，即人物最终的命运是什么样的。

结构的基本要求是：冲突展开要早，开门见宝；冲突发展要绕，出人意料；冲突高潮要饱，扣人心弦；结束冲突要巧，别没完没了。

冲突的每一次较量就是一个情节段落（在电影剧本中称作“一场戏”），而每一个段落的内部又有着各自的起、承、转、合。[①]

美国导演霍华德·劳逊在论及戏剧矛盾冲突时曾经说过：“戏剧的基本特征是社会性冲突——人与人之间、个人与集体之间、集体与集体之间、个人与集

① [美] 悉德·菲尔德：《电影剧本写作基础》，钱大丰、鲍玉珩译，中国文联出版公司 1985 年版。

体或社会或自然力量之间的冲突；在冲突中，自觉意志被运用来实现某些特定的、可以理解的目标，它所具有的强度足以导致冲突到达危机的顶点。”①

（二）冲突类型

戏剧式结构或以“戏剧冲突律”为支撑的结构大致可以分为以下几类冲突类型：

1. 人物与时代、社会、自然的冲突

如果选择了正确的人物和情景，冲突会自然而然地发生。在特定的时代和社会中，人物有可能与自然、社会发生冲突。人物的种族、政治立场、财富、地位、受教育程度、职业构成了他与周围环境可能发生冲突的原因，冲突围绕着人物最关心的东西展开，并决定了人物的命运。

中国电影《霸王别姬》（1993），陈凯歌通过执著了一辈子京剧艺术、怀有一辈子“从一而终”的人生与文化理想的程蝶衣与社会环境、文化语境的一次次冲突的悲剧性遭际，展示了人在文化与政治暴力下的角色错位，人性在面临暴力威胁时的多面性，凸现了人性与社会、人性与艺术、艺术与社会之间的三重悖论。

笔者创作的电影《生命之舟》（2010），展现了人与自然灾害的冲突，在舟曲泥石流灾难中，女主人公面临爱人和孩子生死不明和自身的多种险境，依然坚守岗位，确保了矿山用电，使井下78名矿工脱离生命危险。

2. 人物与他人（人与人之间）的冲突

人物群体，特别是为了共同的原因和意识形态结合在一起的群体与生俱来地会发生冲突。动物保护主义者会和屠杀动物的人发生冲突，警察会和罪犯冲突……人物与他人（人与人）的冲突是戏剧式影视结构中体现出的特征。人与社会的冲突往往也是通过人与人之间的冲突来表现的。有些影视剧本在表现主人公与社会环境的冲突时，往往把环境“人化”，即把它戏剧化为主人公与其他人物之间的冲突。谢晋的《天云山传奇》（1980）设置了几组人物的矛盾和冲突：宋薇与恋人罗群、宋薇与同学冯晴岚、罗群与吴遥的矛盾冲突，

① [美] 约翰·霍华德·劳逊：《戏剧与电影的理论与技巧》，齐宇、齐宙译，中国电影出版社1978年版，第213页。

宋薇与丈夫吴遥、朱科长在对罗群平反问题上的冲突，还有她与吴遥日常生活中的矛盾冲突。事实上，这些正是人物与社会的冲突，也是把环境“人化”的冲突。

在《红色恋曲 1933》中，红军战士桐哥和国民党军官建豪既是敌对关系，又是情敌关系，他们都爱上了美丽少女雪儿，因此他们之间的冲突就变得更为强烈。

当下，在相当多的表现家族故事的影视剧中，都表现了家庭成员之间的尖锐冲突。例如，电影《大红灯笼高高挂》《家丑》《风月》等，电视剧《大宅门》《桔子红了》《凝香劫》等。这些影视剧中表现出看似平静的大家族背后的跌宕起伏的故事。阴谋与爱情，权力地位与良知的角逐，家族中人与人之间充满了尖锐的矛盾冲突。

还有一类影视剧，所表现人与人之间的对立和冲突，未必是根本的、原则性的利害冲突，可能只是源于某种性格的差异或思想观念的分歧而产生的一时的抵触。事实上，在当下交织着各种矛盾的现实生活中，这种人与人之间的日常性矛盾、冲突、抵触已呈现为一种常态，一些编剧据此创作出不少出色的影视作品，例如，《过把瘾》(1994)、《一地鸡毛》(1995)、《浪漫的事儿》(2003)、《暖春》(2003)等。

3. 人物与自己的冲突

当透过人物的视角去观察时，制造冲突不一定需要外部的人物或环境。事实上，冲突的最高形式通常来自内心。外部冲突至少是可以言说的，可以被解决、避免和忽略；内心冲突却不容易贴上标签，从来不能避免，有时候永远不能解决。一个人内心冲突越激烈，他为了缓解内心负担而制造的外部冲突就越严重。这就是为什么一些人只有在置身危机中的时候才能真正放松——他们经常会努力制造这样的危机。①

> 《坏时机》(1980)是对“性格即命运”这一古老观念的现代演绎。这一观念认为，一个人的命运等于一个人是谁，一个人生活的最后结果将取决于独一无二的性格，而并不是其他任何东西——不是家庭、社会、环境或机会。

① [美]诺亚·卢克曼:《情节！情节！:通过人物、悬念与冲突赋予故事生命力》，唐奇、李永强译，中国人民大学出版社 2012 年版，第 119 页。

《犹在镜中》(1961)讲述了一个患有精神疾病的女人卡林和她的丈夫、父亲、弟弟以及上帝之间的关系。伯格曼将这部影片设计为一个具有六个相互关联的故事的多情节影片。其中最激烈的是卡林和她的“上帝”之间的冲突。故事发生在一个小岛上的一间与世隔绝的小屋里。对于卡林来说，她一直在等待着上帝的接待，上帝不仅成为了她心灵上的寄托和追求，同时可以在生理上给予她性满足。整部电影固定在卡林内心的冲突之上，却通过外在动作来表现内化的矛盾：父亲对于女儿的病情并不是特别的关心，他细心地记录病情的发展只是为了自己写作的需要，女儿的精神失常同他妻子的自杀好像是一种生命轮回，一种对他冷漠虚伪的犬儒主义极大的抨击。而她的丈夫只想按照自己的意愿来治疗自己的妻子，他是人类迷信科学的典型代表，因此夫妻两人不可能有任何沟通的基础。

第四节　其他剧作结构

一、电影化浪潮中的结构嬗变

电影结构作为现实生活结构在银幕上的投影，具有同现实生活一样变化万千、难以历数的具体形态。纵观电影艺术发展的历史，没有一部影片与另一部影片的具体结构形态是完全相同的，正像没有一片树叶与另一片树叶是完全相同的一样。从这个意义上说，电影结构不可能也不应该纳入某种单一的、固定的模式。如果将千姿百态的生活强行纳入某种固定的结构模式，必然会使生活发生畸变，从而歪曲生活的本来面貌。

线性叙述的戏剧性结构从亚里斯多德时代开始，历经莎士比亚、易卜生，直到今天，在剧本创作领域一直被沿用着。特别是20世纪三四十年代美国好莱坞电影鼎盛时期，这种结构方法更趋完整和定型，成为在世界影坛上占统治地位的结构模式。美国电影理论家路·吉安蒂在谈到这种结构形式时指出：“像绝大多数舞台剧一样，绝大多数美国影片也是把互有关联的事件直线式地结构在一起的。在开端部分就导入具体的问题或冲突。冲突被有条不紊地强化，到进入高潮时才用某种方式加以解决。这里的关键字眼是‘有条不紊地’。绝大多数情节严谨的作品都有某种逻辑性或必然性。这种逻辑性通常是以严格的因果关系为基础的，其重点是在行动的后果上。在一出舞台剧里，每一场戏都起着不断强化冲突的作用，形成一个上升的格局，把问题推向一个不可避免的高潮。在一部情节严谨的影片里，这种必然性甚至还更为强烈，因为实际上每一个镜头都是为此而服务的。”①这种传统的电影结构强调事件与事件之间的因果联系而具有明显的长处，例如，情节连贯紧凑；有向高潮发展的冲力和较强的悬念；对某一具体矛盾或问题可以深入开掘，以及有头有尾、层次分明，等等。但是，在肯定这种结构形式的同时，也不能不看到其固有的弱点和局限：这种模式常常追求戏剧性的单向叙事模式，这种叙事基本上意味着在电影的完整线索里，一个原因必须导致一个结果，而这个结果又会变为另一个结果的原因，使得在叙事中对技巧过度追求而弱化了对人物性格多面的刻画，这种传统结构逐渐不能满足日益多元化的审美需求。

从 20 世纪 40 年代末开始，电影制片厂体系发生了巨大变化。战后的反垄断决议迫使好莱坞放弃了连锁电影院，较大的公司逐渐开始关注发行，获取电影越来越依靠大的独立的电影制作商。从 20 世纪 60 年代开始，电影制片厂已经变成日益增大的、横向综合性公司的一部分。这些变化是否足够深刻以至于能使好莱坞故事叙述的方式发生剧烈变化。

这些剧变促使电影开始了更加“电影化”的阶段，按西方人的说法就是从戏剧的电影走向电影的电影的阶段。由于电影技术的发展，电影艺术手段的丰富，一些有探索精神的电影艺术家对传统的戏剧式电影结构不满足（戏剧样式人为安排的痕迹过重），开始寻找更符合电影特性的，更能体现电影视听语言特色的电影结构，这是电影走向成功的重要进程。1941 年奥逊·威尔斯的电影《公民凯恩》是具有里程碑意义的电影作品，它的意义在于完全突破了传统的戏剧结构样式，开创了一个新的电影结构时代，这就是“电影结构的电影”即“电影化——多样化时代”。从 20 世纪 50 年代开始出现了多样性的电影结构：散文式结构、诗电影结构、小说式结构、纪实风格电影结构、时空交叉的结构、多视角结构、套层结构、生活流、意识流，这一时期被称为世界电影史上的“第二个黄金时代”。一般按审美风格可以分为：戏剧式、散文式、小说式；按表现手法可以分为：心理式、意识流、生活流、纪实式；按叙事时空可以分为：多视点式、多时空交叉式、双层叙事式、综合样式电影结构。

① [美]路·吉安乃蒂、闻谷：《无情节电影的传统》，载于《世界电影》，1983（3）：59。

二、现代电影剧作结构类型

（一）散文式结构

1. 散文式电影结构释义

散文式结构顾名思义，它的特征与散文结构的特征密切相关。散文最突出的特征是“形散神聚”，具体表现有二：第一，散文题材广泛，表现自由，大至宇宙万象，小至一草一木，乃至人生的一段经、一点冥想，都可以化为散文的笔墨，作者犹如骑着思想的野马，“思接千载，视通万里”，不拘格套，挥洒成章。第二，散文既不像小说那样通过故事情节塑造人物，也不像戏剧那样讲究矛盾冲突，它写事写人只需撷取看似零散的几个侧面，于小中见大，平中见奇，散中见整，使之“形散而神聚”，正是散文的这种特点，影响并规定了散文式结构的特征。

2. 散文式电影结构的基本特征

（1）情节的散淡性。散文式结构不像戏剧式结构那样把生活中的矛盾集中强化，也不把所有的人物安排在一个中心事件的周围。苏联著名导演罗姆说：散文式电影“不局限于一个主要的抵触，主要的冲突”，“而是把同等重要意义的许多现实与问题综合成一个总体去表现生活的复杂性。戏剧性不是浓缩在一起，而是被引入河道，分散成许多小溪和沟渠。”影片《城南旧事》中三个故事是并列的，影片《陈毅市长》中十个故事也是并列的，它们都被“分散”成了条条“小溪和沟渠”，因而不可能形成“一个主要的抵触”和“主导的冲突”。当然，这类影片并非没有情节，它也需要一定的情节，不过，它所依赖的主要不是情节，而是情绪。它赖以塑造形象、体现主题、吸引观众的手段，不是情节的生动，而是情绪的积累，它不需要戏剧式那套结构样式，需要的是有助于情绪积累的结构样式，即场面的叠加。这样一来，线形的情节结构自然让位给了块状的场面结构。

“冲突是悄悄地深藏不露地进行”（萨赫诺夫斯基语），因此，这类影片的结构，总是着眼于细节刻画，以平稳均衡的画面，从从容容地去展示散点的日常生活事件。当然，这类影片也有高潮，不过，它不是情节发展的高潮，而是情绪积累所造成的高潮，如电影《城南旧事》结尾处，在《送别》歌（影片中第七次出现）的变奏中，由小英子的大近景化成香山火红的枫叶，一组快速运动的红叶特写叠化镜头，就构成了影片的情绪高潮，直到大片的红叶遮住了小英子远去的马车。影片到此虽然结束了，但是观众的心仍被那离情别绪激动得不能自已，这就是美的意境所产生的特殊艺术魅力。

（2）段落布局的松散性。如前所述，戏剧式结构非常讲究段落之间严密的因果关系，其中的一部分行动必然是另一部分行动的因或果，要求形成尖锐而激越、集中而凝练的戏剧冲突。散文式结构则没有这种要求，它写人写事只需要抓住最能传神达意的几个侧面加以勾勒，在结构上不讲究段落之间的必然联系，只要求安排合理，过渡自然，能让剧情连续下去即可。有的影片仅以剧中人主观视点来穿针引线，如《城南旧事》；有的影片则似生活的原汤原汁，呈现出一种散点式的结构，如《似水流年》；有的影片甚至完全看不出有什么首尾贯穿的事件，如《陈毅市长》。这是散文式结构"贵散"的一面，但是它又有"忌散"的一面，例如，《陈毅市长》十个故事间虽无外部的联系，却有着作者以陈毅深沉而炽热的爱作为内聚力，把这十个并不连贯的故事连成为一个艺术整体，从而产生扣人心弦的艺术效果。《似水流年》《城南旧事》则是在"淡淡的哀愁，沉沉的乡思"意境追求中所体现出的民族感情，把各种生活事件串联起来，使这两部影片都获得了不同凡响的艺术效果。

（3）叙述的顺时性。这一点似乎和戏剧式结构相似，不过，戏剧式结构运用顺时性叙述，完全是为了有利于戏剧冲突的连贯性，便于情节发展，产生对观众的吸引力；散文式结构采用顺时性叙述则是为了强调纪实性，让观众看到现实生活的自然流程，有利于加强生活的现实感。影片《陈毅市长》中从未用过闪回镜头；《城南旧事》尽管有好几处写秀贞回忆她的情人思康，但主要是依靠秀贞的讲述。

3. 与戏剧式结构比，散文式结构的长处

（1）具有表现生活真实的最大可能性。散文式结构的影片不以戏剧冲突为剧作基础，不按照戏剧冲突律来组织情节、设置悬念、制造高潮。相反，它主张以淡化情节来取代人为的强化；主张用开放式来取代有头有尾、头尾呼应的封闭式；主张用多侧面、多层次、多场景、多穿插、多声部的叙述表现手法来取代程式化的情节发展过程。正因为如此，它可以充分利用电影时空转换的自由，着力于生活细节描写，按照生活的自然流程表现生活，这使它具有别类结构影片不可取代的真实性和艺术说服力。

（2）具有调动想象力的最大可能性。散文式结构的影片取材不受限制，表现不拘格套，在松散的结构中寓有强烈而真挚的情感，在质朴淡雅的神韵中蕴含着隽永的意境。观众欣赏这种情节淡、节奏慢、意境深、情感浓的影片，可以化被动为主动，最大限度地调动其想象力，使之在有限的画面中，生发出丰

富的联想、想象，甚至幻想，去领略影片中无限的意蕴，观众从而获得最大限度的审美享受。

与戏剧化的结构相比较，散文式的结构不是以一个完整的戏剧冲突贯穿始终，也没有表现主要人物与时代、社会、自然，与他人，与自己（个人）的矛盾。一句话，这种结构不是以戏剧冲突为支撑的结构，而是以抒发某种感情、情绪为表现特征的。它形散意不散，采用跳跃性叙事的方法。长藤结瓜式、串联式、冰糖葫芦式都是散文式结构的别名，例如舒克申的《红莓》《恋人曲》，塔尔柯夫斯基的《伊万的童年》，张艺谋的《我的父亲母亲》，霍建起的《那山那人那狗》等。

《城南旧事》写小英子童年生活中的三个片断，从她所接触的几个人的几件事来展示老北京的社会风情，抒发了一种怀旧的情怀，三个故事互不相干以小英子的回忆贯穿；《黄土地》写一位八路军战士两次到黄土地采风的所见、所闻、所感，表现出对翠巧和憨憨姐弟的命运（也是黄土地上人们的苦难）的同情；《云上的日子》写一位导演在寻找新片主角的过程中听到和遇到的四对恋人的故事，四个故事互不相干，而以导演的思考贯穿始终。

（二）小说式结构

小说式电影结构即是用小说的表现方式结构的电影。小说式结构是一种在传统的戏剧式结构的基础上大量运用艺术散文因素，从而使戏剧性与叙事性获得较好结合的电影样式。事实上，电影和小说有极其相同的特点：在时空转换上，它们都享有极大的自由。凡小说家笔力所能涉及的时空，电影镜头几乎都能拍摄到，这就使得电影和小说的关系极其亲近。同时，由于小说本来就兼有戏剧的情节因素和散文的叙述因素，小说式结构几乎兼有了戏剧式和散文式的某些优势，因此，有人说小说式是介于戏剧式和散文式之间的结构样式。它的结构特征、表现手法与小说艺术有类似处。例如，它有相对自由的叙述状态，有剧情的广阔性和铺展性；它致力于各种场面刻画的累积，着力于描写人物思想感情和心理状态的细微变化，追求人物性格塑造的细腻性和丰满性等；在主要的艺术情境和人物表现之外，也表现次要情境和次要人物的穿插，有主线，也要有一条或几条副线的融合。在小说式结构的具体形态上有较为典型的影片如《高山下的花环》等，也有具有某些小说式结构特征而不甚典型的影片如《远山的呼唤》等。然而，需要注意的是：小说式结构的电影（包括分集片）因受放映时间的限制，不可能完全达到中、长篇小说那样自由铺陈的效果，如不注意戏剧动作与戏剧式结构原则，就容易流于芜杂、琐碎、拖沓，电影史上许多失败的改编作品证明了这一点。但在影片结构里如不大量运用艺术散文因素，也就不能称其为小说电影。公认较为成功的小说电影有苏联的《静静的顿河》和《苦难的历程》，意大利的《罗果和他的兄弟们》等，我国的《天云山传奇》也是小说电影的优秀之作。作为电影结构样式的“小说电影”与根据电影故事情节改写的“电影小说”是完全不同的概念。小说式结构的特征主要如下：

（1）从情节结构来看，它近似戏剧式，也需要有一个完整的情节，但是它对情节的要求同戏剧式又很不相同。戏剧式注重情节，主要在于通过情节塑造形象、体现主题和吸引观众。因此，它要求组织高度集中和完整的情节结构，要求在剧作中前边出现的人、事、物，后边一定要有所照应和交代，否则，就破坏了情节结构的集中性和完整性，就是多余的“闲笔”。小说式影片要求剧作家把重点放在刻画人物性格上，情节要为塑造人物性格服务，不必脱离人物性格的塑造去追求情节结构的完整性。因此，小说式结构在表现生活场景方面，除了主要生活场景之外，还需要表现众多的次要的生活场景和插曲；在表现矛盾冲突方面，除了主要矛盾冲突之外，还需要表现众多的次要矛盾冲突，让人物去面对生活中可能遇到的各种矛盾和情境，以便更细致深刻地展示出人物的内心世界，塑造出如同生活一样丰富和复杂的人物形象。正因为如此，戏剧式结构所认为的“闲笔”，只要能服务于人物性格的塑造，达到丰富作品内涵的目的，在小说式结构中不但是允许的，而且是完全必要的。

（2）从场面结构来看，小说式近似散文式，也需要有场面的积累。但是它对场面积累的要求同散文式又很不相同。散文式的场面积累，不在于交代情节，也不在于刻画人物性格，而在于创造意境以渲染一种“典型的情绪”。而小说式的场面积累，却在于交代情节，塑造人物性格，当然具有创造意境的功能。

（3）从时空结构来看，小说式比戏剧式和散文式享有更充分的自由。戏剧式为了让情节具有吸引力，散文式为了达到纪实性的要求，一般都采用顺叙式结构。而小说式结构既可以采用顺叙，也可以采用倒叙，还可以采用时空交错法，这些叙述方式于戏剧式或散文式是不宜采用的。

与戏剧式或散文式相比，小说式结构尽管在情节方面不如戏剧式那样富有吸引力，主题的意蕴不如散文式那样含蓄、丰富、富有哲理性，但是在表现社会生活的广阔性，人物性格的丰富性和复杂性，主题思想的深刻性上，则是戏剧式和散文式难以企及的。

（三）纪实结构

采用纪录片的手法和风格来拍摄故事片，称之为纪实结构的电影。在教学中，不止一次地有学生问纪实电影与纪录电影的差异。事实上，尽管纪实电影在形态上、形式上与纪录电影十分相似，然而，其最大的不同在于虚构的故事情节，它是一种更纯粹的艺术。此外，两者的不同还在于创作者与历史现场的关系上。纪录电影的创作者是事件发生的历史现场的在场者和记录者，而纪实电影的创作者却着眼于模拟和还原真实的历史现场，着重于再现或表现在这个历史现场里发生的真实或虚拟的故事。当然，纪实电影也不乏取材于生活现实事件的，但它没有细节真实的要求，也不承担记录并剖析事件深层意义的责任。与纪实电影相比较，纪录电影的悖论在于：它对人为手段的高度抑制本身就是一种人为的操控，其目的在于使观众在高度逼真的电影体验中把现实的印象想象为现实本身。还有一类影片的叙事停滞于现实记录的影像表面，又追求一种纪录片的形式，但素材缺乏历史资料，事件缺少分析追问，这类影片则可归为“原生态纪录”。这类影片并无人为设定的主题，而是以现实记录的影像本身来传达信息，信息处理终端为受众；它回归到纪录的原始意义，即保存或传递影像符号，通过接收者生成信息。

如果不能用“真实度”来区分纪录电影（纪录片）与纪实风格电影及原生态纪录，那就用“假”的程度来简单区分。可以得出：原生态纪录假的程度最小；纪录片倾向性大，所以也较假；纪实风格电影，则侧重于“电影”，无所谓欺骗性，但从形式上来说是最假的。张艺谋导演的两部纪实风格电影《秋菊打官司》《一个都不能少》，在“客观”纪实表象下，潜隐的却是主流意识形态下的农民法制意识的觉醒，是对农村青少年教育“希望工程”“烛光工程”的影像表达。当然，在这里所表述的“假”只是一个分隔符号，并无褒贬之意。

纪实风格的电影有很多优秀的电影，如日美合拍全景式战争影片《中途岛海战》《虎！虎！虎！》；苏联的《解放》《保卫莫斯科》；张艺谋的《一个都不能少》《秋菊打官司》，李扬的《盲井》《盲山》，贾樟柯的《小武》《站台》《任逍遥》《三峡好人》，等等。

从严格意义上说，即便是根据真人真事创作的影视作品，从本质上讲还是虚构的产物。新闻纪录片的拍摄方式、自然光效的呈现、同期录音、非职业演员的使用等因素，仍然是一种风格化手段。影视作品与现实生活之间永远是一条“渐近线”，电影创作只能接近生活，却无法复制生活。以纪实风格见长的影

视作品，完全的“纪实”，纯粹的“自然主义”是不存在的，纪实只是作为一种风格存在着。

纪实手法同样也被引入一些非纪实性的影视作品中。例如,《北京人在纽约》和《红樱桃》的结尾，都有一段说明人物命运走向的字幕，其实这是一种“伪”纪实，目的在于将观众导入一种似乎真实的状态，让观众更加投入地去关注人物命运，而真实与否反而显得不重要了。

（四）多视点结构

这是对同一个事件或同一个人物采取多视角地叙述或评述的电影结构方式，是剧作主观式叙述方法的变化和发展。由几个剧中人从不同角度共同说明同一事件或同一人物，由此形成对同一对象的多角度描述，以达到对事件和人物比较全面完整地描写和刻画。特别是用来表现复杂的事件和复杂的人物性格时，虽然不同人物的叙述都可能带有个人色彩，然而正是这种“主观”的集合，加强了影片总体叙述的客观真实性。也有另一种情况，多角度叙述不完全是要求得完整性和真实性，还要表达某种整体寓意性或引起异议。美国导演奥逊·威尔斯 25 岁时自编、自导、自演的处女作《公民凯恩》就是对一个人（报业大亨凯恩）的多视角叙述。

获 1951 年威尼斯国际电影节金狮奖、第 23 届奥斯卡最佳外语片奖的日本著名导演黑泽明的成名作《罗生门》是一个事件（武士被杀）的多视点叙述和套层表述：本片故事发生在战乱、天灾、疾病连绵不断的平安时代。某日，在都城附近的大泽中发现武士金泽武弘被杀，被控杀人的盗贼多襄丸、武弘之妻真砂、召唤武弘灵魂的灵媒、目击证人行脚僧及发现金泽尸体的樵夫等人相互矛盾地各自说出供词。

> 一件发生于竹林中的凶杀案，涉及盗贼、武士和妻子三人，武士被杀，妻子被强奸。一个乞丐在废弃的罗生门下，遇上正在避雨的樵夫和僧侣，故事由这三人的对话正式展开。
>
> 樵夫自言自语：真是看不懂、看不懂。在乞丐再三追问下，樵夫讲了如下一件事：三天前樵夫进山去砍柴，在山里看到一把女人用的木梳旁有一具武士尸体。樵夫赶紧到衙门去报官。差役抓住了杀死武士的强盗。在公堂上强盗承认见武士妻子美貌，强暴了她。并声称由于武士妻子坚决要他俩决斗，在决斗了 23 回后，他杀死了武士。强盗想以此夸耀自己的武艺高强。武士妻子却说，她受强盗侮辱扑到武士

身上哭诉，昏了过去，是手中的短刀误杀了武士。这时公堂上让女巫把武士的灵魂招来审问，武士说，他妻子唆使强盗杀他，他十分羞耻，拿起短刀自杀的。樵夫还说，其实他看到强盗与武士两人的决斗，其实两人的武艺很平常不像强盗所吹嘘的那样，是强盗砍死了武士。

正在三人谈至尾声时，忽然听到婴儿哭声，乞丐找到了被遗弃的婴儿，想剥那弃婴的衣服。被阻止后，樵夫说，我已有六个孩子，不在乎养第七个孩子，让我领养吧，于是僧侣把孩子给了樵夫。雨过天晴，夕阳照着樵夫抱着弃婴离去的背影……

（五）多时空交叉结构

这是电影时间与空间的基本结构方法之一。它与时空顺序式结构相对应。多时空交叉结构指打破现实时空的自然顺序，将不同时空的场面，按照一定艺术构思的逻辑交叉衔接组合，以此组织情节，推动剧情的发展。它在时空顺序上表现为大幅度的跳跃和颠倒，将现在、过去、未来，将回忆、联想、梦境、幻觉等和现实组接在一起，造成独特的叙述格式，获得艺术效果。这种结构方式，能用倒叙、插叙扩大时空概念，表现多层次时空；可以表现人的正常思想、心理活动，也可以表现人物的潜意识活动。所以无论现实主义影片或现代主义影片多有采用。

（1）多时间交叉。它是将同一空间多个不同的时间段穿插并列叙述。例如，韩国影片《阳光姐妹淘》（2011），将青春与中年两个时空并列叙述，在时光的遥相呼应中对每个人的命运和理想进行了一次温柔却残酷的对比，展现出青春的活力和中年的无奈，并找到时空流转中不变的永恒——爱和友谊，影片通过时光的交叉强化了人物的命运反差。现在的她是什么模样，现在的她在做什么，这些都成为了悬念，然后谜题一个接一个被解开，一直到最后一秒，戛然而止。片尾字幕的写生画面，sunny 组合的过去和现在交织一起。《红色恋曲 1933》也采用了这种方式，影片中用老年雪儿的视角观望和回忆青年雪儿的爱情抉择，为整个故事增添了厚重和苍凉感。

（2）多空间交叉。它是在同一时间中，设计安排不同空间的并列、穿插、转换、渗透的结构形式，以形成强烈的艺术效果。

墨西哥导演亚利桑德罗·冈萨雷斯·伊纳里的《通天塔》延续了其在《爱情是狗娘》和《21 克》中大获好评的多线索交叉叙事结构，将一个完整的故事彻底解构：撕裂其时空性、剪断其连贯性、拆散其因果性，然后从这些“碎片”中筛选素材，重新拼接出一个崭新的叙事模式，即由若干藕断丝连的小故事彼此交叉相互支撑构成一个有着古代通天塔寓意的现代故事。从表面上看，《通天塔》以其独具特色的时空构架颇具后现代风范，而事实上，这部影片完全不同于《低俗小说》和《罗拉快跑》游戏人生的态度。相反，《通天塔》秉承了西方经典的宗教命题，立足于全球化的视野，采用人文关怀的视角，演绎了一出现代人的精神悲剧，因而也就具有了某种生命不能承受的厚重之感。《通天塔》中人物众多但不冗繁，情节复杂但不含混，时空交错但不紊乱，尽显导演炉火纯青的执导功力。它将一个原本流畅如水的“母故事”解构为四个彼此独立而又相互关联的“子故事”，分别是：故事一，摩洛哥的一对兄弟竞赛枪法，弟弟无意中击中一辆旅游巴士，警方介入调查；故事二，墨西哥籍保姆因其主人受伤住院，不得不带着主人家的一双儿女回乡参加儿子的婚礼；故事三，美国的一对夫妇为挽救濒临破裂的婚姻到摩洛哥旅游，妻子被横空飞来的子弹击中，他们不得不滞留在当地疗伤；故事四，日本的聋哑少女与社会格格不入。

下面以表 4.1 的形式来阐述各个故事间的时空关系：

表 4.1 《通天塔》中故事间的时空关系

叙事顺序	段落内容	现实故事顺序
一	摩洛哥，一对兄弟拿着父亲刚买来的猎枪比赛枪法，弟弟“百步穿杨”误打中一辆来自美国的旅游巴士。（故事一）	1
二	美国，墨西哥籍保姆艾米丽亚在电话中得知主人因伤暂时无法回家，不得不带着主人家的孩子同往墨西哥参加儿子的婚礼。（故事二）	13
三	摩洛哥，美国的理查德夫妇为挽救濒临破裂的婚姻同到摩洛哥旅行，不料在途中妻子苏珊莫名中弹。（故事三）	2
四	日本，聋哑少女千惠子难与正常人交流，试图通过“性”得到异性的温暖，但屡屡遭到拒绝。（故事四）	19
五	摩洛哥，兄弟二人从不知内情的父亲那里得知警方已经出动介入调查这起“恐怖事件”。（故事一）	8
六	墨西哥，姐弟二人跟随保姆艾米丽亚，乘坐后者的侄子迪亚哥的车到达陌生的墨西哥。（故事二）	14
七	摩洛哥，摩洛哥导游带着理查德和受重伤的苏珊来到一个小镇上，并请来当地医生。（故事三）	3

续表 4.1

叙事顺序	段落内容	现实故事顺序
八	日本，千惠子结识了前来调查案件的年轻警官。(故事四)	20
九	摩洛哥，警方找到卖枪人哈桑。(故事一)	9
十	墨西哥，婚礼热闹纷呈。(故事二)	15
十一	摩洛哥，苏珊的伤情暂时稳定。(故事三)	4
十二	日本，千惠子与新结识的朋友到迪厅狂欢，再次深深地意识到自己作为残疾人被孤立的处境。(故事四)	21
十三	摩洛哥，哈桑道出猎枪的来源：一位日本游客(千惠子之父)送给他的礼物。警方发现正欲外逃的父子三人。双方发生枪战。(故事一)	10
十四	墨西哥，婚礼结束。迪亚哥送艾米丽亚和两个孩子回国，在过境时，与美方警察发生冲突。艾米丽亚和两个孩子被遗落在沙漠里。(故事二)	16
十五	摩洛哥，理查德与大使馆联系。旅游巴士弃他们夫妇而去。(故事三)	5
十六	日本，千惠子告诉年轻警官关于她的母亲的死因。(故事四)	22
十七	摩洛哥，弟弟为救受伤的哥哥砸枪投降。(故事一)	11
十八	墨西哥，艾米丽亚在沙漠中寻求救助，却被警方当作疑犯。(故事二)	17
十九	摩洛哥，理查德夫妇相拥而吻，冰释前嫌。(故事三)	6
二十	日本，千惠子在年轻警官那里得到理解和怜悯。(故事四)	23
二十一	美国，艾米丽亚被驱逐出美国。(故事二)	18
二十二	摩洛哥，弟弟泪流满面，回忆起往昔的欢乐时光。(故事一)	12
二十三	摩洛哥，理查德夫妇乘坐直升机飞往卡萨布兰卡医院急救。理查德往家打电话。(故事三)	7
二十四	日本，千惠子与父亲拥抱，消融在这繁华而荒凉的都市荒漠里。(故事四)	24

其中导演所讲述的银幕叙事顺序用汉语数字表示，现实中自然发生的故事顺序用阿拉伯数字表示通过图表，我们很容易就能看出银幕叙事顺序与现实叙事顺序的出入。从整体上看，这四个故事分别被整齐地进行“六度分割”，每个故事划分为六段平均长度为六分钟的小段落，再以平行蒙太奇和交叉蒙太奇的手法交替进行。从局部来看，每一个“子故事”的叙事单元呈线性的存在，严格按照传统的戏剧化结构，即“开端—发展—高潮—结局”平行推进，互不干扰。影片的故事本身并没有扩充新的内容，但是结构从不可逆的单线变成多视角的立体之后，各个段落之间就被赋予了一种强大的情绪张力，同时又不失平衡美感。这就好像一个拼图游戏，导演先将组成图画的所有碎片打乱，然后按照自己的风格将这些碎片严丝合缝地拼接在一起,“故事间的情节的交错和人物的黏合把条条线索织成网状”。

1963 年，气象学家洛伦兹提出假设，亚马逊河流域热带雨林里的蝴蝶仅需要扇动一下翅膀，就有可能在两周后引发美国德克萨斯州的一场龙卷风，这就是著名的“蝴蝶效应”。而这部电影里的“蝴蝶”，就是那支犹如受到命运诅咒的“枪”。就这样，在短短的 143 分钟内，四个国家（摩洛哥、美国、墨西哥、日本）的地理坐标、五种语言（阿拉伯语、英语、西班牙语、日语）的交流工具、十三个主要人物（摩洛哥父亲、两兄弟、美国夫妇、导游、墨西哥保姆、侄子、两个孩子，日本父女、年轻警官）的命运通过一声枪响，集合在伊纳里多的这部寓言式的电影里。

（3）多线索交叉。它是多条矛盾线、多层次交错发展，在高潮处汇合的结构形式。

宁浩导演的《疯狂的石头》展示了多线并进交叉式结构。三人盗窃团伙正欲摆脱警察，不料不远处面包车撞上宝马车，宝马车是因为车主四眼在墙上刷“拆”字而停在此处；而面包车撞上宝马是因为高空落下可乐罐砸了车窗，老包和三宝下车查看造成的；可乐罐是因为高空缆车里谢小盟遭菁菁踩脚失手掉下的。一共四个事件，生活中此类场景司空见惯，但最后注意到的往往是电视新闻对最后那个交叉点的描述，此前交叉点延伸线上的各个事件则出现在调查结论中。交叉点是一个事件，而延伸线上的事件理论上却有无限多种可能，显然，延伸线值得书写，因为它情趣盎然。电影可以实现对延伸线的复述，娱乐性不言而喻。这种结构在很多经典电影中都能看到，从《暴雨将至》《低速小说》《蒲公英》《爱情是狗娘》《两杆老烟枪》《掠夺》乃至《红》《白》《蓝》三部曲，无不展示了多线交叉结构独特的时空汇聚魅力。由于电影的线性时间特征，除了采用多画面外，它无法在同一时间交代几个同时发展的故事。但正是因为这种特色，也产生了电影独特的叙事魅力——在事件的交叉点产生多个截面，再用线性方式重组。第一个事件可以产生很强的悬念，后事对前面情节的补述马上解除了悬念；事件全部交代完毕后，影片风格自然而然与日常经验极为接近，却又产生完全不同的叙事快感。这种手段，用于艺术片将产生难以名状的人物之间命运交叉的独特况味，用于商业片则产生兴味盎然的娱乐性。有意思的是，电影中的多线交叉结构往往使用车祸这个情节为载体，大概是因为车祸的突发性和不可预知性能够更好地营造影片的戏剧张力。《两杆老烟枪》如此，《爱情是狗娘》如此，《疯狂的石头》也没有跳出这个模式，但《疯狂的石头》影片后半段的多线交叉摆脱了这一窠臼，交叉点主要出现在偷窃翡翠的情节中。

（六）心理结构

所谓心理结构，是指那些不强调戏剧冲突（情节）的周密安排，而以主人公的心理活动为线索、依据人物的意识活动进行结构的一种影视剧作样式。其特点在于：第一，着力表现人物的内心活动和对人物内在情感的剖析，以达到刻画人物心理活动的目的；第二，追求叙述上的主观性和心理性，并依据人物心境的变化，用回忆、倒叙的“闪回”形式，把过去、现在和未来相互穿插交织起来进行布局和剪裁，以加深影片感人的力量。这种结构，经常通过主人公的独白（包括书信）方式展开，便于对主人公内心世界进行深入、细致地剖析，以完成主题思想的表达和人物性格的塑造。

费穆导演的《小城之春》(1948)，直到现在这仍是一部属于知识分子阶层的电影。它内省诗化简约的影像风格仍然只有知识分子有兴趣和耐心去读懂它。影片结构出人意料地简单：一个被战争毁坏的小城，一个家园被战火毁坏的人家，一对夫妇——礼言和玉纹，一个城外来的男子——志忱。这两个男人是多年前的好友，城外来的男人与女人彼此发现，他们曾是青梅竹马暗定终身的意中人。故事以平静始，也以平静终。看起来似乎也没发生什么大不了的事，似乎又有了很多事发生……影片人物很少，总共有五个人，相应的也更具典型性意义。在这不多的几个人物中，影片探入知识分子的心灵深处，塑造了必然要作为封建社会的陪葬品的戴礼言，在新思想与旧伦理的斗争中充满矛盾和痛苦的“历史的中间物”——周玉纹和章志忱，无忧无虑的一代新人形象小妹戴秀（影片通过台词暗示了戴秀第二年将离开这里）这几类知识分子的典型形象。章志忱是一个突然闯入的外来者，代表了外面的新世界、新思想。但章志忱和周玉纹都无力冲破传统伦理和道德规范的围城，都打不破这个“铁屋子”。由此，

《小城之春》折射了20世纪前半世纪的时代文化氛围，表达了一种文化忧虑和文化反思的沉重主题，透露了对现实中国及其文化历史命运的深切关注，以及知识分子挥之不去的困惑与迷茫。此外，从剧本结构看，影片是一种首尾相连的环形结构或称圆形结构。影片从周玉纹、戴礼言目送章志忱远去开始，也以这样的镜头而结束。剧本结构亦可看着是一种心理结构样式，它是以女主人公玉纹的心理活动去结构整部影片的。玉纹在戴家的寂寞、苦闷和章志忱来后引起她旧情复燃，但又囿于传统观念的束缚，陷入更加复杂的情感矛盾之中——故事是以玉纹的心理活动（独白）为线索展开。

徐静蕾导演的《一个陌生女人的来信》叙述陌生女子（我）因暗恋中年男子而始终未能得到对方的理解，在等待中的痛苦和挣扎——影片也是以"我"的心理活动（书信）为线索展开的。由于此片改编自奥地利作家茨威格·斯蒂芬的同名小说，原作中有大量细腻的心理描写，以文字形式表现出来的心理活动很难用电影这种影像艺术来表达，这是徐静蕾采用心理叙事结构和大量采用独白的原因。可以说，《一个陌生女人的来信》里独白的重要性达到了前所未有的程度：它不仅推动情节的发展，甚至对情节起到了补充的作用，这一点在其他电影中是较少见的。影片开头是用独白来交代背景，然后转入倒叙，在倒叙过程中，独白一再发挥出对情节的补充作用，例如：

> 封条在北屋的门上贴了三天，后来又给揭了下来。房东太太跟妈妈说，一位作家，同时也是在报馆里做事的单身文雅的先生租了北屋，那时我第一次听到你的名字。

而在镜头里观众并没有看到房东太太和妈妈议论这件事。

《一个陌生女人的来信》开篇的琵琶乐曲《琵琶语》适时地渲染了凄美的气氛，独白在这时候响起：

> 你，从来也没有认识过我的你……现在在这个世界上我只有你，而你一无所知。你从来也没有认识我，而我要和你谈的第一次把一切都告诉你。我要让你知道我的整个的一生都是属于你的，而你对我的一生一无所知。要是我还活着我会把这封信撕掉继续保持沉默；就像我过去一直的沉默一样。可是如果你拿到这封信就会知道，这是一个已死的女人在这里向你诉说她的身世。看到我这些话，你不要害怕，一个死者别无乞求，它既不要求别人的爱也不要求同情，只对你有一个要求，那就是请你相信我告诉你的一切。这是我对你的唯一的乞求。

情节在这里开始以时间为顺序进行叙述。女主角的声音悲凉又有韧性，试问一种在13岁女孩身上萌生并持续了一生的爱意该是怎样的一种表现，一个垂死的女人临终前对心爱的人说出这个保守了一生的秘密时该是怎样的语气……在这里可以找到答案。

由开始朦胧的爱意到后来纯粹的肉欲，徐静蕾通过旁白对世情冷暖体味得如此通透，适时不可缺少的旁白画龙点睛地诠释着女主人公的心路历程。有三处独白的作用值得特别提出来，一处就是女孩改嫁到山东的六年，在镜头里只有长长的铁轨和在深胡同里前进的黄包车，独白如下：

> 我的儿子昨天死了，如果现在我果真还要继续活下去的话，那我就要孤零零的一个人了。世间上再没有比置身人群中却要孤独生活更可怕的了。我当时去山东漫无止境的六年当中深深体会到这一点。我一直想着你，在心灵深处始终和你单独待在一起。一坐一整天，回想每一次见到你、每一次等你的情形，虽然只有六年，却像我的整个童年。

火车轨道的长镜头在独白的作用下，完成了小女孩长大和对作家爱的加深的全过程。另一处出现在女孩第一次将自己完全交给作家之后，她深情地看着作家的脸：

> 你不会明白，在这一刻在你家里，过去的岁月犹如一股洪流，劈头盖脸向我冲了下来，我的童年、我的梦想、我的整个一生都在这里，这是我千百次望眼欲穿的一扇门。现在我迈进来了，被你搂在怀里，这就是我的梦——一个终于变成现实的梦，醒了也不会消失的梦。

这是影响一个女人一生的一夜啊！从小女孩朦胧的爱意转变成洪流一般的成年之爱，女孩义无反顾地完成了她的梦想，同时这很不幸地使她的命运发生了转折。最后一处也是本剧的第二次高潮，他们在十几年后再次见面，可惜作家已经完全不认识当年的女孩。在作家的挑逗之下，女人立刻做出回应，镜头同样很简单，还是在深胡同的黄包车上，独白如下：

> 朋友算什么、自尊算什么？下一次我还会这样，你的声音有一种神秘的力量，让我无法抗拒。经过十几年的变迁，依然无法改变。我就是在坟墓里也会涌起一股力量站起来、跟你走。

这是多么可怕而又可悲的力量，这些震人心魄的悲剧力量就来自于一个女人的独白。

在电影里，徐静蕾用了大量独白来表达女人对作家炽热的爱。例如：

从那一秒钟起，我就爱上了你。我知道女人们经常向你这个娇宠坏了的人说这句话，可是请你相信我，没有一个女人，像我这样死心塌地地爱过你。过去是这样，这么多年过去了，依然是这样，因为这个世界上没有什么东西可以比得上一个孩子暗中怀有的、不为人所察觉的爱情。因为这种爱情不抱希望，低声下气，曲意逢迎，热情奔放。这和成年女人那种欲火炙烈，不知不觉中贪得无厌的爱情完全不同，只有孤独的孩子，才能把全部的热情聚集起来。我毫无阅历，毫无准备，我一头栽进我的命运，就像跌进一个深渊，从那一秒钟起，我的心里就只有一个人，就是你。

电影整体冷静内敛的风格和饱含激情的独白形成了一种强烈的反差，正是这种反差让女人的爱情有了震撼人心的悲剧性力量。

（七）套层结构

套层结构也称套层叙事结构，俗称片中片、片中戏，就像西方人所说的中国式盒子“大盒子中套小盒子”。一个故事的叙事总是被包含在另一个故事的叙述之中，它是时空交错结构的一种特殊的、高级的结构形式。一般是在叙述一个故事的同时，又叙述了另一个故事，两个故事交错穿插叙述，也具时空交错特点。主要分为四种：①

（1）溶入式套层结构。溶入式套层结构是指在一个主要的叙事中，又溶入了另一个叙事。

1980年，曾经是法国电影“新浪潮”运动旗手的特吕弗拍出了在法国电影票房中最成功的一部电影《最后一班地铁》。因他在电影语汇上的完美展示和演员无懈可击的表演，一举夺得了当年法国电影恺撒奖的11项大奖，包括了最佳影片、最佳导演、最佳编剧、最佳男主角、最佳女主角等重要奖项。特吕弗把故事的背景设定在了沦陷的法国，故事在一个危机重重的剧院里展开。剧院的经理吕卡斯为了躲避纳粹的迫害藏在剧院的地窖，准备等待时机成熟时逃往国外，然后在那里重新开始自己的艺术事业，可是德军占领了北部自由区的消息使他的计划变成了泡影。他的妻子玛丽恩掌管着剧院，在各色人等——丈夫、情人、投靠纳粹者和德国人之间周旋。抵抗组织成员贝尔纳通过应聘成为话剧《失踪的女人》一剧的男主角，在合作演戏的过程中他爱上了玛丽恩。在地下百

① 本节参考陈丁：《复调叙事：一种故事片的结构类型》，载于《云南艺术学院学报》，2003（2）。

无聊赖的吕卡斯撬开了暖气管道，听着舞台上的动静指挥着戏剧的排练。剧场始终不能保持宁静，种种社会上的矛盾开始牵扯进剧院里工作人员的生活和创作。在贝尔纳的帮助下吕卡斯逃过了纳粹的搜查。在重重阻挠下,《失踪的女人》终于演出了，并且取得了空前的成功。几年过去了，巴黎光复。吕卡斯重新回到了地上，继续指导话剧。玛丽恩也在吕卡斯和贝尔纳之间做出了艰难的选择。在影片的结尾，蒙玛特剧院继续上演着叫好的话剧。台上，玛丽恩一手拉着自己的丈夫，一手拉着自己的合作者——情人，将这两个极具象征性的人物的手高高举起。从结构上审视，这位电影的叙事本身与影片中戏剧家们所排演的挪威戏剧《失踪的女人》形成了一个重要的套层结构，观众在欣赏一部影片的同时也欣赏到了一部戏剧的高潮部分，这不仅提供了双重视觉享受，也由电影与戏剧的不同特质划出了两个不同的表现区域，电影是纪实风格的，素朴、自然、流畅，如一条波澜不兴的河流，而戏剧是象征化的，激情、夸张、诗意，戏剧的介入如将一座华美的建筑映到了水中，水面由此漾起了迷离的光色。电影戏剧、纪实象征，其实又对应着关于生活艺术的思考，而在这个繁复的双面系统中，三角关系的演绎也有了另外的深意。吕卡斯是位纯粹的艺术家，书生意气，远离政治，即使外面的世界天翻地覆，自己身陷非人的环境中，仍旧只沉迷于他的戏剧艺术，而贝尔纳是激情狂野而生机勃勃的，他也许不如吕卡斯优雅，却更加热烈，他爱自己的祖国，就像他爱所有美丽的女性那样自然而然。他对一向如履薄冰、委曲求全以使剧院苟存于乱世的玛丽恩嚷道：“戏院是满座了，可监狱里同样也满座!”两个截然不同的男性人物或许代表着特吕弗心目中艺术必备的两个方面，一是它介入现实的部分，一是它超越现实的部分；一方激情，一方理性。玛丽恩是吕卡斯与贝尔纳的焦点，她连接并平衡着这两个不同的方面。她既是现实理智的，又是神秘莫测的，因此她让两个方面都又爱又恨。特吕弗想说的是：艺术不能不介入社会生活，否则将是冷漠而缺少生气的，在片尾剧终，电影戏剧、纪实象征、生活艺术全部汇合到了一起，三位主人公从幕布后走出，玛丽恩一手拉着吕卡斯，一手拉着贝尔纳，向观众致意，这是非常动人的一刻。

此外,《蜘蛛女之吻》(1985)、西班牙电影《卡门》(1983)、日本电影《W的悲剧》(1984)等采用的也是这种溶入式套层结构。

(2)并列式套层结构。并列式套层结构是指在一部影片中将两个及两个以上的故事并列叙述的一种结构方式。

卡雷尔·赖兹导演的《法国中尉的女人》(1981)并列讲述了一个维多利亚时代的爱情故事和一个现代的爱情故事。

《暗恋桃花源》是赖声川创立的“表演工作坊”首演于1986年的舞台剧。

六年后，由赖声川任导演，将此剧改编为电影。它讲的是两个剧组因为剧场管理员的失误而在排戏时碰到一起，互相干扰最后达成谅解的故事。两个剧组分别排演两出话剧：《暗恋》剧组的演员陆续来到昏暗的舞台进行排演——这是一出临死老人回忆当年在上海恋情的舞台剧；同时另一出舞台剧《桃花源》也登记进行排演——这是一出有关中国乌托邦“桃花源”的故事。两出戏的工作人员一开始相互干扰、争夺舞台，因为两家的档期都迫在眉睫，互不相让，无奈协议把舞台分成两边，各在一边排演，结果却使两出戏意外地产生了神奇的契合。

（3）圆周式套层结构。圆周式套层结构是一种包含两个或两个以上的叙事，从起点又回到起点的套层叙事结构。如费里尼导演的经典名片《八部半》就是一部“像是画中有画或像是小说中有小说，可以说是一部‘电影中有电影’的影片，属于具有双重结构的那类艺术作品，其展现方式在于反映自己”（克里斯蒂安·麦茨语）。这是一部模糊了电影构思与现实生活界限、从起点又回到起点的具有圆周式套层结构的电影作品。正如伊塔洛·卡尔维诺所言：“费里尼的工作，就是以《八部半》如陀螺般重复显现的自我解析为轴心，把这纠结成一团的神话整理好，并分门别类。”

（4）间离式套层结构。在套层叙事结构的故事片中，有一种故事片的第一重叙事层面和第二重叙事层面的叙述关系在观众和作品之间产生了间离效果，这种故事片的套层叙事结构呈现出一种间离性结构意味，可以把它称作间离式套层叙事结构的故事片，或简称“间离式”。

《红告示》（1976）在第一重叙事层面描述了一群演员为排练戏剧《红告示》举行了一个纪念死难者的野餐会。在这次野餐会上，马努什安游击队成员们的家属和战友们议论和回忆起当年的情形，并观看了一部由演员们演出的意大利假面喜剧；在第二重叙事层面里，再现了当年游击队暗杀德国军官和炸毁铁路的历史。第一重叙事层面和第二重叙事层面之间无论呈现出何种叙述关系——或者说对复调叙事结构无论采用何种布局安排，其目的总是以“间离”来唤起观众的理智性思索。所以，“间离”就是第一重叙事层面和第二重叙事层面的叙述关系所必须遵循的宗旨。

（八）生活流结构

生活流结构是20世纪60年代西方电影创作中出现的一种自然主义倾向。生活流主张“让生活本身说话”，按照“生活本身的自然流动”，对生活做一种“纯”客观的记录。换句话说，这种影片要求“按照生活原来的样子”去记录生活，主张直接摄录落入电影摄影机视野的生活事实和事件，既不做选择，也不做评价。“真实电影”“直接电影”等就是这种创作倾向的突出表现。“生活流”一词最早出现于19世纪末。当时在西欧一些国家流行“生活流”文学和意大利的真实主义文学，二者都受到了自然主义的强烈影响。电影由于其画面的照相性质往往使观众把它当成真的现实来对待，因而比任何其他艺术都更讲求真实性，这就使得将电影视作“物质现实的复原”（克拉考尔）或“现实的渐近线”（巴赞）的理论得以流行。“生活流”电影实践也是这种理论影响下的产物。在“生活流”的影片中，出现在观众面前的甚至都没有什么有趣的观察，只是一个杂乱无章的世界，电影摄影机在人群里摇来荡去，摄录偶然的面孔、商店橱窗和街头景象。各种现象之间缺乏联系，更谈不上有什么社会联系。这种缺乏对现实进行社会分析的平淡的照相主义，是“摄录现实”的纯自然主义、客观主义概念为基础的。这类影片对于所描写的对象不做任何思考和概括，也不做任何评价和分析；创作者认为应该由观众自己去得出结论，这种力主将自我溶解于客观之中的影片，必然会导致艺术家的创作活动仅仅是不偏不倚地、客观主义地去摄录日常的“生活流”，而不必去考虑作品的情节。

曾获戛纳电影节大奖的意大利影片《木屐树》（1978），导演让一个民风古朴的意大利村庄的村民穿上18世纪的农村服饰，记录他们的日常农村生活，生动地展现出18世纪意大利南部的农村风俗。影片往往对那些无足轻重的日常生活细节进行不厌其详的描写，例如，对村民杀猪过年的全过程的琐碎展示等。

（九）意识流结构

意识流结构，是受“意识流”小说影响，一种在银幕上着重表现人的非理性的、潜意识的、直觉活动的电影结构样式。“意识流”的名称来自美国哲学家詹姆士《心理学原理》中的一段话：“意识……并非以一段段的形式出现的，象‘链’或‘环节’那样。它不是联结起来的，而是流动的。河流或流水是描写意识状态的借喻。”意识流小说描写人物复杂的精神世界，不仅有理性内容即理智思想，还有非理性内容，如幻想、幻觉、情感波动等。意识流小说用的主要技巧和手法是“内心独自”。1887年法国作家杜夏丹最早采用“内心独白”手法写作，因而被认为是“意识流”文学的先驱。但“意识流”文学的真正鼻祖应推英国作家乔伊斯（《尤利西斯》，1922）和法国作家普鲁斯特（《追忆逝水年华》，1913—1927），他们的创作实践受到了柏格森直觉主义学说和弗洛伊德潜意识学说的强烈影响。电影中的“意识流”作品出现于20世纪五六十年代之交。瑞典电影导演英格马·伯格曼的《野草莓》（1957）和法国电影导演阿仑·雷乃的《广岛之恋》（1958）、《去年在马里昂巴德》（1960），被认为是最早的“意识流”电影。这些影片都采用了时空跳跃多变、打破逻辑联系等自由联想形式结构，以表现现代人心理的复杂性，有的则完全表现人物潜意识的活动，终于导致不可知论（如《去年在马里昂巴德》）。实际上，受西方意识流小说影响而兴起的“意识流”电影是一种以直接表现非理性“意识流动”为内容的电影。所谓“非理性的意识”，是指一种不清醒状态的潜意识或下意识的活动，如梦境、幻觉等。因此，意识流电影即是一连串片断的彼此毫无逻辑联系的内心潜流所构成的影片。于是映现在观众眼前的是一幅被主人公“主观化”的那种颠倒、错乱了的世界形象。

因此“意识流”电影结构上的特点为：抛弃了传统的叙述顺序，以非理性的心理流程代替传统的叙事逻辑顺序；打破了传统的时、空顺序，以大量的闪回和倒叙把过去、现在、未来相互交叉、渗透、叠合在一起，使之难分回忆与幻想、真相与错觉。

1. 影视剧作的基本结构有哪几种？

2. 请试着从多视点结构的角度分析影片《十月围城》。

3. 选择一种结构模式完善自己习作的电影大纲，并写出剧本中的“四个富有魔力的问题”，即：

（1）主要人物的梦想是什么？

（2）主要人物的噩梦是什么？

（3）他们会为了得到什么人或者什么东西而不惜一“死”呢（真正的或者比喻意义上的）？

（4）这个梦想的结局是什么？或者说，在什么情况下催生了新的梦想？

第五章　语言模式

影视剧作是用语言（文字）记录、描述的未来影片的基础和蓝图，其语言（文字）主要有两大部分：一是将在未来影片中转化为视觉画面的语言，称之为叙述性语言；二是未来影片中的有声语言，包括对白、旁白和独白。此外，还有一种既不见于叙述性语言，又不见于有声语言的潜台词（姑且称之为无形语言）。将分别就它们的功能和特性在下面做一个简要的介绍。

第一节　叙述性语言

影视剧是有情节的，叙述性语言的主要任务是讲述构成影视剧的故事。影视剧的叙述和其他文学样式（如小说、叙事诗等）基本相同，都是形象思维的表现形式，影视剧的语言却有其独特之处。小说等文学样式的语言是为了读者的想象力设计的，是不考虑视像性的语言。读者根据自己对作品的理解，借用自己平日生活积累中的同类或近似的事物，在头脑中联想构成小说的情景。一万个读者读同一部小说，会在他们的头脑中构成一万种不同的情景。影视剧的叙述语言是为画面（镜头）设计的，是具象的语言，它的每一句话都将被拍摄下来。观众根据导演对剧本的演绎，无须借用什么，便在可以看见和听到剧中的所有情景。一万个观众看同一部影视剧，他们眼前出现的是相同的情景，耳边回响的是相同的声音。一个影视剧的剧本，完全可以作为小说来阅读，但是一部小说却绝对不可以作为影视剧本来拍摄。

剧作中除有声语言外的一切文字都是叙述性语言。叙述性语言又常被称为剧作中的“散文成分”或“情景说明”。它把一切无话语场面或与对白、旁白和独白同时出现在银幕上的画面形象作为描写对象。其中包括：背景介绍（时间、地点、环境），人物肖像描写，景物造型描写，人物动作描写，人物心理描写，其他提示（作者就某些意图或技巧对其他创作人员的提示）。

叙述性语言描写的总体形式和风格因人而异，没有常规的惯例和固定的格式。但影视剧作就是影视剧作，也有一些特性是应该遵循的：

例如，电影《红色恋曲1933》的剧本：

1. 列宁街、黄昏、外（背景介绍：时间、地点、环境）

白发苍苍的老年雪儿步履蹒跚地在古老的列宁街石板路上行走着（人物肖像描写），她深情地抚摸着牌坊上铭刻的红色标语（人物动作描写）。

老年雪儿的画外音："我是这些标语的老熟人了！我九十岁了，这些标语看老了我，我也看老了这些标语。"（人物心理描写）

老年雪儿缓缓地转过头，看见什么（人物动作描写）。

青春亮丽、衣着时髦的娜娜挎着专业相机，与白发老年雪儿对视着（人物动作描写）。（叠）

老年雪儿和年轻的娜娜伫立在空空荡荡的列宁街上对视着（人物动作描写）。

娜娜缓缓举起相机对准老年雪儿（人物动作描写）。

娜娜画外音："老街、牌坊、石刻标语、银发老人……这一切在这里凝固成一种遥远的记忆，一座凝滞的时间码头。仿佛我是穿越了时空隧道来到了这里，走进了历史之中……"（人物心理描写）

……

73. 河畔、日、外

在那棵巨大的树下，健豪阴沉地吹着萨克斯。

74. 山野、日、外

在舒缓的萨克斯乐曲声中，被绳子绑成一串的赤卫队员、男女地方干部、红军伤员无畏地面对一排用枪瞄准他们的白军站立着。

独眼龙冷酷地一挥手，一排枪吐出火舌（静场处理）。

被绳子绑成一串的赤卫队员、男女地方干部、红军伤员中弹缓缓倒在山野上。

鲜血在石上流淌着。

75. 列宁街、黄昏、外

在舒缓的萨克斯乐曲声中，一辆牛车在列宁街上缓缓行驶着，牛车上立着一个木制的十字架，上面绑着身着被撕破军衣的小翠，她无畏地看着蓝天白云。

两排白军士兵在牛车两边走着。

倚在院门的雪儿含着泪看着绑在牛车十字架上的小翠。

小翠的目光与雪儿相遇，她微笑着对雪儿点点头。

雪儿泪流满面地看着走过去的牛车上绑着的小翠的背影。

街沿上一些乡亲都默默地看着这一幕。

突然，绑在十字架上的小翠唱起了那支红色山歌。

歌声压过了舒缓的萨克斯乐曲声，在列宁街回荡着。

雪儿伫立街中央久久地凝视着那远去的牛车。

90. 江边山顶、黄昏、外

健豪坐在石岩上，看着下方奔流的江水，倾听着远处传来的枪炮声，他摇摇头，长长地叹息一声。

健豪打开皮箱，将皮箱里的银元、金条和值钱的东西分送给两个残兵，轻轻地："谢谢你们跟我一场，你们走吧，去自谋生路、好好过日子。"

两个残兵向他立正敬礼："谢谢团长。"然后，扔下枪，离去。

健豪孤独地看着宽阔的江面，缓缓从皮箱里取出那支萨克斯，掏出手绢擦净。然后，他缓缓举起萨克斯对着奔涌的江水和壮丽的景色吹起了萨克斯曲，是那首维拉·洛博斯的《幻想曲》。

一曲终了，健豪缓缓地放下萨克斯，他深情地喃喃自语："雪儿，我会在这里陪你的。"健豪掏出手枪，缓缓地对准自己的太阳穴，面对着那轮巨大的夕阳。

一声枪响！下方的江水汩汩地奔流着。

可以从以上这个剧本的几个场景中看出影视剧叙述性语言的一些特征：

1. 可视性

叙述性语言以将来出现在银幕上的画面形象作为描写的对象，因此，必须具有可视性。千万警惕不要试图用语言让读者进入角色的大脑，在银幕上你可看不到角色脑子里的念头。在电影里，只描述摄影机能看到的内容，在剧本里不要出现"以为""觉得""可能"之类表现内心活动的词，而应该由人物动作直接将内心所想表达出来。"她历经千辛万苦把孩子带大""他心里盘算了几个昼夜终于下定决心"之类，以及"天长地久有时尽，此恨绵绵无绝期""女性固是软弱，母亲却是坚强"之类的语言，都不可取。

米洛斯·福尔曼指出："在电影中，一棵树就是一棵树。"在银幕上不存在一切比喻。"他像一只战败的狮子一样走进大门"，这样的表述在剧本中应当直接变成"他走进大门"。在呈交给欧洲剧本基金会的剧本中可以找到许多这样的例子："太阳像丛林中慢慢闭合的老虎眼睛一样徐徐下沉"和"道路像凿刀一样在山坡上切割着蜿蜒而上，奋力挣扎，直到达到山的边缘，然后还没来得及爆发到地平线上便在视野中消失了"。这是导演陷阱，尽管诱人却无法拍摄。总之，影视剧的所有叙述都必须能够变成画面，如果不能，就要放弃。可以设想一下，"天低云暗，暗得好像是提前进入了黑夜。大海的胸膛不安地上下起伏，像个难产的孕妇，挣扎着，扭动着，哭泣着，痛苦地呻吟着……""风暴好似径直打进了所有人的身体，五脏六腑撞击着，胃里的食物撞击着，体内的血液翻腾着……"这样的描写，如何在影视剧中表现？

2. 多元性

电影是综合艺术，剧作除了为导演和表演提供发挥的余地外，还应该充分运用一切造型手段。应该思考如何才能以一种纯视觉的方式写出一个场景，而不需诉诸一行对白。应遵循回报递减定理：写出的对白越多，对白的效果就会越少。如果连篇累牍的全是讲话，让人物走进房间，在椅子上坐下，不停地说，精美对白的时刻就会被淹没在这些雪崩般的话语中。但是，如果为眼睛而写作，当对白在必须出现的时候到来时，它就会激发兴趣，因为观众已经渴望听到它。凸现于视觉形象中的简约对白更显得具有特色和力量。

在影片《沉默》中：埃斯特和安娜是一对姐妹，生活在一种同性恋关系之中，而且二人的关系还颇有一种施虐受虐的意味。埃斯特身患严重的肺结核病，安娜是双性恋，有一个私生子，而以折磨姐姐为乐。她俩正在旅行途中，要回瑞典的家，电影故事便发生在她们旅途中的一家旅馆内。伯格曼写过一个场景，其中安娜到楼下餐厅，故意挑逗服务员勾引她，想利用这行为来刺激姐姐。一个"服务员勾引顾客"的场景……要怎么写？ 是不是让服务员打开菜单，推荐某些菜？问她是不是就住在这家旅馆？恭维她穿得怎么样？问她对这城市熟不熟？……

下面是伯格曼的创作：服务员走到桌前，故意不小心将餐巾掉到地板上。当他弯腰去拣时，他慢慢地把安娜从头到脚嗅了个遍。作为反应，她慢慢地、几乎谵妄地吸了一口长气。切入：他们在旅馆房间。太完美了，对不对？色情、纯视觉，没有说一句话，也没有必要说。这才是银幕剧作。①

阿尔弗雷德·希区柯克曾经说过："当剧本写好，对白加上之后，我们就可以开始拍摄了。"形象是我们的第一选择，对白是我们加在剧本上的最后一层东

① [美]罗伯特·麦基：《故事：材质、结构、风格和银幕剧作的原理》，周铁东译，中国电影出版社2001年版。

西。不要搞错，观众都喜欢精彩的对白，但是少即是多。当一部高度形象化的影片转为对白时，它能使观众骤然兴奋起来，使倾听变为一种享受。可以用一些提示性语言，如“晨光熹微”“阴暗走廊”“血色黄昏”以及“街市音响”“蝉鸣鸟叫”“背景音乐”则不可少，提示性语言可以帮助导演更加准确地理解剧本意图。

3. 简洁性

影视语言不同于文学创作，对场景和事件的交代应该尽可能的简洁清楚。例如，“雪儿家天井、晨、外”“晨光透进天井”“一声枪响！江水汩汩地奔流着”。

又如，“日、外”“夜、内”“雨”“雾”“巴黎、凯旋门”“伦敦、威斯敏斯特教堂”“纽约、自由女神像”“房间布置得体、有现代感”……这样写就可以了，无需浓墨重彩，繁琐铺陈。

第二节　有声语言

影视剧作中的有声语言包括对白、旁白和独白。

1. 对　白

电影中的对白是指两个或两个以上剧中人物的交谈活动。对白是电影剧作者塑造人物的基本手段之一。

语言是人类交流的工具。电影（故事片）中人与人之间的交流就如同生活中一样，是少不了语言的沟通的。在无声电影时代，人们的对话是用字幕来展示的。自从有声电影出现以后，人们的对话就可以直接说出来了。这就是对白。按悉德·菲尔德的《电影剧本写作基础》所说：“对话是人物的一种功能，它可以：推动故事向前发展；向读者传达事实和信息；揭示人物；建立人物之间的关系；使你的人物显得真实和自然；揭示故事和人物的各种冲突；揭示人物的情绪状态；对动作进行评价。”

由于通过对白既能传达谈话人的心理活动，又能与对手交流，影响彼此的情绪、情感、思想和行为，故又常常称之为“言语动作”。它的主要功能是：叙述说明、交代补叙前史、说明人物关系、交流思想感情、推进剧情发展、展现矛盾冲突、加强造型表现力、刻画人物性格、揭示人物内心世界。运用的基本要求通常是：符合人物的身份和性格逻辑，具有性格色彩；符合人物关系和规定情境；具有动作性；精练、简明、生动，必要时蕴含丰富的潜台词；与画面及其他表现元素（如音响、音乐等）密切配合；做到生活化、口语化。由于电影主要诉诸视觉，更多依赖人物的外部动作，并具有镜头转换迅速和多场景的特点，对话不宜过多。

在影视剧本创作中，对话常常是写作的难点：因为在剧作中描写的众多人物，其身份、地位、行业、教养、心理都是不一样的，他们说话的习惯、方式和风格也千差万别。而编剧不可能了解所有行业、所有人的说话特点。在指导学生的编剧作业中，常常发现一些学生所写的农民工的语言带着“学生腔”，这是他们没有找到专属于农民工的“行业内语言”。在写作中要写好人物对白，就要努力通过直接和间接的生活体验最大限度地接近这个人物，找到符合这个人物身份教养的“行业内语言”。为了了解人物所用的语言，必须有足够的对生活细节的敏感和对现实生活的深入调查。电视台记者肯定不会像搬运工人那样说话，商人和教师、小商贩和白领的语言方式肯定也大相径庭。要刻画出剧本里所有人物独一无二的身份标签，就要花时间让对白真实可信。例如，写领导干部就要注意他们在社会生活中的生活和工作习惯，了解和掌握这类社会角色的语言特征，找到他们“体制内语言”的对话方式和特点。

如何“真实”？靠的不是天生的想象力，而是对生活的观察和记录。在公交车上听到人们都在说什么？在菜场里听到的是什么？在电影院里、在街头、在咖啡馆里、在酒吧、在生活的每个场景，必然有各种各样的声音，应该用心去倾听和记录，去感受不同场景、不同处境和不同身份的人是怎样交流和交流什么。可以在口袋里放一个笔记本，养成随时速记的好习惯，当然有各种更现代的记录方式，录音笔、手机都是工具，听到并记下越多的真实对话，就越发了解人们是如何相处和交谈的，这些都是最宝贵的素材，比任何书本里教授的语言模式都有用。只有真实地体验了生活，用心分析人们是怎想进行真实的交谈，他们怎样互相打断，对话如何穿插叠搭，来自不同地方的人的语序、节奏、词汇有怎样的特点，了解了这些才能塑造出真实生活中的真实人物。除了真实，在写对白的时候，一般要掌握以下几个原则：

（1）自始至终，他们讲话都像他们自己。在剧本中，每一个人物都很重要，包括只出现一两次的小角色，他们都是生活里独一无二的，是经过创作者思考和加工才能进入剧本的具有代表性的人物。因此创作者必须对每一个角色负责，在塑造他们时，要了解他们的家乡、品行、生活阅历、经济阶层等背景从而为他们设计出与他们性格有关的对白。人物说话的语速、方言、粗俗与否、外向或害羞，通过对白，能让观众对这个人物了解多少，能否让观众一眼就识别出这个人物是他们身边真实的某人，抑或看到自己的影子，这些都是衡量对白是否成功的重要因素。每一个角色的对白都要区别于其他角色，每个人物都有自己独特的标签。在影片中，在生活里，他们似乎像某个朋友，却又是独一无二的存在，他们是创作者以生活经历创作出来的人物，但他们说话绝对不能像创作者——用内心去感受人物，找到人物的核心情感，才会创作出具有识别度的人物形象。

（2）避免问答式对话。想想看，如果人物在影片中像电视购物节目主持人那样讲话，这该是多么糟糕的场景：

A：接下来我们要了解的这个产品它有什么特点呢？

B：它华丽、高端，体现了最尖端的科技！

A：哦！那可真是太棒了！

听到这里，相信很多观众已经忍无可忍地换台了。问答式对话就像流沙，会阻止所有的前进动作。好的对白会回答问题，但绝对不是每个观众脑海里那个显而易见的答案，创作者必须给出一些新的信息，让观众觉得角色独具个性，例如在《让子弹飞》中有这样一段对话：

张麻子：你觉得是你对我重要，还是钱对我重要？

黄四郎：我！

张麻子摇摇头。

黄四郎：不会是钱吧？

张麻子：你再想想？

黄四郎：不对，还是我！

张麻子：其实你和钱对我都不重要，但“没有你”对我很重要。

（3）学会打断对话。电影中的对话应该尽量简洁。如果人物对白从一页一直延续到另一页，不论再声情并茂，长篇大论也会让观众抓不住重点。并且，大段“背课文”式的台词，对动作的损伤也非常大，因此，如果在写作中对话超过了五六行，就得思考一下怎样打断它，怎样突出重点，怎样抓住观众。

第一种方法是加一些东西打断对话。

例如，马丁·斯科塞斯执导的电视剧《大西洋帝国》（2012）中，努基因故意杀人罪被起诉，他去求证人玛格丽特与他结为夫妻从而避免她出庭作证那场戏，观众能看出努基此刻表现出的虚情假意如同每一次当众演讲，极容易枯燥

和让观众出戏，请看导演是怎样处理这一大段对白的：

努基：我们都是天主教家庭的孩子，但我觉得我可以说，你我皈依信仰的方式有着本质的区别。

玛格丽特：你丢失了你的信仰？

努基：如果上帝真的存在，他会给我这一脸苦相么？听着，也许真的有一个存在，有权决断时间事物，我们会找到他的。但我和他的关系，不需要规则来约束。

玛格丽特：这就是你认为的上帝么？

努基：他要求我热爱我的家庭，照顾他们，保护他们，我对你，对孩子们的爱比罗马城所有教堂的神像加起来还多。我知道你现在很痛苦，我知道你有多困难，但一切都会好起来的。你会发现，只要我们不离不弃，我喜欢你，玛格丽特，我喜欢我们的家，我所有的一切，都在这栋房子里，其他的都可以消失。

玛格丽特：如果我相信你的话呢？

努基：我需要你嫁给我。

玛格丽特：需要？

努基：这样你就不会去作证了。我想让你嫁给我。

玛格丽特：你为什么不这么说？

努基：因为我不想假装你这样做不会救我一命。我不想因此伤害你，我做过很多坏事，我以为是事出有因，现在我知道这是错的。不管有没有上帝，没有人比我更内疚。我很害怕，玛格丽特，我不想死，不想在铁窗下度过余生，除了你，我没有跟谁承认过。

旁边水壶的水正在烧开，发出逐渐尖锐的声响。玛格丽特站起身，去关掉火。

玛格丽特：你总是让人惊讶，这点我倒是同意。

在努基开始说出这段对话的重点、气氛达到最紧张的时刻，导演却安排旁边响起了烧开水的声音。水壶尖锐的鸣叫声像对努基的嘲弄，更关键的是它打断了这场对话。我们生活在一个充满干扰的世界里，随时都会有偶然或者必然的事件打断正在说的话、正在做的事。作为对生活的模仿，电影当让不能置身于无干扰的环境中，让人物的对白可以源源不断地说下去。设定这些干扰，不仅能让场景在创作者想要的时候合理地结束，而且增加了电影的真实性和亲切感，让观众觉得这场景更像本来的生活。

另一种方法是让第二个人物打断第一个人物的谈话，哪怕第二个人物只说一两个词或者根本没打断成功。例如《爱在日落黄昏后》(2004)中的对白：

赛琳：你知道吗，其实也不是这样的，我本来是好好的，直到我读到你那本该死的书，它把陈年往事又翻起来了，你知道吗？它让我想起了，我曾经真正的浪漫过，我对于世界有过多少希望，而现在我已经完全不相信任何爱情了，我已经感觉不到人之间的感情了。从某种意义上来说，我所有的浪漫都在一夜之间消耗光了，而我将永远不可能再有那种感觉了。就好像，那一夜不知道怎么，引发了我的全部感情，而我把这些感情都向你倾诉出来，而你却把它们都从我身边带走了，这让我感到孤独，好像爱情再也不属于我一样。

杰西：我不相信，我不相信。

赛琳：你知道吗？对我来说，现实和爱基本就是矛盾的，非常可笑。我每一个以前的男友，他们都结婚了，男人约我出去，然后我们分手，然后他们就结婚了，之后他们打电话感谢我，教会了他们什么是爱。教会了他们去关心跟尊重女人。

杰西：我想我也是那些男人中的一个。

赛琳：你知道吗，我真想杀了他们！他们为什么不向我求婚，我也许会拒绝，但至少他们也应该问我啊！但我知道这是我的错，因为我总觉得他们不是我的如意郎君，从来没有，但如意的人又是什么呢？你的真爱，这种想法简直可笑，说什么我们只有找到了另一半人生才是完整的。这太邪恶了！不是吗？

杰西：——我能说两句吗？

赛琳：我想我是伤心过太多次了，然后又恢复了，于是现在，从一开始，我就不愿意付出努力，因为我知道一定不能成功。

杰西：——你不能这样，你不可以只是为了避免受伤害就付出……

赛琳：——好啦！我决定了，我要离你远远的！停车，我要下车！

杰西：——不，别下车，我在你身边，请你继续讲……

这段对话是赛琳一个人的倾诉，但如果男主角不适时地试图打断她的话，那将看到的是赛琳一个人深情又无助的演讲。很荒诞对不对？生活中没有人会一口气说这么多话，也没有观众会耐心听完这么一长段独白。

在中外一些影视剧中，精彩的对话例子很多，如《唐伯虎点秋香》(1993)、《手机》(2003)、《非诚勿扰》(2008)、《落水狗》(1992)、《失恋三十三天》(2011)、

《大鱼》(2003)、《重庆森林》(1994)等。

美国剧作家拉约什·埃格里在《编剧的艺术》一书中曾说："在戏剧里，对话是证明前提、揭示人物、执行冲突的主要方式，因此写好对话是极为关键的。"对编剧而言，首先对话必须揭示人物，其次对话必须揭示背景，最后对话必须预示出即将到来的事件。这三个必须可谓对话设置的经验之谈。

2. 旁　白

旁白在电影艺术中是以"画外音"形式出现的解说性、评论性语言。通常以剧作者"第三人称式"的客观视点或以某剧中人物"第一人称式"的主观视点出现。旁白在电影中出现的原因有两个：一是它可以成为一种主要的叙事因素，把电影画面不容易表现的概念性的东西——例如某种哲理性的思考或道德评判，通过语言的形式直接传递给观众。二是它可以对画面的具象信息进行整合，从中抽象出影片欲表达的概念性主题。旁白大多不追求口语化，相反，它追求书面语言那种较为严密的语法结构和逻辑性，具有一定的文学性。应用时一般要避免与画面内容的同义重复和对主题的直接宣说；在风格上则与剧作的总体风格保持一致。通过旁白，可以传递更丰富的信息，表达特定的情感，启发观众思考。旁白可分为主观旁白和客观旁白两种。其作用有以下几点：

(1)介绍背景或提示主旨。

① 客观式。在库布里克的影片《巴里·林顿》(1975)里有四十六段旁白，几乎贯穿整个故事的进程。《巴里·林顿》里的旁白以第三人称为视点出现，总计持续时间长达23分7秒，大约占了电影片长的六分之一。这些旁白像"解说"一样配合宛如油画般精准完美的每一帧画面，形成了于故事之上的另一层含义——"形成了形式上的苛刻完满与主题的空虚浮华表里的张力，与主人公跌宕起伏却又微不足道的一生形成的反差让观众充分感受到那些命运之轮下的抗争与无奈"[①]。例如，在巴里从军的第一个镜头显示军队威武雄壮的大全景，旁白如下：

> 对于巴里这样的一个成为逃犯的年轻人，欧洲战争唯一的好处就是给这样的人一个成名的机会，算是给他们送来好运。不管这些人都是怎么样的出身，乔治国王只是需要士兵。

这段旁白一针见血地说明了战争的残酷本质，讽刺了发动战争的统治者们贪婪的野心。

① 张会军：《电影摄影画面创作》，中国电影出版社1998年版。

② 主观式。影片《全金属外壳》(1987)，以战争中的一个普通士兵"小丑"的视角，描绘了从美国海军陆战队的新兵训练开始到"小丑"在越南战争中恢复人性的过程。旁白以第一人称的主观视角，用类似日记般的语言展示了一个普通士兵参与战争时的心路历程——突出地体现了库布里克影片深入人性的反战主题。在影片接近尾声的一幕夜晚大全景，整座城市被烟火烧毁，战士们唱着胜利的凯歌，充分显示战争已经结束，旁白如下：

> "我们今天足够在历史的一页刻下我们的姓名，我们赴香河扎营过夜，我们处事公正相处和谐。"紧接着是最后一处旁白："我回忆做梦幻想和学校最美的女生缠绵，我很庆幸仍活在这个世上，身体健康，接近海外兵役期满，我曾出生入死险象环生，但我现在仍活着并且我不害怕。"

"小丑"的战斗日记结束了，这场大量杀戮平民惨无人道的战争结束了，面对已被战火焚烧成废墟的城市和尸殍遍野的惨相，施暴者却没有丝毫的内疚和羞愧，反而津津乐道起自己年轻时的风流，惨烈的画面配上这样的旁白让观众顿觉毛骨悚然——战争灭绝了人性中所有善良、慈悲、博爱，战争把原本具有美好青春、阳光心态的青年人沦为了杀人恶魔。

在影片《立春》(2008)的开头，王彩玲有这样一段方言旁白：

> 立春一过，实际上城里还没啥春天的迹象，但是风真的就不一样了，风好像在一夜间就变得温润潮湿起来了。这样的风一吹过来，我就可想哭了，我知道我是自己被自己给感动了。

在影片一开头就活灵活现地将王彩玲这个文艺的理想主义者的形象带到了观众面前。

李少红导演的电视剧《大明宫词》(2000)开头女主人公的旁白为全剧定下了苍凉的基调：

> 那是我一生中最重要的一次旅行，它使我像一个真正的女人那样拥有了那种诱人的被称做藕断丝连的甜蜜心情。我爱这座城市，因为他的存在。我望着窗外长安城的车水马龙，彻底地将灵魂交与了它。

《大明宫词》脱离了历史剧一贯的宏观叙事角度，不是描述一个朝代的兴衰变更，而是一个女人一世探求爱情的史诗。开篇的第一场，在隐约的编钟声里，交织着一个暮年女人迟缓、娓娓道来的独白，给全剧定下了苍凉的基调。旁白

的使用将观众带入到了规定情境，这种独特的声音也成为《大明宫词》绝无仅有的标志。

（2）在剧情大幅跳跃时，对删除的事件过程作简单交代说明，起到过渡性连接的作用。

香港导演王家卫的电影叙事结构常常是断裂的，把时间和空间切成片断，然后重新组装。为了适应这种碎片式写作方式，弥补断裂的痕迹，使剧情转换平滑，并将碎片式的段落有效地粘合起来，王家卫使用大量旁白，达到了“穿针引线，草蛇灰线”的效果。影片《重庆森林》（1994）讲述了两个爱情片段，当第一个片段结束时，影片让第一个片段中的主角何志武来到快餐店，看见女招待，这时他的独白是：

> 我跟她最接近的时候，我们之间的距离只有 0.01 公分，我对她一无所知，六个钟头之后，她喜欢了另一个男人。

于是何志武消失，“另一个男人”警察 633 出场，电影开始叙说以他为中心的第二个故事片段。

（3）对剧情发展或故事结束的点评。

影片不少客观式的旁白是作为剧情发展某一阶段或故事结束的点评而呈现的。例如，美国电影《埃及妖后》（1963）结尾的旁白：

> 当然，罗马人会问：你的女主人该这样做吗？她的女仆回答得对，许多伟大人物的收场都是这样的……

苏联电影《这里的黎明静悄悄》（1972）的结尾——丛林，墓地画面叠印出巨大的石碑，石碑上雕刻着金色的文字（旁白）：

> 献身苏维埃祖国的烈士们永垂不朽——叶丽扎维塔－勃利奇金娜　索菲亚－古尔维奇　叶甫根尼娅－康梅丽柯娃　玛尔嘉丽塔－奥夏宁娜　嘉琳娜－契特维尔达克……

银幕上重新依次闪现出五名女战士的英姿。

3. 独　白

所谓独白，即指以剧中人物自言自语或画外音形式出现的剧中人物的内心独白，特殊情况下也有在对白出现的独白。在电影艺术中以“画外音”形式出现的剧中人物的内心独白是电影编剧揭示人物心理活动的基本手段之一，是人物言语动作的一种形式。与旁白不同，它只能是“第一人称式”的。就内心独白的发出者而言，不存在与观众直接交流的目的，而是一种在其他剧中人物的动作作用下产生出来的内心反应。人物的性格不仅表现在他“做什么”和“怎么做”上，也表现在他“想什么”和“怎么想”上，内心独白的基本剧作功能即在于从内心动作入手揭示人物性格。应用时应注意语言的性格化并赋予它丰富的潜台词。独白的功能主要是揭示人物的内在心理活动，是揭示人物性格的一种手段；有时，作者也借此宣示自己的立场、观点。例如，《非诚勿扰》（2008）开场时秦奋的独白。需要指出的是：那种以内心独白代替银幕动作将内心活动全部述说出来的做法，以及在画面已将内心活动揭示清楚之后仍用独白复述的做法，都是违反电影艺术规律的。那是戏剧式作法，不是电影式的。

事实上，独白、旁白都是指画外音中的人物语言。“所谓画外音，就是指声源不在画面内的语音。”既包括自然音响、音乐，也包括人物的语言（即人声）。画外音中的人声主要有独白和旁白两种。“独白，又称‘内心独白’，是指画面中人物单独说话的声音。”既可以是画面中人物的自言自语，也可以是这个人物的内心语言，不论何种情况，声音与画面基本是同步的。“在影视中，往往处理成‘第一人称’画外音。”[①]“独白的实质是影视中的人物主动向观众敞开心扉直接表达，以画外音形式出现。”“旁白，指由画面时空以外的人所发出的声音。”它的时空与画面时空是不同的，并非画面中人物的内心独白。旁白通常是一种“第三人称”的客观叙事或抒情方式，也可以用第一人称的主观叙事方式。二者两相比较：“独白是电影内心世界呈现的手段之一……是刻画性格复杂人物的有力手段。”“独白段落总是力图使镜头的视点更具主观性，或逼近人物，或模拟他的视线叙事。”“旁白具有直接介绍功能，对影视片的内容起辅助作用……其次，旁白由于独立于画面，故能生成一个完全自主的世界；其三，旁白对瓦解传统的文本格局提供了非现代主义的方式，它使文本的完整性有可能在作者与观众的双重游戏心态中遭到颠覆。”[②]

对画外音独白和旁白的运用，中国影坛有着较久的历史，早在“第二代导演”之一费穆的《小城之春》（1948）中就能较为成熟地运用它们了。影片用女主角玉纹的旁白进行全知视点的叙事、解说画面，又用独白表达玉纹的内心情感。“第五代导演”张艺谋的《大红灯笼高高挂》（1991）、《我的父亲母亲》（1999）等片中也用过这种画外音人声，其特点是以旁白为主，主要起客观叙事、解说画面等作用，独白则少。王家卫电影大量地使用了有时让人觉得有些絮絮叨叨的独白和旁白，这种运用对王家卫电影的叙事方式、主题揭示、人物刻画等方

① 孙宜君：《影视艺术鉴赏》，中国广播电视出版社 2002 年版，第 74～75 页。
② 葛颖：《电影阅读》，上海大学出版社 2002 年版，第 95～97 页。

面起着至关重要的作用，往往能达到“草蛇灰线，画龙点睛”的效果。

在影片《阳光灿烂的日子》(1994)中，导演姜文在影片的一开始就使用了旁白，而旁白中的“我”就是一个“无知叙事者”。影片以成年马小军的话外音讲述开头，“北京，变得这么快，20 年工夫她已变成一个现代化城市，从中找不到任何记忆的东西”，失落中有点遗憾，遗憾之后又带点想要倾诉的兴奋，表达失而复得的内心感受，表现了主人公开始回忆往事时内心的挣扎。

在这部影片中画外音除了作为叙事者身份推动影片发展外，还填补了影片故事发展过程中一些断裂和空白的部分，起到承上启下和解释补充的作用，确保了故事的连贯性。片中第一人称的画外音，明确清晰地道出了“作者”的心声，“那时总是阳光灿烂……”给影片奠定了遥想当年、无限怀念的基调。而当马小军在大雨中大声呼喊米兰的名字向她表露心声时，影片出现了米兰拥抱马小军的场面，这时画外音跳出来“揭露”了事实的真相，“那天晚上的事似乎从没发生过，她也从没和我提起。可是那晚我摔伤的地方还在疼……”随着故事的推移、节奏的加快，叙述者沉醉其中又几近于迷乱，当其发现讲述的不确定性逐渐增强时，例如在生日聚会上，寻衅滋事的马小军手握酒瓶茬子一次次地捅向刘忆苦的腹部，这时通过画外音提醒自己和观众，眼前所见也许是虚构，因为自己从未如此勇敢和壮烈过，事实也许完全是另外一番景象。就这样情不自禁地“以真诚的意愿开始讲故事，经过巨大的坚忍不拔的努力却变成了谎言”，电影中画外音尽量要体现的成熟男人的冷静和理性不久就被源自于爱的激情瓦解，因为此时此刻的他已经成了当年的马小军，情绪的感染力甚至一度使叙述的秩序陷入无序状态。

第三节　潜台词

潜台词，是戏剧、电影等表演艺术领域里的一个术语（实际应用要比这些领域大得多）。这个词来源于戏剧，是现实生活中人们口头语言所固有的现象。它指的是角色台词的内在根据与目的，以及隐藏在台词中的言外之意和未尽之意。这就是说，潜台词是剧本台词的潜在内容，它包括角色表演台词时所持有的内心根据与目的，也包括台词本身所带来的意思即言外之意或未尽之意。潜台词就是深藏在台词之中的真正含意。这种含意没有直接写出来，直接说出来，而是通过台词流露、表达出来的。简单来说，就是人物真正的意思，却没说出口。一个合理的问题是："如果人们嘴上说的不同于心里想的，那么他们又凭什么认为我们明白了他们心里所想呢？"答案在于这场戏的背景是什么？人物之间的关系怎么样？更重要的是，他们各自的行为是怎么样的？俗话说"说话听声，锣鼓听音"，指的就是话中有话，有潜台词。潜台词表现出说话者的真正意图、真正动机。

在影片《屋顶上的小提琴手》（1971）中，特伊问道："你爱我吗？"对于这个问题，高尔德竟然愤慨地回答："我是你的老婆。"虽然没有正面回答，但潜台词便是"那还用说"。

表达潜台词，可以利用演员的全部表现手段，面部表情、手势、语调、语气等，手法是多种多样的。虽然剧中台词不一定每句话都有它的潜台词，但是具有丰富的潜台词是戏剧语言的一个重要特点，它可以给观众留下意会和回味的余地。《当哈利遇见莎莉》展示了一对男女在咖啡厅见面的场景，一开始，场景按照观众所能想象的常规发展。莎莉说她能假装性高潮，哈里说不可能。于是她毫无顾忌地当众大声假装起来，向他证明他错了。此时，咖啡厅里的顾客都惊讶地看着莎莉，更可笑的是，隔壁桌的一个女人告诉她的侍者："我要来一份她吃的东西。"瞧瞧这潜台词！

在剧作中，潜台词既不见于叙述性语言，也不见于有声语言。它是作者运用语言艺术的一种技巧，也是人们日常对话中的一种技巧——如"话到嘴边留半句""逢人只说三分话""话中有话""弦外之音""旁敲侧击""言此及彼""心照不宣""欲言又止""口是心非""难言之隐"……都是如此。

例如，《让子弹飞》中，麻匪几弟兄被嫁祸侮辱民女时，他们为自己澄清：

> 老七：大哥你是了解我的，我从来不做仗势欺人的事，我喜欢被动。
>
> 老三：大哥你是了解我的，以我的习惯，万事不求人。
>
> 老四：大哥你是了解我的，如果是我，不会有人活着来告状。
>
> 老五：大哥你是了解我的，我老五虽然岁数最大，我至今，俗称处男。
>
> 老二：大哥你是了解我的，如果我出手，那趴在桌上的应该是她老公。
>
> 张麻子：我听出来了，你们都个个身怀绝技！

几句台词丝毫不提自己如何清白，但都从侧面为自己提供了无懈可击的证据。巧妙的潜台词可以激发观众的参与意识，使观众产生联想，满足观众的审美需求。

事实上，在电影剧作中，“潜台词”所包括的范畴绝不仅仅限于人物对话。它包括的内容比较广阔，例如动作、眼神，甚至戏剧结构等，都可以使用“潜台词”修辞。观众会通过“潜台词”技巧的延伸，对剧作的内容进行延伸，进行补充。一部没有“潜台词”的剧本或影片，如同喝白开水一样没有滋味。

在电影中，当话语中间的潜台词出现的时候，说出来的话呈现出“说一半，留一半”的状态。那留下的“一半”涵意，实际上就是由画面中的视觉信息和说话的音调传达给观众的。观众必须把语言信息和画面信息综合起来，才能获得一个完整的涵意。例如《夏伯阳》中的别其卡在夏伯阳面前表示对政委的敬佩时说：“咱们的政委可真……”他把手向上一扬，“可我还以为……”他又把手那么一扬。两句话的后半句的意思都被别其卡的手势和表情表现出来了。这时，无论观众光听话语还是光看画面，都无法获得一个完整的意思。

电影《远山的呼唤》(1980)中，民子渐渐爱上了在她家打工的这位沉默寡言、勤劳能干的耕作，她担心耕作总有一天要离开她家，性格内向的她又不好意思向耕作表露心意，于是趁一天晚上喝咖啡时，民子假借儿子武志的名义问耕作：

> 民子吞吞吐吐地问：“嗯，武志这孩子，他一直想问问你。”
> 耕作：“什么事？”
> 民子：“你能在这儿待多久？”
> 耕作：“就看你的需要。反正我到哪儿都一样。”
> 民子：“武志一定会高兴的。”

从话的表面看，民子似乎自己并不在乎耕作的走与留，只是为儿子武志问这个问题。但实际上是假托儿子的名义婉转地向耕作表达了自己的感情，耕作是明白民子话语的真正含意的，但他是个逃犯，他自己也不知道能待多久，在这里劳动是为了躲避警察的追捕。所以他不能直接正面地回答，答话模棱两可“反正我到哪都一样”，意思可能走，也可能留很久。而民子的答话又一次借了儿子的名义“武志一定会高兴的”，实际上也是说自己很高兴耕作能留下，这里民子将耕作的话理解为自己所希望的一面。

在影片《甜蜜蜜》(1996)中，黎小军和李翘第一次亲密之后，黎小军找到了当时正在擦玻璃的李翘表示自己会负责，被李翘打断后，两人说了一连串相互祝福的话，从龙马精神、万事顺利直到心想事成、友谊万岁。在这些看上去如同玩笑话的四字词语背后，不难看出两人此时的微妙心境和处境。一方面两人来港的目的都不是对方，另一方面在两人的接触中又出现了说不清道不明的情愫。此时的黎小军当然不会放弃把未婚妻接到香港来的梦想，他说要对李翘负责只是他意识到作为男人的责任，但是当他听到李翘那样坚决地拒绝他之后，他又有些不甘心，此时的他虽未意识到自己对李翘爱有多深，但亦明白自己动了情，于是就一直与她相互祝福下去。而李翘又何尝不是如此，理智上她为了实现来港的目的，当然不会跟黎小军这样的穷小子有什么发展，但在情感上她又有所心动，及至最后说出的“友谊万岁”是多么的言不由衷：她是在警醒自己同时也提醒黎小军。

当假象话语中潜台词出现的时候，常常会出现对话与画面在表情达意上相互矛盾的情形。这是因为，一个人想用语言来掩盖内心的时候，也必然会从形体动作上加以掩饰，但从表情上“撒谎”，却比从语言上“撒谎”困难得多。无论怎么去做，也难免在某个瞬间不自觉地从眼神、面部表情或手势上把内心真实的信息流露出来。只不过由于它们是极其细微的和转瞬即逝的，所以在生活中很难为人所觉察。但是电影导演却有本事通过摄影机把它们捕捉到，并拍出来给观众看。这时对话与画面在传达出的信息意义上就会出现冲撞，而这种冲撞使观众能把人物内心真实摸透。例如，美国影片《克莱默夫妇》（1979）中，男主人公在妻子出走以后的第一个早晨，一边为儿子做早餐，一边不断向儿子表白自己的烹调技术如何高明。然而他那顾此失彼、狼狈不堪的动作一再向观众表明，他于此道一窍不通。把他的话语和画面上表现出来的动作结合起来观察，就立即会看出他复杂的内心感受：不愿让突然发生的家庭事件伤害儿子的情感，影响他正常的生活。同时，也想采取无所谓的态度来减轻自己心中的苦恼……在这种情况下，对话和画面缺一不可。

在一些优秀的影视作品中，对话孕育着丰富潜台词的情况不胜枚举。不过，这些成功的范例并不是影视潜台词的全部，甚至可以说并非论说的本意。正如查希里扬所说：“我们从戏剧学中借用了‘潜台词’这一术语，但不应忘记绝不能在电影画面潜台词和戏剧中的潜台词之间划一个等号……在戏剧中，潜台词通常都是从对话中领会出来的，而在电影中它公开而直接地同画面联系着。”同样是“潜台词”，影视和戏剧大相径庭。严格地说，影视中的“与画面联系着的”潜台词并不是戏剧结构的因素，而是仅为影视艺术所特有的叙事的、抒情的、历史的、美学的因素。它不是只以“话语”的形式暗示，而是以“造型”的面貌昭示，因而往往更有力度、更富意味、更具发散性。影视潜台词的造型世界没有固定的模式，是能够在异常丰富多样、灵活多变和不同速度与节奏的运动中，在各种假定的和真实的时间和空间中展示出来的。它可以是一个特写，一个道具，一个细节；也可以是一种色彩，一段音乐，一种光调；还可以是一种技巧的运用，一种场面的渲染等。例如，美国派拉蒙公司1994年出品的影片《阿甘正传》是通过镜头的前后照应来传达潜台词的。影片的第一个镜头是一叶羽毛被微风吹拂着从空中缓缓飘下，在空中飞舞。它先落在一辆汽车上，随后，车开动了，羽毛又被车子带起的风卷起，飘过马路……影片最后一个镜头则是：一叶白色的羽毛从阿甘的脚下被风刮起，飞向空中，飞向蓝天，在空中飘舞着。如果说，一开始我们对飞舞的羽毛造型还不甚了解的话，那么，通过对阿甘传奇经历的观赏，在最后飘起的羽毛的特写中我们终于读懂了“人生就像一叶羽毛，谁也不知道它会飘到哪里”的潜台词（这与阿甘母亲的口头禅“生活就像一盒巧克力，你永远不会知道你将会碰到的是什么”异曲同工）。

练　习

1. 请选取一部电影中的十分钟片断，按剧本叙述语言的格式记录成文字剧本片断。

2. 观看罗伯特·雷德福导演的《普通人》（1980），找出每一场戏中的重要事件和潜台词。

3. 看看你自己的剧本，是否能找到每一段“对白里的主题句”？并为自己的主角写一段富含潜台词的对白。

第六章 剧作的一般技巧

第一节 悬 念

一个作者可以只会写苍白的人物、乏味的经历和老套的情节，但是只要有悬念，读者通常就会坚持看完作品。悬念比其他元素更能影响作品的即时阅读体验，它能构成作品的本质，并对其他元素的不足进行完美的补偿。

一、悬念的概念

悬念是心理学名词，指一种急切期待的心理状态，即人们由持续疑虑不安而产生的急切期待心理。在西方编剧理论中最早涉及悬念的是亚里斯多德的《诗学》；在中国戏曲理论著作中，虽无悬念一词，但李渔在《闲情偶寄》词曲部格局一章中提出的有关“收煞”的要求，内涵与悬念基本相似，主张“令人揣摩下文，不知此事如何结果”。

在电影和一切叙事性文学中，以未知的人物命运和事件结果给观众（读者）造成紧张期待的心情，成为吸引其继续欣赏下去的趣味和魔力的，就是悬念。有人把悬念比作“德莫克利斯头上的剑”（专制君主笛奥尼休斯请德莫克利斯到宫中作客，炫耀其财富。在歌舞饮宴中，德莫克利斯发现他头上悬挂着一柄蛇形利剑，不知何时会掉下来。此时他的欢乐全部消失）——紧张心理的延伸就是急切期待——想不到、猜不着，接下来会发生什么。悬念在影视作品中占有很重要的地位，在不同风格样式的电影剧作中表现方式不同。惊险片或情节片中常以冲突不断带来的“危机”或“突然转折”等情势，作为构成悬念的重要手段。一般的电影剧作中，则多通过人物性格的刻画或人物心理的剖析来增加观众的兴趣，构成剧作悬念。悬念作为重要的结构技巧，其表现形态虽然受具体剧作风格样式的制约，但其作用却大抵相同，即能够集中观众的注意力，引导观众进入剧情发展，从而达到饱和状态的欣赏效果。悬念的种类很多，有贯穿全剧的总悬念，也有贯穿局部的分支悬念。悬念能增加作品情节的生动性，引导观众在欣赏作品时始终兴趣盎然。影视作品一般采用推出和跌宕的手法推出全剧的总悬念，造成矛盾的冲突，在观众心中留下问号。同时也可以用隐藏与透露的手法提出问题，激发观众欲知结果的兴趣。好的悬念设置更有利于刻画人物和突出主题。

悬念像一个神秘的、充满魔法的元素，剧作者可以剖析和利用悬念丰富自己的创作。归根结底，悬念就是作品提出过但尚未解决的问题，是观众期待回答而又尚未得到回答的疑问。它与期待之外的东西、某些还没有发生的事情有关。悬念是观看事件展开的过程：一旦受害者被谋杀、女人接受了求爱、凶手被暴露，悬念就消失了。但是受害者被跟踪、女人被追求、凶手扑朔迷离，悬念就会若隐若现。简单地说，悬念就是创造和延长预期。

二、设置悬念的要求

米克·巴尔在谈到悬念产生的原因时说："悬念可由后来才发生的某事的预告，或对所需的有关信息的暂时沉默而产生的。"产生悬念有以下三种情况：观众不知道将发生的事，剧中人物也不知道；观众知道将发生的事，剧中人物不知道；观众不知道将发生什么，而剧中人物知道。这三种情况都能产生悬念，至于到底用哪种好就要具体问题具体分析了。

悬念的恰当运用能使影视剧增色不少，但如果硬生生加入悬念而不从全局出发，反而会让观众觉得情节虚假不真实。想让影视剧情节跌宕起伏，扣人心弦，运用合适的技巧和方法设定悬念是必不可少的。

首先，要选择思想内容充实、审美价值大、震撼力强的矛盾冲突构成悬念，以引起广泛的社会关注和共鸣。

设想一个人找不到他的手机了。是丢失在家里或办公室的某个角落了，是忘在出租车上了，还是被小偷偷走了？这也算是悬念。但是这和一个人的失踪是无法比拟的。同样，今天是阴天还是晴天与今年美国和伊朗是否会发生战争相比，其重要性也不可相提并论。所以，有见识的作家，首先要选择思想内容充实、审美价值大、震撼力强的矛盾冲突构成悬念，以引起广泛的社会关注和共鸣。但需要注意的是，矛盾的重要性是相对的。对于一位初出茅庐的歌手来说，第一张唱片合同就是能给他的人生带来重大的转折。而对于一位久经沙场的歌手来说，一份新合同不过是一件稀松平常的事。所以，要考虑悬念对人物的重要性，把握住了这一点，看似平凡的目标也可能变得非常重要，从而制造出悬念。比如一位昏迷十年的植物人一直期盼能睁开眼睛，第一次他动了一下眼皮，观众的心脏就会因此剧烈地跳动。

著名悬念大师希区柯克说过："情绪是悬念的基本要素。"在电影中，悬念的设置无疑以发生势均力敌而又必须有结果的冲突为基础，在冲突中人物命运中潜伏着危机：生与死、爱与仇、成功与失败等。

许多侦探影片都喜欢以谋杀为悬念，原因何在呢？这是因为生命对于人是极为珍贵的，惨无人道地谋害他人的性命，能够最大限度地引起人们的共鸣，最大限度地激起人们愤慨、同情、焦虑和关切的心情。人们怀着这样复杂的心情热切期待着拨开迷雾、弄清真相，看到邪恶得到应有的惩罚。这也就使观众自然而然从内心深处产生一种欲罢不能的强烈愿望。当然，在通常情况下谋杀悬念更具吸引力，并不意味着其他性质的悬念就一定比谋杀悬念的艺术效果差。其实，吸引观众兴趣的，归根结底，还是取决于思想内涵的深浅，取决于美学品味的高低。如笔者编剧的《魔蝠》，在古老教堂中，多年来导致多人丧命的"白魔"究竟是什么？这一悬念直到结尾才真相大白。

其次，设置的悬念要有新奇感。爱好新奇是人的审美本性。只有适应人的审美本性，设计出陌生的、意想不到的新奇悬念，才能最大限度地激起人们的欣赏兴趣。在观看侦探片的时候，看到一具尸体横陈在面前，或者银行的珠宝被盗，大体上就知道这种悬念的内涵及其发展趋势，仿佛走在熟悉的街道上，观众兴味索然。

影片《盗梦空间》（2010）在开场十分钟内，分别引入了以下几个悬念，Cobb 为什么会昏迷在海滩上；他醒来后看到的两个玩耍的孩子是谁；紧接着他被带到一个老者面前，这个老者又是谁；老者手中的陀螺是怎么回事；Cobb 为什么向人解释盗梦和植梦这些概念；Cobb 在执行任务时有个女人出来破坏他的行动，这个女人是谁，她和 Cobb 是什么关系；Cobb 和 Saito 进行着怎样的一种交易。这些都是影片开场十分钟内展现在观众眼前的，并且在观众心里产生一种迫切想知道事情答案的期待心理，从而将观众带入电影的故事情节中。Cobb 和 Mal 的情感悬念是本片一大线索之一。Cobb 为什么不能回家，Mal 是如何死亡的，这两个悬念贯穿于整个影片的始终，也是整个故事的最大悬念。随着剧情的层层深入，这个悬念在逐步清晰，直到影片快结束的时候，才揭晓谜底。因为 Cobb 在 Mal 脑中植入了"现实即是梦境"的想法，于是当 Mal 分不清是梦境还是现实的时候，她选择用自杀的方式从梦中醒来以回到现实中。因此 Cobb 无法原谅自己的行为，这种负罪感一直追随着他。同样因为这件事情，警方通缉他，致使他不能回家与孩子团聚。与其说这条感情线承载着导演诺兰的人文思想，不如说承载着叙事的一部分责任。它是全剧主要冲突的焦点所在，在电影开始即提出，并随着冲突的上升而不断加强，一直到高潮。它是贯串全剧的戏剧性结构的情绪支柱。

最后，设置悬念时还应使情节起伏曲折。看影片的时候，常有两种截然不同的感受。有的作品像一座迷宫，尽管观众注意观赏和探究，也难以弄清它的路径；有的作品则如一个狭窄的小道，直而短，一眼就看到尽头。这就是影片的两种艺术境界：一个幽深，一个浅露。夏衍指出："没有波澜，没有曲折，没有起伏，正像一座房屋、一个园林，一进门就可以一览无余，不能引人入胜。"所以，要尽量避免浅露，力求幽深。

三、造成悬念的情况和方法

造成悬念的三种情况：观众什么都不知道，又愿意知道究竟；观众只知道一点儿，又肯定愿意知道得更多些；观众知道很多，但愿意带着同情和恐惧，去欣赏后面的发展。

为此，悬念必须具备两个前提：第一，交代清楚；第二，赢得关注。合乎逻辑的剧情发展和对人物的强烈爱憎，是构成悬念的两个重要元素。

可以用热奈特"聚焦"这一叙事学观点去分析电影悬念的产生。"聚焦"被定义为叙述者与他的人物之间的一种"认知"关系。用简单的话说，就是用谁的视点来观看的。当观众被放到与拍摄条件相认同的位置时，就会出现观众所见与人物所见之间的关系，我们把观众与人物所见、所知之间的认知关系称为认知聚焦。以下几种不同类型的认知聚焦，都会产生悬念的效果。

第一，叙事局限于人物可能知道的属于"内认知聚焦"。在这种情形下，往往人物知道的观众不知道，所以对于观众来说这时信息是缺失的，悬念便由此产生了。

在电影中常用的表现方法之一就是"兴趣的中心置于画面之外"。韩国电影《共同警戒区》中，在调查一件枪杀案时有这样一个回忆片断：凌晨时分，两个韩国军人在他们的朋友——两个朝鲜军人的房子里聊天，当其中一个韩国军人开门时，他看见了门外正要进来一个人，紧接着是他吓傻了的表情和屋内其他人惊愕表情的快速剪接，答案在他们之间马上揭晓，可是我们却不知道他们看见的是谁，这就造成了强烈的悬念效果。

第二，"零认知聚焦"同样可以产生悬念的效果。"零认知聚焦"是指叙事在人物和观众的认知之外，也就是说只有创作者是全知的，这就可能产生一种信息错位。观众和人物确定无疑看到的东西其实是欺骗性的表面，事实出人意料。人物和观众对于事实都是未知的，或者说是一种伪认知，真实的情节被压抑了。最典型的例子就是希区柯克的《精神变态者》。在影片中，玛丽恩和侦探阿尔博格斯特都曾看见了宾馆主人诺曼·贝茨的母亲在窗内的身影，也听过他和母亲的谈话。观众也都相信了那个杀人凶手就是贝茨的母亲。可是后来莉拉和山姆在当地郡长那里获悉，贝茨的母亲早在十年前就死掉了。此时叙事已经在人物和观众的认知之外，能否找到贝茨母亲的悬念还没有解决，由于信息的错位而造成的更大的悬念又产生了。

"零认知聚焦"中也存在信息缺失的情况。造成这种信息缺失的方法多种多样，如遮挡法，即信息中心被覆盖或隐藏了。在希区柯克的影片《迷魂计》里有这样一个镜头：当斯科蒂与玛德琳来到森林里时，精神恍惚的玛德琳忽然走到一颗很粗的大树后面，观众和斯科蒂都不见她出来。这时观众同斯科蒂一样紧张，她还在吗？她是不是出什么事了？因为观众知道她的精神是有"病"的。

第三，"时间的省略"可以设置悬念。在希区柯克的影片《爱德华大夫》中，一天晚上，假爱德华由于受到了"白色"的刺激，精神病发作，他拿着剃刀杀气腾腾地走下楼，正看见康斯坦斯的老师在楼下看书，教授给他倒了杯牛奶，他喝下去。影片接下来就表现第二天早晨康斯坦斯下楼看见教授躺在椅子上的情景，从喝了牛奶到第二天早上的时间被省略了。教授是不是被杀害了？由于观众和康斯坦斯都不知道答案，悬念产生了。

第四，"观众认知聚焦"可以产生悬念，即观众所处的位置（或应说摄影机给予观众的位置）比人物更具优势性。此时观众占有的信息多于剧中人物占有的信息，我可以把它概括成信息的过剩，这是典型的希区柯克式的悬念方法。观众看到了人物没有发现的危险，而为人物焦急，或者说观众自身产生了紧张的情绪。观众的这种视点优势可以在同一个空间体现。例如在影片《电话谋杀案》中，玛戈接电话时，她的身后正站着杀气腾腾的勒士盖特，他手持丝带准备勒死玛戈，可是可怜的玛戈还不知道，观众已经焦急万分。还有一个例子就是在影片《西北偏北》中，罗杰去特务头子的城堡找艾娃的时候，观众的视角可以同时看见室内特务头子和他的秘书、窗外的罗杰以及楼上另一个房间里面的艾娃。罗杰得知特务们发现了艾娃的身份，可是楼上的艾娃并不知情，当他爬向艾娃的窗口去告诉她"危险处境"的时候，艾娃却走出了房间。目睹所有一切的观众不禁陷入悬念，艾娃会不会出事呢？

观众的视角是如此的优越，以至于可以看到同一时间内不同空间发生的事情，这就是平行蒙太奇的方法。它将同一时间不同地域发生的两条或数条情节线索迅速而频繁地交替剪接在一起，其中一条线索的发展往往影响另外的线索，各条线索相互依存，最后汇合在一起。这样的汇合在观众心里引发出一种焦虑情感，极易引起悬念，造成紧张激烈的气氛，加强矛盾冲突的尖锐性。希区柯克的影片《火车怪客》中，布鲁诺因盖伊没有完成替他杀父的承诺而不满，准备把一个有盖伊标志的打火机放到盖伊前妻被谋杀的现场来陷害盖伊，而盖伊必须完成比赛才能去阻止他的行为。导演用平行蒙太奇手法交替表现布鲁诺惶惶不安地赶往现场和盖伊焦急地想尽快结束网球比赛的场景，突出了悬念效果。

四、加强悬念的技巧是抑制和延宕

悬念的形成、保持和加强，还需要依靠"抑制"和"拖延"的艺术手法，有的剧作理论也称之为"延宕"或"缓解"。它指在尖锐的冲突和紧张的剧情进展中，作者利用矛盾诸方各种条件和因素，以副线上的某一情节或穿插性场面，使冲突和戏剧情势受到抑制或干扰，出现暂时的、表面的缓解，实际上却加强了冲突的尖锐性和情节的紧张性，从而加强了观众的期待心理。"欲知后事如何，且听下回分解"就是这个道理。

社会生活是复杂的，矛盾发展受各种各样因素的影响和制约，必然有松有紧、有进有退，也必然会产生意想不到的变化。要懂得如何在剧本里安排悬念，首先要熟悉生活中事物的发展规律。电影悬念的美学价值就在于是否符合生活发展规律，符合人物性格的发展逻辑。

悬念大师阿尔弗雷德·希区柯克说："悬念这一领域是完全属于我一个人的。"在与特吕弗谈话时，希区柯克对于悬念曾有过这样一段著名的论述："我们在火车上聊天，桌子下面可能有枚炸弹。我们的谈话很平常，没发生什么特别的事。突然，'嘣'！爆炸了。观众们见之大为震惊，但在爆炸之前，观众所看到的不过是一个极其平常、毫无兴趣的场面。现在来看悬念。桌子下面确实有枚炸弹，而且观众也知道，这可能是因为观众在前面已看到有个无政府主义者把炸弹放在桌下的。观众知道炸弹在一点整将要爆炸，而现在只剩下一刻钟的时间了——布景内有一个时钟。原先是无关紧要的谈话突然一下子饶有趣味，因为观众参与了这场戏。观众急着想要告诉银幕上的谈话者：'别尽顾聊天了，桌下有炸弹，很快就要爆炸。'上述第一种情况，观众只有在爆炸的15秒钟内体验到惊悚。而第二种情况，我们给观众足足15分钟的悬念。"[①]这就是延宕。

① [法]弗朗索瓦·特吕弗：《希区柯克论电影》，严敏译，上海文艺出版社1988年版，第51～52页。

悬念压力的强度是随着时间的延长而增加的，这就是悬念的延宕过程。创作者越是推迟揭秘，就越能稳住观众，也就越能产生显著的效果。例如在《后窗》(1954)的最后一幕中，当主人公坐在轮椅里，除了无助地等待什么都做不了。希区柯克让杀手的到来缓慢得让人难以忍受，他的足音在楼梯井里回荡。一个平庸的导演会让杀手跑上楼梯，冲进房门。但是希区柯克知道他握着王牌，许多强烈的悬疑聚集在这里：危险、未知、滴答作响的时钟(警察已经在路上)、人物的无能为力以及极高的危险(生死攸关)。为了延长期待，他推迟了杀手的到来，然后又一次延长了它：让杀手打开房门，但没有进来，而是站在那儿，隐身在阴影中，没有人说话，没有人移动。悬念变得让人无法忍受，期待在场景内得到了延长——实际上，观众从作品一开始就在期待杀手的出现了。

抑制和延宕对于悬念具有放大作用。延宕往往是在事件发展的紧要关头故意减缓速度或设置障碍，让这种紧张持续放大到最高点。没有悬念要制造悬念，有了悬念要保持和放大悬念，这是希区柯克的信条。一个有意思的例子就是在《火车怪客》(1951)中，盖伊答应布鲁诺去杀掉他的父亲，可盖伊又根本不打算那么做。于是在当晚，他潜入布鲁诺的家里，准备到布鲁诺父亲的房间时，悬念就已经产生：盖伊会为了自己的利益杀害掉布鲁诺的父亲吗？或是没有杀害成功反而被发现，从而由一个无罪之人陷入有理难辨的深渊？观众正急着让盖伊上楼好看到结果时，希区柯克却让一只大狗挡在楼梯的中央。观众越是着急，导演越是放慢速度。但观众同时又陷入这条狗会不会让盖伊过去的悬念中。这样一种设计，就放大了原来的悬念。

在这部影片里，就是前面所举的平行蒙太奇的例子中，同样存在着延宕和减缓的手法。观众看到布鲁诺正在坐火车去栽赃盖伊，盖伊要抓紧时间比赛，尽快赢得比赛才有时间去阻止他，盖伊开始还算顺利，可是到最后一盘，却遇到了强劲的敌手，双方进入了“拉锯赛”，观众真是急死了。导演此时又使用另一个延宕的手段，就是让布鲁诺把打火机掉到了下水道，这样这段平行蒙太奇的时间又要延长一会，观众的神经始终绷得紧紧的，“盖伊能不能阻止布鲁诺的行为还自己清白”成为观众心中的最大悬念。

另外，音乐也有放大悬念的作用。音乐能烘托气氛，制造紧张的情绪，这在希区柯克的影片里随时能够感觉到。有人说，如果关掉影片的音乐，所有悬念恐怖的效果都会大打折扣，这是不无道理的。最典型的例子是《精神病患者》(1960)的片头音乐，很难说它是一首很好听的音乐，这种音乐带来的不是美感和享受，而是怪异、不安和焦虑，音乐烘托“山雨欲来风满楼”的气氛，似乎有什么意想不到的事情要发生了。

几乎所有的影片都有悬念。悬念大师希区柯克（1899—1980）的影片魅力就在于大悬念套小悬念，层层机关，步步迷阵，令人目不暇接。在影片《后窗》（1954）中，希区柯克把人分为两类：一为喜欢窥探别人隐私的人；二为喜欢暴露自己的人。

《后窗》的故事写一个残疾的摄影师杰夫坐在轮椅上很无聊。他家四周全是四、五层高的楼房，由于天气炎热，家家都打开着窗户。杰夫终于找到了一个打发时间的办法——用望远镜窥探他人。他看见了穿着暴露的芭蕾舞演员、聚精会神进行创作的作曲家、一对整天吵闹的中年夫妻、一个整天与狗为伴的老人和一个妻子瘫痪的推销员等。杰夫自得其乐，但照顾他的护士告诉他：偷窥别人的隐私可能被判处六个月监禁。他的女友丽莎是一个服装设计师，家庭和容貌都无可挑剔。一个风雨之夜他被对面楼上女人的尖叫声惊醒了。他看见推销员手提一个笨重的箱子出去了，一会儿又匆匆返回，就这样折腾了几次，杰夫迷惑不解。第二天早晨，他看见对面卧室的窗帘紧闭，顿时起了疑心。他用照相机的长焦镜头仔细观察，发现推销员正在将一把刀子和一根锯条放进箱子。于是，他把这些可疑的现象告诉了女友和护士。他的朋友多伊尔是一名侦探，也被叫来巡视了一番，结果只查问出推销员的妻子昨天起程到外地疗养去了，他们很失望。

就在当天晚上，养狗老人的狗又被人杀了——这条狗白天一直在花园里不停地嗅，并不时用爪子在地上刨着什么。女友丽莎又从望远镜里看到推销员在摆弄一个提包，里面是一些女人的首饰和杂物。

为了弄个水落石出，杰夫给推销员打了一个电话，约他出来洽谈业务，丽莎趁此在花园里侦察并冒险从窗台爬到推销员的房间，寻找有无杀人证据。

杰夫和护士密切注视着对面的情况。护士看到另一个窗口那个单身女人正在吞食大量的安眠药准备自杀。杰夫立即报警。但准备自杀女人隔壁的作曲家开始弹奏一支优美的乐曲，动听的旋律打消了女人自杀的念头。与此同时，推销员从外面回来了，正在开启房门。丽莎听到外面的动静，已经来不及躲藏。就在丽莎与推销员发生冲突的时候，警察及时赶到现场，把丽莎带走，而丽莎则向杰夫示意她已经找到了证据。她的动作没瞒过推销员，凶手也发现对面有人监视他的一举一动。杰夫打电话给朋友多伊尔求助，多伊尔先到警察局把丽莎救出来，然后一起来找杰夫。但为时已晚，凶手已破门而入，穷凶极恶地扑向杰夫。关键时刻，多伊尔带着丽莎和警察赶到，当场擒获了推销员。经审问，推销员承认自己杀死了妻子，又将尸体肢解丢弃。

《后窗》的悬念表现在：尖叫的女人究竟出了什么事？推销员鬼鬼祟祟的举动，是否有杀妻之嫌疑？小狗刨土和被杀，又增加了杰夫和观众对推销员的怀疑。丽莎看到提包，进一步说明推销员可能是疑犯，但如何找到证据呢？丽莎冒险进入推销员房间，使观众为之提心吊胆；推销员意外回来，丽莎躲避不及，杰夫和护士紧张而无助等，这些都是悬念。其中大悬念套小悬念是希区柯克得心应手之处。例如，在凶手与丽莎对峙的危急时刻，不断插入杰夫与护士惊恐万状的反应镜头，使紧张的气氛达到了顶点。

《后窗》的意义还不止于悬念的运用。希区柯克把杰夫的视角（摄影机）束缚在"后窗"，不能横移、跟拍，由此达到了奇妙的视角造型。

《后窗》窥视的那栋楼就是一个社会的缩影。希区柯克认为，"各人自扫门前雪，休管他人瓦上霜"是不正常的、是冷酷的。例如，杰夫窥视并不被认为是道德的，他却发现了推销员妻子神秘消失并追根究底，抓获真凶，难道不是正义之举？穿插的单身女人准备自杀而偶然飘过来的琴声又使她打消了自杀的念头，这是人与人之间需要联系、沟通的证明。

第二节　误　会

误会，是电影和一切叙事性文学作品经常使用的一种技巧。它具有编织故事情节，吸引观众（读者）的巨大魅力。在喜剧中，误会甚至是一种不可缺少的表现手段，在正剧和悲剧中也屡见不鲜。

从字面讲，误会即是：误信其言，错会其意；误解其事，错会其实；误识其人，错会其情等。简言之，误会即是误解了事情本意的意思。误会法，是戏剧展开矛盾冲突的一种方法。它的戏剧冲突是建立在冲突的一方对冲突的另一方意图和行动的误解的基础上，误会消除戏剧冲突就得以解决。

"世上有，戏上有！"生活中不乏误会的存在，电影和一切叙事性文学作品来源于生活，也就不乏误会了。例如，传统戏剧《李逵负荆》，剧中叙述恶棍宋刚、鲁智深冒充宋江、鲁智深，掳走酒店主王林的女儿满堂娇。李逵下山闻知此事，勃然大怒，回山砍倒杏黄旗，大闹忠义堂，指斥宋江、鲁智深玷辱梁山名誉。后三人同去酒店对质，方知是歹徒冒名作恶。李逵深悔莽撞，负荆请罪，并协同鲁智深擒获歹徒，将功补过。

这是一出用“误会法”构成的喜剧，但并不是一味在“误会”上凑热闹，而是将误会同人物的性格渗透在一起，矛盾的发展合乎情理。剧中的李逵是一个令人喜爱的形象，他是非分明，爱憎强烈，忠于梁山的正义事业，为人坦诚豪爽而又天真鲁莽。作者用了较细致的笔法从不同侧面来描写这个莽撞汉子，使这个形象显得丰满生动。例如，一开始李逵听了王林的哭诉，又见到所谓“证据”，便怒不可遏，回到山寨不由分说便拔斧砍旗，又与宋江以脑袋为赌，立下军令状，以此显示他疾恶如仇而不顾后果的个性；在下山对质的过程中，他因先入为主的成见，对宋江和鲁智深的一举一动都表示怀疑，好像很精明，却在这种“精明”中愈发显出他的憨直与鲁莽，让人忍俊不禁；真相大白后，他懊悔起来，于是装糊涂耍无赖，以保住自己的脑袋；最终抓住了歹徒，他又得意起来，自诩为宋江、鲁智深洗清了坏名声。戏剧中性格鲁莽的人物最容易写得简单化，《李逵负荆》却避免了这样的毛病，整个剧情也写得紧凑而饶有风趣，语言又很老练，在古代喜剧作品中是相当出色的一部。王家乙导演的《五朵金花》（1961）正是由一连串的误会所构成的喜剧性叙事链。

“三月街”是云南大理白族人民的传统盛会。某公社副社长金花和姐妹们一起去赴会，不料中途马车车轮坏了，为难之际，巧遇剑川青年阿鹏。阿鹏是个出色的铁匠，他帮姑娘们修好马车，便匆匆赴会参加赛马。阿鹏在赛马会上夺得冠军，又遇金花，两人互生爱恋之情，在蝴蝶泉边互赠信物，并相约翌年山茶花盛开时在苍山脚下相会。第二年，阿鹏如期赴约，路遇从长春电影制片厂到大理收集创作素材的画家和音乐家，便结伴同行。阿鹏因不知金花的住址和工作单位，只好走遍苍山、洱海到处寻找金花。但该公社名叫金花的姑娘众多，他接连找到四个金花：积肥模范金花、畜牧场的金花、炼钢厂铁工组长金花和拖拉机手金花，其间因误会闹出许多笑话和波折，然而她们都不是他要找的心爱的姑娘。在拖拉机手金花的婚礼上，副社长金花也在场，阿鹏误以为她已和别人结婚，十分苦恼。热心的画家和音乐家给他出了不少主意，也给了他很多安慰和鼓励。最后，阿鹏和金花在去年定情的蝴蝶泉边相会，彼此消除了误会。其他四个金花也来到泉边，为他俩献上真挚的爱情祝福。

粗心大意、多疑猜忌、信息失真、挑拨、骗局和恶作剧等都是造成误会的原因，而性格、环境、情绪和偶然因素是产生误会的根源。

冯小刚编剧、导演的第一部贺岁喜剧片《甲方乙方》(1997)用诙谐幽默的语言，通过一连串的误会、笑话和引人入胜的情节，在轻松愉快的气氛中讲述了一个个令人捧腹而温暖感人的故事。例如影片中姚远看到一个女子目视前方站在河边，便走过去。姚远："一年前的今天我从这里跳了下去，被人救起来了，现在觉得当时的我特傻。"女子回答："你以为你今天就不傻了吗，我这练气功呢。"简单的误会情节把人物没事找事儿的行为刻画得淋漓尽致。

第三节　巧　合

一、生活中的巧合

如果仔细翻阅各国的历史记载会发现各种各样的巧合。美国的两位著名总统林肯和肯尼迪，他们两人的生活道路有很多相似之处。林肯在1860年就任总统，而肯尼迪1960年就任总统。两位总统不幸遇刺身亡，林肯遇刺是在100年前的一个星期五，而肯尼迪遇刺的时间恰好是相隔了100年后的另一个星期五，具体时间都是下午3点30分，并且两位总统夫人都在出事现场。更令人惊奇的是两位总统的继位者名字相同，林肯的继位者名叫约翰逊，肯尼迪的继位者也叫约翰逊。他们都是南方人，是民主党参议员。前一位约翰逊生于1808年，后一位约翰逊生于1908年，恰好是100年。更令人不可思议的是杀害林肯的凶手生于1829年，而杀害肯尼迪的凶手生于1929年，恰好又是100年，且两名凶手都是在开庭审判之前遭人杀害。

中国也有类似例子。清朝太祖高皇帝兴起于抚顺，而清朝末代皇帝溥仪又监押在抚顺的战犯管理所；清朝兴起时的皇后是叶赫那拉氏，覆亡时的太后也是叶赫那拉氏。

1898年，英国作家摩根·罗伯森写了一部名叫《徒劳无功》的小说。小说写了一艘号称永不沉没的豪华巨轮，名为"泰坦"号，从英国首航驶向大洋彼岸的美国。这是人类航海史上最豪华的客轮，船上装备了当时最华贵的设施，人们在这巨轮上尽情地享受着。但是，这艘巨轮首次出航就在途中撞上冰山，悲惨地沉没，许多乘客葬身海底。谁也没有料到，这本小说中写的故事，竟成了十四年后不幸的现实。1912年4月4日夜晚，当时最大的豪华客轮"泰坦尼克号”因撞上冰山而沉没。悲剧发生后，有人想起这篇小说，加以比较发现：两船都是初次出航就沉没，其原因都是撞上了冰山，事故地点都在北大西洋；船名：泰坦号、泰坦尼克号；航行的时间：4月；航线：从英国到美国；遇难月份：4月；乘客数：3 000、2 207人；救生艇数目：24、20艘；载重量：75 000、66 000吨；螺旋桨数目：3个；碰撞时速：25、23海里；乘客伤亡惨重的原因：船上的救生艇不够。

生活中这样的例子更是比比皆是，故有“无巧不成书”之说。

二、巧合的意蕴

为什么会有这么多巧合？有时正在谈论或者刚刚想到一个人时，这个人就出现了。于是，感叹真是“说曹操，曹操到”。还有一句类似的俗话是“受伤的手指经常被人碰”。为什么人们总有“受伤的手指经常被人碰”的想法呢？心理学的解释是我们对受伤的指头格外注意。也就是说，人对外界的感知是有选择的。由此可明白为什么会“说曹操，曹操到”了——因为事情就是这样：恰好符合这一经验的被人记住了，而更多的不符合这一经验的却被人忘记了。并非人们的预言多么准，只是由于人们所做的选择更有利于证实这句话罢了。

类似的事可以举出更多。有些人会相信预言性的梦，他也确实可以给别人举出一两个例子。但是，他忘记了预言性的梦以不曾实现的居多这个事实。有时还会听到一些人议论，某某人算卦算得可准了等。其实这也基本上属于这种情况，即偶尔算准的留在了那些轻信的人们心中，而大量未算准的却被这些人遗忘了。

事实上，在各种场合下，预言准的时候都是极少的。只不过人们往往会轻易地忘掉一百次失败的预言，却津津乐道偶然的一次成功罢了。应该说，相当数量的巧合事件都可以由此得到解释。

另一种解释是弗洛伊德从潜意识理论角度给出的。先看看弗洛伊德本人的一个例子——在得到教授头衔后的一天，弗洛伊德走在一条大街上。忽然他心里冒出一串念头：“几个月前我曾治疗过一对夫妇的小女儿，但那对夫妇却不满意我的治疗，转而求助于另一个权威了。我想，这个权威是不可能治好他们女儿的病的，最终他们还要回头来找我，并会对我表示出十二分的信任，这时我就可以对他们进行报复了。我会对他们说：‘现在我是教授了你们便信任我，但这称呼并没有增加半点的能力。既然当我是讲师时你们不信任我，那我当了教授对你们也没有什么用处。’”正在这时，弗洛伊德的幻想被一声“晚安，教授”

所打断。弗洛伊德抬头看时，正是他刚才想到的那对夫妇。这可算是一个极度巧合的例子了。但弗洛伊德给出的解释很简单。他写道：“那条街十分笔直宽阔，行人稀少，随便一瞥便可见到二十步远。其实我老早就看到他们两人正迎面走来，但内心却不情愿认他们。经由幻觉，化有为无。然后，幻想随之而起，代替了消失的真相。”

三、电影中的巧合

1. 巧合的重要作用

“无巧不成书!”这里的“巧”，就是指巧合，就是利用生活中的偶然事件来组织故事情节。它要求的最佳状态是既在情理之中，又出乎意料，法国大作家巴尔扎克曾经说过：“偶然是世界上最伟大的小说家，若想文思不竭，只要研究偶然就行。”巧合是电影和一切叙事性文学作品常用的技巧。它指作品中经常出现的“不期而遇、不谋而合”的人和事，使情节由此发生变化并推动情节的发展。在文艺作品中，运用巧合来结构作品的例子很多。

莎士比亚的《威尼斯商人》堪称是运用巧合的一个范例。该剧中两次使用“巧合”：夏洛克与安东尼奥签订了“一磅肉”的契约。此残酷的契约虽然是夏洛克敌视安东尼奥的结果，但它仍有一个“限期偿还”的条件作为双方偃旗息鼓的途径。因而在这种情况下，双方并没有产生激烈的冲突。安东尼奥作为一个富商，他完全有能力偿还那笔借款，使契约化为泡影。这里，莎士比亚运用了偶然性，使人物的处境陡然改变：海上的天气突然恶化，安东尼奥的货船遇礁石阻隔不能如期到达，契约由此生效，夏洛克要在安东尼奥身上割下一磅肉来。此时，双方的矛盾冲突达到白热化的程度。这可算是第一次巧合，它所带来的是矛盾由潜在性到白热化的陡然转化。第二次巧合是在审判这场戏中。在夏洛克胜诉已成定局，正欲操刀割肉之际，何曾料到自己以“因为契约没有这一条”为托辞拒绝请医生来之事，恰巧被鲍西亚当作把柄牢牢攥在手里。所谓言者无心，听者有意，被她以其人之道还治其人之身，使自己陷入欲割不成，欲罢不忍的绝境。显然，假若没有夏洛克随意吐出的那句话的偶然性，就不会出现如此突转的结局。

昆剧《十五贯》是被誉为“一出《十五贯》救活了一个剧种”的好戏。它脱胎于古典戏剧《双熊梦》，在情节安排上非常精彩地运用了巧合的方法。

性格诙谐、喜开玩笑的肉铺主人尤葫芦因本钱短缺去皋桥亲戚处借得十五贯铜钱。眼看肉铺可以重新开张，他兴高采烈多贪了几杯酒，回家后，乘着酒兴对养女苏戌娟开了个玩笑，说十五贯钱是女儿的卖身钱，明天父女就要离别。虽说养父女平时关系甚好，但卖身为婢事关重大，十五贯钱又恰抵身价，且苏戌娟自感不是亲生女儿，此时此刻就很自然地将尤葫芦的戏言当作真话，于是深夜弃家出走。同时，当地的赌棍娄阿鼠因输钱身无分文，看见尤家肉铺灯光未熄，就想进去赊些酒食以解肚饥，发觉醉卧在床的尤葫芦枕边有十五贯铜钱，于是萌发盗窃之意。仓促之中，被尤发觉，两人在争抢十五贯铜钱时扭打起来，结果铜钱散落一地。娄阿鼠怕事情暴露，趁势拿起肉铺砧上的利斧杀了尤葫芦。说来事巧，苏戌娟乘夜色慌忙奔逃时，又来了个年轻商人熊友兰，他也带着十五贯钱去常州采购篦梳，正好结伴而行，两人正赶路，被后面追来的公人和尤家邻里截获，于是引出一场杀父私奔的奇冤大案。

此外，《雷雨》中复杂的家庭关系，《士兵之歌》中士兵走投无路竟成英雄，《两个人的车站》中钢琴家和女服务员“不打不相识”，《小城之春》微妙的人物关系等，无一不是巧合。

2. 巧合是对因果的反动

巧合似乎是叙事的敌人。从原始人在火堆旁坐下来时，人们就倾向于讲一个因果相推、首尾闭合的故事，创造一个世界、一个意义，给纷乱的生活整理出一个清晰的导航图，但巧合总是在破坏这一点，它看上去只不过是宇宙中的事物在随意而荒诞地碰撞，打破因果联系的链条，甚至使生活导向支离破碎、毫无意义和荒诞不经。但它总在发生。它可能是无意义地进入了生活，但随着时间流逝，它改变了生活，一个随意的反逻辑，就会变成生活现实的逻辑。甚至，人们是在有意等待巧合时刻的到来，因为那些意外的瞬间，可能充满戏剧性又性命攸关。人们之前按部就班、左右思量的人生积聚着的能量，因为这个偶然射进窗里的“闪电”而释放出来，决定了一段情感、一场生死，乃至一个宏图伟业。

列宁在十月革命之前做好了去美国闹革命的准备，因为十月革命的偶然成功，他修改了自己的理论；而拿破仑几乎要打赢最后一场战争的时候，因为年迈元帅的犹豫而功亏一篑。库布里克、科恩兄弟都喜欢玩味这种故事：人类精心谋划的棋局，总会因为一个愚蠢的偶然而葬送。而更多的导演试图发现巧合给人生带来的美妙，一种惊奇、一段短暂的幸福，如克劳德·勒鲁什的台词所说："偶然与巧合代表一切：明确、精确、敏锐……"

3. 巧合是一道逻辑严密的数学题

有人乐于寻求一个逻辑严密、有秩序的世界，有人则更乐于破坏这种平庸的人生观，呈现秩序被破坏、逻辑遭断裂的时刻。但有意义的是，当那些电影制作者将整部电影用巧合来串联时，他们竟然制造了另外一种逻辑严密的世界，一道考验智商的数学题。

在影片《两杆大烟枪》（1998）中，"两杆大烟枪"既是题目，也是全片的主线。围绕这一物件，在昏暗的英伦街道，在一群操着浓重口音的英伦痞子之间，故事开始了。一场赌局的设置既是一个叙事开端，也是引子。艾迪四人凑来的十万元在这场设计好的赌局中被人暗算，引出之后艾迪四人打劫的线索；艾迪的隔壁策划要抢夺毒贩的悍匪，却不料被艾迪听到计划，待他们抢劫完后来个"瓮中捉鳖"；狠角色哈利设计了陷害艾迪输钱的赌局，同时又派两个小毛贼去偷两把古董枪，但一番折腾后两个小毛贼却把自己的雇主杀了，抢走烟枪；在酒吧偶遇黑人毒贩的艾迪一伙，在抢夺完毒品后又将其卖给了丢失毒品的黑人毒贩……在这部影片中，"巧合"构成叙事链中不可或缺的环节。

4. 巧合是一张将世界联系起来的网

如果电影不想呈现生活的艰难、琐碎、冗长，创作者则乐于用一个巧合将故事推动得更巧妙一些，它不至于像多米诺骨牌那样牵一发而动全身，却用巧合给了主人公一个机会或破坏了一个机会，从而让故事换了一个轨迹进行。

影片《通天塔》（2007）并不靠巧合取胜，但"巧合"在叙事却起到了至关重要的作用。

> 理查德和妻子苏珊因为婚姻危机去摩洛哥旅行，苏珊在车里遭枪击。为了医治她，一车游客不得不在摩洛哥小村滞留。与此同时，这对夫妇家里的墨西哥保姆为了参加儿子的婚礼，不得不让侄子开车带她和孩子们一起上路。但从墨西哥过境回美国的时候，警方怀疑她绑架，惊慌失措的侄子驾车逃窜，导致她和孩子们走失在荒漠中……

这样那样的巧合，不如说是不巧。没有婚姻危机就没有这次遭遇意外的旅行，没有苏珊的意外，这段婚姻就无以为继，然而意外也导致孩子们差点走失。开枪意外打中苏珊的摩洛哥放羊娃一家，命运也因为那一粒巧得不能再巧的子弹，发生了重大逆转，这就是亚利桑德罗·冈萨雷斯·伊纳里多擅长并迷恋的

叙事方式。枪击带来的种种不幸巧合，是影片故事得以延续的诱因，它相当于台球桌上那颗白色的母球。

在影片《疯狂的石头》(2006)中，包世宏边开车边和三宝闲聊，刚说到天上还能掉美元时，恰好掉下谢小盟从缆车中失手掉下的易拉罐，而正是这个易拉罐打破了画面的平衡。气愤之中，包世宏竟然忘了拉上车中的驻车制动器就和三宝下车查看，由此引出了包世宏的车与秦秘书的宝马车相撞事件，以致引起后来包世宏将麦克误认为是秦秘书派来收取毁坏车灯 5000 元赔偿金的人，最终也使包世宏误打误撞，在电梯中擒住麦克而成为最佳市民奖得主。

5. 巧合是人生的一种可能性

巧合是对那些不满于现实生活者的安慰，因为不必遵守因果逻辑，意味着可以迅速抛弃过往，借着一个机会，开拓人生的另一种可能性。巧合在这时，就成了一种哲学、一种渴望、一种说教。

影片《北极圈恋人》(1998)讲述了 Otto 和 Ana 这对因机缘巧合而相遇相爱的恋人的故事。他们分别在自己的生命轨迹中执着地对抗着(同时也屈服着)命运带来的种种不幸(和幸运)，他们酸涩但倔强的成长，特殊而非凡的体验，用一种不可理解的巧合实现了生命最后的相遇。

影片采取的结构是不断地穿插两人的主观叙事视角，构成了一种互相编织的效果，将这对恋人迥异但又同质的爱恋激情演绎得淋漓尽致。

影片《机遇之歌》(1987)中讲述了在 20 世纪 80 年代的波兰发生的故事。医学院青年实习生威特克急于搭乘火车前往另一个城市，当他赶到车站时，火车已经开动，威特克奋力追赶，命运由此分成了三条支流。第一，他赶上火车，碰到一个女共产党员，被说服入了党；第二，他眼睁睁地看着火车开走了，因为他被一个警察盯上了，于是被关进了监狱，与一个党的反动分子成为了好友；第三，火车在他跟前像阵烟似地开走了，但是，他因此遇上他曾经的女同学，之后两人步入婚姻的殿堂，过着童话般的生活，却在一次公差中死于空难。看似不同的人生道路，面临的是一样的困境。

基耶斯洛夫斯基在谈到《机遇之歌》的构思时说："要有多少偶然，我今天才能在这儿？当一个人选择了一条路，在某种意义上，他也就选择了这条路上可能会遇见的偶然性；而在另一条路上，则又有别的偶然性。为了理解我现在的位置，就必须倒回过去，观察过往的历程，看看哪些是走这条路的必然，哪些是自由意志，哪些是出于偶然。”影片中，基耶斯洛夫斯基通过并置的三个故事，将“如果没有”这个假设重复了三遍。通过三个“如果没有”，我们看到个体的主观因素决定了个体的命运走向。例如，第一个故事中如果威特克没有殴打上司，即使爆发了工人罢工，他也可凭借党代表的身份去法国；第二个故事中如果威特克主动揭发了秘密印刷基地，那么就可从官方直接获得赴法国的签证；第三个故事中如果威特克不要替代老师参加医学会议，又或者他不要为妻子庆祝生日，那么悲剧也不会发生。

第四节 突 转

突转，也称陡转、突变，它指故事（剧情）发展到一定阶段，陡然向相反方向突然变化，即由逆境转入顺境，或由顺境转入逆境。人物的命运突如其来地由喜变悲或由悲变喜，起死回生、化险为夷或出现更大困难和障碍。突变与陡转是通过人物命运与内心感情的根本转变来加强戏剧性的一种技法；发现指从不知到知的转变，它可以是主人公对自己身份或者与其他人物关系的新发现，也可以是对一些重要事实或无生命实物的发现。在创作实践中，发现通常与突转相互联用或者同时出现，叙事性的故事往往通过发现来造成故事的激变。例如，索福克勒斯的《俄狄浦斯王》第四场，俄狄浦斯为了解救城市的苦难，全力以赴查访杀父娶母的罪人，最后由于报信人无意之中透露真情，发现正是自己在无意中犯下了这一罪孽，于是，一个公正贤明的国王成了一个自我放逐的瞎眼乞丐。突变和陡转也是电影和一切叙事性文学作品经常使用的技巧之一。令观众（读者）意外、惊讶，从而引起他们更大的兴趣、得到更大的满足。

突转的理论，最早源于亚里斯多德的“诗学”。而古希腊三大悲剧家索福克勒斯、埃斯库洛斯、欧里匹德斯的代表作《俄狄浦斯王》《被缚的普洛米修斯》《美狄亚》都不乏突转的妙用。古希腊悲剧《俄狄浦斯王》的主要情节是：

> 底比斯国瘟疫盛行，天神宣告，只有杀害前王拉伊俄斯的凶手伏法，才能消灾祛祸。前王外出，与卫兵一起遇害，至今不知凶手是谁。国王俄狄浦斯严厉诅咒凶手，并号令全国追查。先知却说，凶手就是俄狄浦斯本人。俄狄浦斯出生时有神谕，说他将来会杀父娶母，于是

他被抛弃在荒山上，辗转成了科林斯国王之子。成年后他得知神谕，为了躲避杀父娶母的预言，逃出科林斯国，在途中与人抢道，将主仆数人打死。他来到底比斯国，制服了狮身人面怪，被拥立为王，并娶寡后为妻。俄狄浦斯这些经历恰好符合当初神谕杀父娶母预言。经过一番追查，事实俱在，俄狄浦斯正是凶手。王后羞愤自尽，俄狄浦斯刺瞎双眼，自我放逐。

欣赏美国电影《克莱默夫妇》，当我们看到一个三十二岁的男人不会做早饭时，这个场景便立即开始转折。“为什么”这个问题，把我们送回到这个几分钟刚刚过去的影片内容之中，并以我们的生活经历和常识作为武器，开始寻求答案。

首先，克莱默是一个工作狂，但是，许多工作狂在早晨五点就能做出可口的早餐。而且，对这个家庭的家庭事务，他从未出过力，但是许多男人也没出过力，可他们的妻子还是忠诚不贰，尊重丈夫挣钱养家的劳动。我们更深刻的见解是这样的：克莱默还是一个孩子。他是一个被宠坏了的臭小子，他妈妈总是帮他把早餐做好。后来，母亲的角色便由女朋友和女招待来填补。现在，他已经把妻子当成了一个女招待或母亲。女人在克莱默的一生中已经把他宠坏了，而且他也巴不得让她们宠着。从本质上而言，乔安娜·克莱默是在养着两个孩子，并因不可能建立一种成熟的夫妻关系而感到绝望，于是她抛弃了这桩婚姻。更有甚者，我们觉得她这样做是对的。突转的新方向是克莱默成长为大男人。

命运的突变和陡转，在电影和一切叙事性文学作品中都可以信手拈来。

莫泊桑的小说《项链》写主人公玛蒂尔德为了参加一个舞会，向朋友佛来思节夫人“借项链”；舞会上，主人公大出风头，却乐极生悲，“丢项链”；为了赔偿别人的项链，玛蒂尔德含辛茹苦，“赔项链”；凑足了项链的价钱，却欠下了一笔需整整十年拼命劳作、省吃俭用才能偿还的债务，于是她不顾一切，“还债务”；最后，当她松了一口气，却得知她借的项链原来是假的。玛蒂尔德“借项链”“丢项链”“赔项链”“还债务”以及得知项链是假的等一系列情境，无一不表现出她命运的突变和陡转。

拉尔斯·冯·特里厄导演的《黑暗的舞者》(2000) 中的女主人公

塞尔玛是个坚强、乐观的女性。为了儿子眼睛的手术费，她不惜辛劳地做大量的针线活、加班加点拼命地干活，她乐观地面对生活的艰辛，也默默地隐瞒了一切不幸（特别是眼疾），却也承担这一切。可是，从邻居比尔跨进她房间那晚起，命运便开始转变，黑夜诱惑了人心底的漏洞，秘密由此呈现。当沮丧的比尔向塞尔玛倾吐了秘密：他破产了，没钱了，没有勇气向妻子倾吐，出于怜悯和同情他的处境，塞尔玛也说出了自己的秘密，告知他儿子的手术费就快攒够了。最后，两人约定将各自的秘密守口如瓶，并且以母亲“mum”作为守信的接头暗号。当现实的压力再次压倒这个自私、懦弱的男人时，比尔狠心地偷走了塞尔玛的钱，无奈的塞尔玛只能找到比尔，恳求他将钱归还。然而他已经彻底放弃了希望，用枪威逼塞尔玛除非杀死他，帮他结束生命，否则永远不会还钱。在那生死绝望的边缘，只听到一声沉闷的枪声，比尔的死亡使塞尔玛的命运发生了突转。

塞尔玛被逮捕，直到法庭上，她仍然坚守着这个秘密，最终付出的是生命的代价，信守承诺却陷入了绞死的惨境，怎叫人不同情，如果塞尔玛没有告诉比尔存钱的秘密，或许，男人不会把谋财的心思放在她这个贫穷可怜的女人身上，那她就可以看着儿子重见光明。

在电影剧作中，好的突转不光着眼于剧情的起伏跌宕，而且立足于人物的刻画，力求通过情节合情合理地突转表现出人物剧烈丰富的心理变化与感情活动。

悉德·菲尔德强调通过动作来写人物，不断为其设置障碍，使其陷入困境，又不断冲破障碍，从困境中突围，这些都需要突变和陡转的技巧。

突变和陡转是为塑造人物而设、为推动剧情而设，也还是为故弄玄虚而设的。正常剧情中人物的命运也有从顺到逆、从逆到顺发展的，若不是“突然”，便不是“突变和陡转”。新德国电影代表人物法斯宾德的《玛丽娅·布劳恩的婚姻》（1979），用顺叙讲述了德国女人玛丽娅·布劳恩的婚姻故事。

德国纳粹即将灭亡的前夕，盟军的炮火把城市夷为平地，玛丽娅与赫尔曼到市政厅去登记结婚，一枚炸弹在市政厅边炸响，震得墙上希特勒的画像落地，他们的结婚证书也震飞了。第二天赫尔曼便上前线，德国战败了，妇女们纷纷到火车站去接亲人回乡，玛丽娅也去了。有人告诉她赫尔曼阵亡了（这是玛丽娅命运的第一次突转）。为了谋生，玛丽娅到美国占领军的酒吧去做招待，认识了美军黑人军官比尔，两人同居了。比尔向她求婚，玛丽娅拒绝了，在她心目中与赫尔曼的婚姻是唯一合法的、神圣的。玛丽娅怀孕了，她打算给孩子取名赫尔曼，纪念死去的丈夫。这时突然赫尔曼闯进门来，原来赫尔曼当了俘虏，他是从战俘营中获释回家的。赫尔曼与黑人比尔打了起来，瘦弱的赫尔曼当然打不过高大的比尔，玛丽娅操起酒瓶砸比尔的头，比尔被打死了（这是玛丽娅命运的第二次突转）。在法庭上赫尔曼自认是打死比尔的凶手，因此而锒铛入狱，玛丽娅又成了独身女人。

玛丽娅做了人流，不久认识了企业家奥斯瓦尔德，应聘成了他的私人秘书。玛丽娅帮助奥斯瓦尔德经营纺织厂时表现出惊人的干练、卓绝，无论是在与美国商人进行商业谈判时还是在平息劳资纠纷时都维护了奥斯瓦尔德的利益。同时玛丽娅又成了奥斯瓦尔德的情人，奥斯瓦尔德给了她富裕的物质生活，有高级住宅、轿车和金钱。但是这一切弥补不了她心灵的空虚，因为这一切是用她的肉体换来的。而她的心还是系在她与赫尔曼合法而又神圣的婚姻上。奥斯瓦尔德去监狱探望赫尔曼，两人达成一项“协定”，赫尔曼把妻子“让”给他，而他保释赫尔曼出狱。赫尔曼出狱了，他对玛丽娅说：“我走了，等我有了成就再寻找你。”赫尔曼每月寄一朵玫瑰花给玛丽娅，从此玛丽娅对神圣婚姻的企盼都系在对玫瑰花的等待上。三年后奥斯瓦尔德因患心脏病而去世，赫尔曼也带着财富从国外归来，两人沉浸在相逢的喜悦里。门铃响了，奥斯瓦尔德的律师来宣布他的遗嘱，一半财产给玛丽娅，一半财产给赫尔曼作为“让妻”的代价（这是玛丽娅命运的第三次突转）。玛丽娅绝望了，她神圣的婚姻被出卖了，沉重的失落感顿时涌上心头，她忘了关煤气，在她点烟时，爆炸声响，一切都化为灰烬。

第五节 伏 笔

伏笔，又称伏线。指作者在作品中对后面将要出现的人物与事件，率先在前面故布疑阵、预设埋伏、巧加暗示，以取得前呼后应的效果。“伏笔”是写作中常用的一种表现手法。它可以理解为前段文章为后段文章埋伏的线索，也可以理解为上文对下文的暗示。伏笔的好处是交代含蓄，使文章结构严密、紧凑，读者读到下文内容时，不至于产生突兀之感。在电影创作中，为了一幕一幕地表达我们的看法，我们将我们虚构现实的表皮破开，并把观众送到故事的前面部分以获得见解。因此，这些见解必须以伏笔和分晓的方式进行构建。铺设伏笔是指将知识一层一层铺垫好；分晓是指将铺设的知识传达给观众以闭合鸿沟。当期望和结果之间的鸿沟把观众推到故事的前面部分以寻找答案时，只有在作者预先在作品中准备了或播种了这些见解的情况下，观众才能找到。①

伏笔是讲故事的基本技巧，在第一个段落中创作者介绍存在一把手枪，在第二个段落中这把枪就开火了，这就是伏笔和照应。伏笔要小心运用，最好做到动作隐蔽、难以察觉，一旦出现要达到力发千钧之势。设置的伏笔当观众第一次看到它们时，它们具有一种意义，或者说处于被忽视的位置也无妨。但随着观众对影片的深入理解，它们却被赋予了第二层更加重要的意义，此刻前文中未被重视的伏笔内容突然清晰并指引着一个单独的方向，甚至将伏笔的意义上升到第三、四层更重要的意义。

在影片《末路狂花》中，塞尔玛和路易斯准备上路，塞尔玛收拾行李，她把手伸进床头柜拿出一把已经上好子弹的左轮枪，但是接下来她却不是像警察那样打开枪膛又旋上，而是优雅地用两根手指拈着手枪，把它扔进箱子里。让观众心想："天呀！那有把枪！在我买爆米花的时候有人会用他轰掉某人的脑袋！"这一幕引起一阵大笑，观众忘掉了这把手枪！然而当塞尔玛在停车场差点被强奸时，路易斯从她的包里掏出一把枪杀掉了那个人，观众才恍然记起先前埋下的伏笔。

另外，伏笔必须埋设得足够牢固，当观众的记忆急速回溯时，他们还能找出那些伏笔。如果伏笔过于微妙，观众就会忽略其用意。如果过于笨拙，观众能看到转折点的来临。如果对显而易见的伏笔过分强调，而对不同寻常者却疏于培植，那么转折点的效果将会大打折扣。

在影片《回到未来》(1985)中，一个女人给马丁一张写着"救救钟楼"的传单，马丁的女朋友在上面写下了她的电话号码，马丁没有把这张纸扔掉，在后面这个传单上的信息确实派上了大用场。

影片《三傻大闹宝莱坞》(2011)多处运用伏笔影射后面的情节。例如，校长对学生洛沃说星期天下午他儿子从火车上摔下死了，星期一早上他就上了一门课，这为后面皮娅揭示弟弟死亡的原因埋下了伏笔：因为不愿意成为工程师但又违背不了专制父亲的选择而跳车自杀。这种意想不到的事实和前面校长的话语形成鲜明对比，推动了故事情节的发展，促进了校长态度观念的转变，让

① [美]罗伯特·麦基：《故事：材质、结构、风格和银幕剧作的原理》，周铁东译，中国电影出版社 2001 年版。

整个故事的发展既出乎观众的意料又在情理之中。还有兰彻在皮娅姐姐婚礼上蹭饭时对校长说："德里的停电状况太频繁，会扰乱婚礼庆典，所以我想发明一个东西，可以从客人们的汽车中取电的装置。"在第一次出现时，观众只以为这是种急中生智的戏谑想法，却与后面皮娅姐姐分娩时停电而用他的发明供电相呼应。整部影片没有一处多余镜头，几乎前面有所铺垫，后面都会用到，不管是一开始校长那支代表荣耀的钢笔，还是兰彻设想的"骑摩托车迎面而来的新娘"，工整得近乎精致，伏笔不仅为影片埋下悬念，推动剧情发展，也成了全片的亮点。

在影片《阳光姐妹淘》(2010)中，少年秀智和汉娜酒醉后抱头痛哭，秀智说："对不起，我太漂亮了。我以后再也不那么漂亮了……"观众忍不住大笑，以为是一个笑点。而当秀智被毁容，观众真正明白那句"我再也不那么漂亮了"时，才会明白那是多么悲伤的一个伏笔。

当审视一些优秀侦探片、悬疑片、警匪片时，如《达芬奇密码》《真实的诺言》《杀手里昂》《风声》《法国贩毒网》《无间道》等，都会发现它们在"点点滴滴蛛丝马迹，瞻前顾后细针密线"中埋下了众多的伏笔，做足了铺垫。这些影片正因为在前半部分预设了伏笔，观众对后面的结局才不会感到突兀，从而更加信服。

剧作的一般技巧除上述外，还有心理状态剖析（如梦境、幻觉等）、煽情、暴力和性等元素，暂不赘述。

1. 构成悬念的前提是什么？如何加强悬念？
2. 观看三部电影，记录它们的伏笔设置和解答。
3. 在你自己的剧本中，设置一个悬念，埋下一个伏笔并在后文解开。
4. 运用误会设置写作一段电影喜剧情景。
5. 运用突转设置来改变你的剧本中人物或事件的走向。

第七章 改编的艺术

电影对文学的改编始终是一个令人兴趣盎然的话题。它如同一座桥梁，连接起一门古老与一门年轻的叙事艺术。而叙事，作为承载人类记忆、沉淀人文历史、传递社会历程的古老途径，无疑是人类最古老的艺术形式之一。所谓电影改编，是串联起两种以上叙事艺术样式的特殊路径，为小说叙事提供重述的可能。古老的神话传说、凄美的爱情故事、励志的名人传记，都可能成为电影改编的蓝本。但是约定俗成的文学作品的电影改编，大都指向三种最为通俗的叙事样式——电影故事片对于小说的移植、注释和近似。

第一节 文学作品改编为影视作品的可行性

一、从理论上看

电影和文学都是叙事的艺术，叙事呈现的是置于时间和空间中的一连串事件。虽然电影语言与文学语言很不同，但叙事定义中最重要的那些成分——时间、空间、因果关系——不仅是文学也是电影的核心概念，诸如前文讲述的情节、节奏、事件、人物及性格塑造之类的叙事要素，在文学和电影中同样重要，尽管这些概念的呈现形式和实现途径在两种艺术形式间有着极大的差异。但不可否认的是，文字形象是可以转化为银幕形象的，文学作品改编为电影是可行的。

首先，它们都是对生活的反映，都是通过形象来表现人以及人与人、人与社会、人与自然界的关系。只不过电影的形象是直观的，文学的形象要经过一个想象和联想的过程。然而两者之间又是相通的，完成从文字形象到银幕形象的转化也是可能的。其次，电影本身就是一门综合艺术，它应该也必须从其他艺术中吸取营养。何况，电影只有一百多年的历史而文学有两千多年的历史。最后，它们都具有时间艺术的特征。文学是用文字描写时间，电影是用画面运

动去表现时间。电影的运动性决定了电影的时间性。正因为是在运动中去展现生活的过程和人物的性格，电影获得了“再现文字运动”的可能。

就像杰拉尔德·马斯特（Gerald Mast）说的：因为电影是一个连续的过程，它需要与另外一种服务于交流或艺术目的的连续性人为过程——语言相比较。正如文字（语言）的结构既能在说者和听者之间建立交流，也能产生艺术作品（小说、诗、戏剧）一样，电影也能兼具传达信息和创作艺术作品的功能。“听者”（观众）能理解“说者”（即导演、制片人、作者、叙述者，或其他人）的叙述。①

法国“左岸派”作家、《去年在马里昂巴德》的编剧阿仑·罗布·格里耶曾谈到电影改编的问题。他说：“经验证明，当人们把一部伟大的小说搬上银幕时，这部伟大的小说便遭到完全的破坏。一般来说，改编出来的影片总是荒唐可笑的。”他的理由是，“文学——这是词汇和句子，电影——这是影像和声音。文字描述和影像是不相同的。文字描述是逐渐推进的，而画面是总体性的，它不可能再现文字运动”。接着，他反问道：“一个画面怎么能忠实于一段文字呢？”影片《局外人》发生在20世纪30年代的阿尔及利亚，影片是在60年代拍摄的。所以城市有了很大的变化，维斯康蒂让人重新搭建起阿尔及利亚城市中基本上已经不复存在的景物。然而，维斯康蒂搭建的布景也只是小说中最重要的描写部分，如能够兼供洗澡和游泳使用的公共浴池。因此，这种忠实总的来说只是针对内容的忠实，并没有考虑一个画面应该采用何种方式才能完全忠实于文字。

事实上，电影和文学都是叙事的艺术。叙事，作为人类认识和反映世界与自身的基本途径，被罗兰·巴特认为是“遍存于一切时代、一切地方、一切社会”，“超越国度、超越历史、超越文化，犹如生命那样永存着”。②

二、从实践上看

西方的第一部由文学作品改编的影片出现在1902年，是法国的梅里埃根据儒勒·凡尔勒和 H. G. 威尔斯的同名小说《月球旅行记》改编的；我国第一部改编影片是张石川在1914年把当时颇受观众欢迎的连台文明戏搬上了银幕。此后，无论是以好莱坞为代表的西方电影、苏联电影还是我国电影，从来没有

① Gerald Mast: Film/cinema/movie：a theory of experience, University of Chicago Press, 1983：11.

② 张寅德编：《叙述学研究》，中国社会科学出版社1989年版，第2页。

停止过对文学作品（包括舞台剧）的改编。改编的对象有两个方面：传统的文学名著和通俗的畅销小说。

1. 西方电影

默片时期，最著名的是大卫·格里菲斯的《一个国家的诞生》（根据托马斯·狄克逊的小说《同族人》改编）。

二战以前，有《乱世佳人》《呼啸山庄》《关山飞渡》《怒火之花》《傲慢与偏见》《罗密欧与朱丽叶》《蝴蝶梦》《茶花女》《大卫·科波菲尔》等影片问世。

二战以后有《乞力马扎罗的雪》《老人与海》《杀死一只知更鸟》《闪灵》《汤姆·琼斯》《教父》《孤星血泪》《悲惨世界》《巴黎圣母院》《红与黑》《俊友》《十日谭》《斯巴达克斯》《布拉格之恋》《情人》《无名的裘德》《苔丝》《理智与情感》《红字》《辛德勒的名单》《阿甘正传》《侏罗纪公园》《廊桥遗梦》等。

2. 苏联电影

1926 年，普多夫金改编了高尔基的《母亲》，此后，《夏伯阳》《童年》《在人间》《我的大学》《被开垦的处女地》《带枪的人》《钢铁是怎样炼成的》《青年近卫军》《这里的黎明静悄悄》以及列夫·托尔斯泰、阿历克谢·托尔斯泰、陀思妥耶夫斯基、普希金、屠格涅夫、来蒙托夫、果戈里、契诃夫的名著几乎都被改编了。同时，莎士比亚的《哈姆雷特》《李尔王》《奥塞罗》《第十二夜》和《罗密欧与朱丽叶》，还有塞万提斯的《堂·吉诃德》、莫泊桑的《羊脂球》、伏契尼的《牛牤》等都被改编为电影。

3. 中国电影

四大古典名著《红楼梦》《水浒传》《三国演义》《西游记》被反复改编为电影。最早是 1926 年梅兰芳主演的《黛玉葬花》，接着有 1927 年任彭年、余伯岩导演的《红楼梦》。接着根据四大名著改编的电影，竟有十多部：邵醉翁、顾肯夫导演的《孙行者大战金钱豹》，陈秋风导演的《猪八戒招亲》《七擒孟获》，张石川导演的《车迟国唐僧斗法》，杨小仲导演的《翠屏山石秀杀奸》，邵醉翁导演的《刘关张大破黄巾》，夏赤凤导演的《曹操逼宫》，林如心导演的《貂蝉救国》，汪福庆导演的《武松杀嫂》，杨小仲导演的《血溅鸳鸯楼》，但杜宇、陈宝琦导演的《孙悟空大闹天宫》，邵醉翁、李萍倩导演的《铁扇公主》等。到了有声电影时期，又相继有 1936 年卜万苍导演的《红楼梦》，王次龙导演的《林冲夜奔》等。新中国成立以后有杨小仲编导的故事片《红楼二尤》（1951），粤剧片《红楼梦》（1962），京剧片《尤三姐》（1963），谢铁骊导演的故事片《红楼梦》(1988)，舒适、吴永刚导演的《林冲》(1958)，舞台艺术片《野猪林》(1962)，舞台艺术片《武松》(1983)，舞台艺术片《智收姜维》(1981)，故事片《华佗与曹操》(1983)，舞台艺术片《吕布与貂蝉》(1983)，舞台艺术片《真假美猴王》(1983)以及周星驰的《大话西游》《西游降魔篇》等。

在新中国电影的发展历程中，电影改编长盛不衰，形成了一个不可忽视的创作领域，也成为一种引人注目的独特现象。在论及新中国60年的电影创作成就时，自然不能忽略电影改编的成绩和贡献。同时，也应该看到其存在的一些问题和不足。

中国电影初创时期就开始重视电影改编，并在实践中逐步形成了传统，积累了一定的经验。在新中国成立之后的17年里，现代电影改编所形成的传统在新的时代环境里得到了进一步的弘扬和发展，电影改编的作品日益增多，并出现了一些有特色的高质量影片。这个时期的改编以当代有影响的文学作品为主，而辅之以部分现代文学名著。在强调忠实原著的基础上，又根据时代需要，进一步强化了意识形态内涵。20世纪50年代是新中国电影的初创和开拓时期，新的时代对电影创作提出了新的要求，电影改编也适应着这种要求，有了新的拓展。在20世纪50年代初期故事片的创作中，改编作品占了较大比重，其特点也较明显。首先，改编的对象多种多样，取材较丰富。其中既有根据漫画改编的《三毛流浪记》，也有根据歌剧改编的《白毛女》和《钢铁战士》；既有根据话剧改编的《红旗歌》《六号门》和《龙须沟》，也有根据小说改编的《腐蚀》《新儿女英雄传》《我这一辈子》《关连长》《我们夫妇之间》等。根据不同体裁、题材和风格文学作品改编的影片，显示出电影改编在继承和弘扬传统的基础上，在新的时代环境里有了较大拓展和多方面的探索。其次，改编对象的选择和主题内涵的深化，均迎合了新时代的需要，体现了新的思想主旨和美学风格，如《白毛女》的改编就颇具代表性。另外，改编者的创新意识也得到了一定程度的体现。

20世纪50年代后期为新中国电影的拓展阶段，特别是“双百方针”提出以后，创作环境较为宽松，创新意识有所增强，反映现实生活的影片有所增多，电影改编也有了进一步的发展。首先，现代文学名著的改编有了新突破，《祝福》《家》等影片的成功改编即为例证。其次，一些有影响或有争议的当代文学作品，如话剧《春风吹到诺敏河》《新局长到来之前》《洞箫横吹》《布谷鸟又叫了》，及小说《鸡毛信》《铁道游击队》《柳堡的故事》等，均被及时搬上了银幕，受到了多方面的关注。其中那些突破了公式化、概念化的束缚，大胆触及了生活中一些矛盾和弊端的话剧作品的改编尤为引人注目，产生了较大影响。

新中国电影在1959年出现了一次新的飞跃。在该年度拍摄的一批各具特色的"献礼片"中，改编自文学作品的有《林家铺子》《战火中的青春》《青春之歌》《风暴》《万水千山》等。不仅总体艺术质量达到了较高的水平，而且改编的特点和风格也很鲜明。它们更加关注人的命运，进一步加强了典型形象的塑造，从而为电影艺术增添了一批独具特色的人物形象。同时，注重以人物的命运、性格和情感为中心来组织故事情节，展开矛盾冲突，从而使叙事更加集中紧凑，人物形象更加鲜明，也更符合电影艺术的特性和要求。

20世纪60年代前半期是新中国电影的曲折发展时期，尽管创作环境日益严峻，但文艺政策调整后，由于该时期长篇小说创作取得了较显著的成绩，故据此改编的影片较多，成绩也十分突出。其中的《林海雪原》《红旗谱》《暴风骤雨》《红日》《野火春风斗古城》《烈火中永生》等，或浓缩了原著的精华，或选择了其中部分章节予以扩充，或以主要人物的命运变迁为基本情节，它们各具特色的改编为电影创作提供了不少新的经验。同时，根据中短篇小说和革命回忆录改编的影片也出现了，如《革命家庭》《李双双》《早春二月》《英雄儿女》等一些颇有影响的成功之作，它们在人情、人性和人道主义等方面的描写有了不同程度的拓展，均突出了"以情感人"的特点。另外，迎合时代的需要，话剧《槐树庄》《夺印》《千万不要忘记》《霓虹灯下的哨兵》《青松岭》《年轻的一代》等一批社会主义教育剧也相继被改编成影片，形成了一种独特的电影现象，但这样的改编也不可避免地留有一定的时代痕迹。值得一提的是根据滑稽戏和话剧改编拍摄了一批喜剧片，前者如《女理发师》《满意不满意》等，后者如《哥俩好》《球迷》等，由此丰富与拓展了喜剧片的类型和样式。

经历了"文化大革命"，从1973年开始，又恢复了故事片的创作，其中改编影片占了较大比重。既有根据话剧改编的《第二个春天》《战船台》《火红的年代》《南海长城》等，也有根据小说改编的《艳阳天》《金光大道》《闪闪的红星》《海霞》《难忘的战斗》等。不少作品都带有十分明显的时代印记。

进入改革开放新时期以来，思想解放运动的深入开展和改革开放的社会环境，使电影改编有了更加多元化的选择，而改编者的艺术个性也有了更加鲜明的凸显。由于不断发展的文学创作为电影改编提供了丰富的资源和扎实的剧本基础，因而电影改编成为这个时期电影剧作的重要来源。从20世纪70年代末至80年代末，新时期文学中一批反映社会思潮和民心趋向，有特色、有深度、有影响的作品被陆续搬上银幕，不仅进一步扩大了原著的影响，而且为电影创作的繁荣发展奠定了坚实的基础。无论是根据小说改编的《天云山传奇》《被爱情遗忘的角落》《牧马人》《人到中年》《高山下的花环》《野山》《黑炮事件》《芙蓉镇》《老井》等，还是根据话剧改编的《曙光》《陈毅市长》《血，总是热的》等，均体现了各个阶段文学创作的成绩，显示了电影改编的实绩。同时，《阿Q正传》《伤逝》《子夜》《寒夜》《骆驼祥子》《茶馆》《原野》《雷雨》《日出》《边城》等一批现代文学史上的名著也成为电影改编的重点，由此既进一步普及了名著，也使银幕更加丰富多彩。另外，由于改编者艺术视野的扩大和艺术表现形式与技巧的更加多元化，故不少影片形成了独特的美学风格。如《小花》《城南旧事》《良家妇女》《青春祭》《本命年》等成为第四代导演的代表作。而《一个和八个》《黄土地》《红高粱》《黑炮事件》等则成为第五代导演崛起于影坛的代表作。上述影片更注重通过电影思维和视听造型充分发挥电影独特的艺术魅力，体现了大胆而鲜明的艺术创新。

20 世纪 90 年代的电影改编在持续发展中有了新的收获，一批新时期小说创作的丰硕成果为电影改编提供了许多好作品。同时，电影改编无论在具体实践方面，还是在理论观念方面，都有一些较明显地突破。如张艺谋的《菊豆》《秋菊打官司》《大红灯笼高高挂》《一个都不能少》《我的父亲母亲》等都是根据小说改编的，它们在国内外影坛上均获得了成功。其他如《黑骏马》《霸王别姬》《阳光灿烂的日子》《那山・那人・那狗》等都体现了导演的艺术追求，显示出独特的艺术风格。同时，在电影创作走向市场化的过程中，如何依据类型片的样式和要求进行电影改编，使之更符合市场的需要和观众的审美需求，也在探索实践中有了新进展，不少影片的改编对此做了一些有益的探索。

进入 21 世纪以来，由于原创剧本的短缺和影片产量的不断增长，使电影改编仍然得到重视，取得了不少新进展。当然，其中既有获得好评的成功之作，也有引起争议乃至于受到批评的作品。一些改编成功的影片提供的经验值得重视，如《云水谣》《集结号》等改编作品，由于编剧发展了原著，为导演提供了扎实、完善的剧本，故使电影的再创造有了坚实的基础；又如《生活秀》《暖》等的成功，得益于编剧和导演的审美取向一致，配合默契；而根据小说改编的电影《一个陌生女人的来信》《世界上最疼我的那个人去了》《绿茶》《天下无贼》等，或为编导合一，或因导演参与了剧本改编，编导达成的共识为影片奠定了良好的基础。近年来，如《满城尽带黄金甲》《夜宴》《赤壁》等商业大片的改编引起了各方面的关注。由于这些大片受到了不同程度的诟病和批评，其改编中出现的内容较空洞、文化精神缺失和人物性格贫乏等问题，也就需要认真对待。商业大片的改编如何既能凸显大片的特色，又能体现原著的精华；如何既考虑到商业利益，又不丧失其内在的文化精神，仍是一个需要继续探讨和实践的课题。

现代文学作品改编的电影有：鲁迅的《祥林嫂》(1948)、《祝福》(1956)、《祥林嫂》(1978)、《阿Q正传》(1958，香港；1981，上海)、《伤逝》(1981)、《药》(1981)；茅盾的《春蚕》(1933)、《子夜》(1948)、《林家铺子》(1959)、《子夜》(1981)；巴金的《家》(1941，1956)、《秋》(1954)、《寒夜》(1955，1984)；老舍的《离婚》(1928)、《我这一辈子》(1950)、《龙须沟》(1952)、《茶馆》(1982)、《骆驼祥子》(1982)、《月牙儿》(1986)、《鼓书艺人》(1987)；曹禺的《日出》(1955，香港；1985，上海)、《雷雨》(1957、1961，香港；1984，上海)、《原野》(1981)、《北京人》(1998)。其他还有张天翼的《包氏父子》，柔石的《早春二月》，沈从文的《边城》《湘女萧萧》以及张爱玲的《不了情》《太太万岁》《金锁记》《倾城之恋》《红玫瑰对白玫瑰》《半生缘》《魂归离恨天》和李安导演的《色戒》等诸多作品。

当代文学作品改编的电影有：《小二黑结婚》(1950，1964)、《青春之歌》(1959)、《红旗譜》(1960)、《林海雪原》(1960)、《暴风骤雨》(1961)、《李双双》(1962)、《红日》(1963)、《野火春风斗古城》(1963)、《苦菜花》(1965)、《烈火中永生》(1963)、《被爱情遗忘的角落》(1981)、《许茂和他的女儿们》(1981)、《城南旧事》(1982)、《人到中年》(1982)、《没有航标的河流》(1983)、《红衣少女》(1984)、《人生》(1984)、《良家妇女》(1985)、《野山》(1985)、《黑炮事件》(1985)、《孩子王》(1987)、《老井》(1987)、《本命年》(1989)和《黑骏马》(1995)等，根据王朔作品改编的《顽主》(1988)、《大喘气》(1988)、《轮回》(1988)、《一半是火焰，一半是海水》(1989)、《阳光灿烂的日子》(1995)等，根据苏童作品改编的《大红灯笼高高挂》《红粉》《大鸿米店》《茉莉花开》等；根据莫言作品改编并经由张艺谋导演的《红高粱》(1987)和由张艺谋导演的其他文学作品改编《菊豆》(1992)、《秋菊打官司》(1992)、《活着》(1994)、《我的父亲母亲》(1999)等，根据当代文学作品改编并经由谢晋导演的《天云山传奇》(1981)、《牧马人》(1982)、《高山下的花环》(1984)、《芙蓉镇》(1986)、《最后的贵族》(1989)等。

此外，我国台湾根据琼瑶言情小说改编的电影、我国香港根据金庸武侠小说改编的电影也都风行一时。

据统计，目前无论在西方还是在我国，每年改编影片的数量约占到全年影片产量的50%以上。

据统计，奥斯卡奖从1929年设立至2006年，共举办77届，在获得最佳故事片奖的77部影片中，有43部是改编自文学作品的。戛纳电影节从1946年设立至今已举办58届，在获得金棕榈奖的66部影片中，有23部是改编自文学作

品的。我国的“金鸡奖”从 1981 年设立至今已举办 25 届，在获得最佳影片奖的影片中，有 17 部改编自文学作品。

下面我们以《法国中尉的女人》来谈一下作品的成功改编过程。

这是一部十分具有新意的作品，虽然该片摄制于 20 世纪 80 年代初，但其剧作处理、视听方案以及作品对于社会、人类的理性剖析，都是今天的许多影视作品所无法相比的。这部作品代表了一种新的、现代的创作观念。影片根据英国作家约翰・福尔斯的同名小说改编而成，小说的故事并无新意，作者却是站在 20 世纪 60 年代来讲述这个故事的，这样，故事本身已经不重要了，重要的是作者借这个人们早已熟悉的爱情故事，表达了他对人性的新认识与新思考。

小说无论是思想内涵还是写作技巧，都让人耳目一新。作品中充满了作者的议论，并包含了马克思、萨特、达尔文等诸多人物的哲学思想。作品设置了一个开放式的结局，其结局有三个：第一，查尔斯最终找到了萨拉，有情人终成眷属；第二，查尔斯占有萨拉的身体后，自甘平庸，和已经订婚的欧内斯蒂娜结婚；第三，查尔斯找到萨拉后，两人激烈争吵，萨拉对自己的不辞而别毫无愧意，查尔斯愤然离去。这种结局处理方式将故事交给了读者，将结局交给了读者，将判断交给了读者。

在将文学作品改编成影视作品时，首先遇到的问题是：改编过程中，最重要的到底是什么？是原著的人物、情节，还是原著的“味儿”？对此，编剧哈罗德・品特十分清醒，大胆地打破了原著的形式。美国影评家苏・巴伯和理・梅塞是这样评价的：“品特避开再现文学原作的习惯，添了几个人物，改变了小说的结构，创作了一个与原著有相当差异的剧本。然而，它忠实地抓住了原著情感上和理性上的实质。”品特的具体做法有三点。第一，去掉了原著中大量的旁白。虽然旁白在影视艺术中大量存在，同时也是改编原著的一种最常用、最便捷的手段（其实旁白是一种非影视化的表现手段）。第二，将原著的开放式结局变成了一个相对固定的结局，变复杂为简单、变开放为固定的结局应该说是很大程度上不忠实于原著甚至是一种倒退，但品特又做了下面的工作。第三，在原著在表现维多利亚时代的爱情故事的线索之外，又增加了一条 20 世纪 80 年代一对男女演员之间的爱情故事线，这是品特在第二步倒退之后的一个更大的进步。正是这种对原著形式上的打破，使作品得以惟妙惟肖地或者说最大程度上体现了原著的精髓——原著的精神实质和总体构思（表 7.1）。

表 7.1　小说结构与电影结构的比较

内容	小说	电影	作用
求婚	去莱姆前在女友的暗示下查尔斯才求婚	到莱姆后查尔斯匆忙求婚	故事更紧凑
莎拉寻求查尔斯的帮助	公众场合顺从回避，私下以贝壳换信任	公众场合偷偷递纸条主动要求会面	反叛的个性更明显
查尔斯发现莎拉是处女	感到受欺骗愤然离去，祈祷后才能理解	对这个事实更感动更珍惜	体现查尔斯的成熟
莎拉被辞退	莎拉与波坦尼夫人的正面冲突	莎拉对着镜子疯狂地画画，门外催促声	此处无声胜有声
查尔斯签署认罪书	犹豫了半天与律师商量后才签署	毫不犹豫，不假思索地签署	查尔斯的决心态度

《法国中尉的女人》采用了套层结构的剧作形式，这是时空交错式结构中的一种结构形式，也是时空交错式结构中的最高级结构形式。其中“过去时空”的作用已远不止是交代前史，实际上，在套层结构的作品中，“过去时空”与“现在时空”已是两个各自独立的时空，即两个时空的叙事交织在一部作品中，或者说是两部作品的故事压缩在一部作品中平行展现，使整部作品的内涵和信息更加丰富。正是这种叙事的交织和主题内含的丰富，这种结构又被称为“非常规结构”，即现代影视剧作结构。具体到该作品，与一般的“时空交错式结构”不同（情节线可分为“情节主线”和“情节副线”，其中“情节主线”是作品情节线的主导，“情节副线”是为配合“情节主线”而存在的），该作品的两条情节线是并列的，都是情节主线。一条是过去时空的萨拉与查尔斯的爱情故事，两人由“分”到“合”，结局是大团圆。这一情节线的终点成为了另一情节线的起点。现在时空安娜和迈克的爱情故事，两人由“合”到“分”，结局是悲剧性的。这一情节线的终点也是另一情节线的起点。两条情节线独立完整，无法划分主副。“过去时空”的故事和“现在时空”的故事完全是两部各自独立的作品，现在却编织在了一起，而这正是该作品的精妙之处。两个时空若即若离，实际上是“貌”离“神”合，交织的结果不仅使作品的故事丰满并富于变化，而且能够更有力地表现作品丰富的内涵和主题。

作品的特殊结构形式导致了主题的多层面。首先，作品有两个故事各自具备的表层主题，然后又有两个故事对比产生的整部作品的深层主题。表层主题即过去时空的爱情故事歌颂了传统的建立在情感基础上的“灵肉合一”的爱情——

"'爱人'的胜利"；现在时空的性爱故事表现了现代性爱观念的悲剧，不重视情感的人，最终被情感所折磨——"'情人'的悲剧"。深层主题即整部作品的主题，是两个故事主题交织对比后产生出来的。"爱情"是一个永远令人困惑的主题，影片创作者的聪明之处在于没有轻易地、简单化地下结论，而是将两个时代的两对异性伴侣的性爱生活放在一起展现。萨拉和查尔斯这一对"爱人"代表着传统的、过去时代的性爱观念；安娜和迈克这一对"情人"则代表着非传统的、当今时代的性爱观念。在过去的时代，人们觉得，性（生理的）与情感是合一的，查尔斯追求的始终是"灵"与"肉"，即不仅要得到萨拉的肉体，更要得到萨拉的灵魂。而两性关系上的"灵肉合一"其实恰恰是人类物种进化的结果，是人类体现在两性关系上与其他动物不同的重要标志。现代人觉得自己是超脱的，嘲笑自己的前辈，而将"灵"与"肉"截然分开。迈克一开始的目标就是安娜的肉体，但作为人类进化长河中的一分子，又岂能摆脱整个人类的轨迹，所以，当迈克得到了安娜的肉体后，自己却逐渐进入"角色"，开始心神不定。特别是后来，当他看到安娜心不在焉的样子和飘忽不定的眼神时，终于感到肉体的安娜并非安娜的全部。只是当他意识到这一点时，安娜已经悄然而去了。于是，迈克望着消失在夜幕中的安娜背影竟然喊了一声"萨拉"，认同了那个曾经被自己不屑一顾的上个世纪的查尔斯。

为了表现好这两个故事，使两个故事具有张力，影片采用了两种完全不同的叙事风格。过去时空故事的总特征是戏剧化。其叙事风格具体表现为：情节特征上，冲突明显，波澜曲折，惊天动地，冲突支撑情节；情节布局上，布局严密，有明显的起承转合，演员表演带有明显的舞台剧特征，外部动作明显、夸张，为了显示礼仪，人物之间往往保持一定的空间距离，言谈举止皆有规范，男人的绅士风度和女士的淑女姿态，台词吐字清楚，意义分明，无情绪化的"絮语"；服装做工考究，布景制作精致，具有舞台剧特征；视听元素有较重的人为痕迹。现在时空故事的总特征是生活化。其叙事风格具体表现为：情节特征上，冲突淡化，冲突隐藏；情节布局没有明显的"起承转合"；演员表演随意性强，动作自然，言谈举止随便，台词指向未必明确，发音未必清楚；服装布景生活化；视听元素力求自然。

影片的创造性在于充分发挥了电影银幕形象的特征，巧妙地表现两个时空中进行着的相似而又不同的关系，并由此形成对比。但作品的审美效果并非因"戏中戏"乃是演员扮演而产生"间离效果"，相反，似乎那一段爱情比起直面观众的现代爱情故事更加真挚，并因其诗意而更加感人。这一方面同作品情境的建构有关，另一方面则同气氛意境的营造有关。现时爱情中，着重表现的是人物特定情境中的激越变幻的情绪；过去爱情中则通过爱情的过程去展示人物的性格与命运。

第二节　完成从文字形象到银幕形象的转换

斯图亚特·麦克道格拉在《电影制作》中提出："每一种艺术形式必须认清每一媒介的独特性。"电影用镜头构成银幕形象，文学用语言构成文字形象。电影形象是直接的，文学形象是间接的；电影形象是具体的，文学形象含有抽象的部分；电影形象是单一的，文学形象是多义的；电影形象是一种侧重于直接感觉的体验艺术，文学形象是一种侧重于理解的分析艺术。

电影首先是要有鲜明的视觉特性，通过这样一种视觉幻象来强烈地吸引观众——影像以每秒 24 帧的速度显现在观众面前，可视性赋予了电影一种奇妙的表面特征，电影在形式上是"轻的"。虚构电影向观众展示了一个与他们所认识的的世界酷似到让人混淆的、虚幻的现实世界。观众可以自由窥视这个世界两个小时，而不参与其中。

涉及电影改编，传统的改编研究长期局限于"像"与"不像"的问题。其实，从小说到电影的改编，远不只是故事内容是否遵循原著这么简单，更重要的是小说和电影两种媒介系统在叙事内部如何生成转换。电影和小说的叙事艺术有着很大的不同：小说属于冷媒介，影视属于热媒介，它们之间的叙事方式和规律不同。小说在叙事中可以通过奇巧的隐喻和转喻表达作品的思想，因而小说具有隐蔽性、模糊性等特征。小说叙事的这种特征，能给读者留下广阔的想象空间，丰富了小说的内涵。电影借助摄影机将物质现实附载于感光胶片形成运动画面完成叙事，因而电影具有具象性、直观性的特征。电影制作是一个技术上很复杂的过程，整个生产过程中所面临的问题会干扰电影创作者对文学脚本的美学评价。这就要求在完成文字形象到银幕形象的转换时，必须使文学的叙事内容在进入电影后，都赋予逼真、具体的视觉造型特征。删去不宜直接转化为银幕形象的象征和比喻。在文学中可以插入议论，而让动作停顿；电影则必须使动作连续化不停顿地进行下去。此外，小说家不一定有很强的空间意识，改编者恰恰需要在空间构思方面予以补充。

法国符号学家克里斯汀·麦茨认为，电影是一个连续地编码符号构成的复杂系统。[①]首先，麦茨认为，电影里没有和语言里单词（或语素，表达意义的最小单位）相对等的东西。在电影里最接近文学语言中“词语”这一个概念的东西不是帧而是镜头，也就是说，“一个单一静止的或是移动取景的连续画面”。麦茨发现一个电影镜头的复杂程度至少比得上一个句子，甚至是一个段落。例如电影里最小的不可分割的单位不是“雨”，而是“正在下雨”，而且几乎不可避免地在同一个画面里还会出现“笼罩在雨中的小镇”“沾满雨水的树枝”“空气里泛起的白色水雾”等。在文学语言里读者能立刻理解“雨”的意思，电影镜头的内容却如此不固定，恰恰相反，它的意义可能多变到无限种。因此，麦茨认为，有效的电影镜头是复杂而原始的比喻，它通过其动能（例如，通过加诸我们感官的印象）和与其他电影画面组成链条来影响观众。当麦茨和其他电影理论家试图把语言学原则用于电影研究时，麦茨随后就认识到“电影不是一种‘语言’，而是另一种拥有自己‘发音’的符号系统”。电影叙事是一个经济而有效的系统，就像约翰·埃利斯（John Ellis）在《看得见的虚构》中所说，电影叙事平衡了“意义的平常要素和陌生要素，在因果链中的一连串时间带动下向前运动。”因此可以得出结论，电影交流的表达手段主要是视觉的，但是也可以利用其他交流通道。

《城南旧事》是台湾著名作家林海音1960年出版的短篇小说集，讲述的是20世纪20年代小女孩英子随父母从台湾来到北京，在城南胡同度过一段童年时光的经历。小说通过英子的视角讲述了三个故事：疯子秀贞思女心切却在找到妞儿后惨死于火车之下；哥哥为了弟弟的前途做了小偷，结果非但没能帮上弟弟，自己也免不了被捕的厄运；宋妈为了女儿的生计来到林家作奶妈，却由于丈夫的无能，落得女散子亡的悲剧结局。小说在揭示人物悲惨命运的同时，也渲染了他们身上所透出的中国人固有的善良品质、隐忍的性格和吃苦耐劳的精神。小说在台湾发表后掀起了一股强烈的思乡浪潮。北京电影制片厂编剧伊明读了这部在当时还不能公开发表的作品后，觉得是个“拍电影的料”，立即将其改编成电影文学剧本。当时主管电影的文化部副部长陈荒煤看了剧本后很欣赏，当即指示北影厂将这部作品搬上银幕。然而由于种种原因拍电影的事一直未能有个着落。陈荒煤又将剧本推荐给上影厂。上影厂领导经过研究，决定由导演风格与这部作品比较吻合的吴贻弓执导这部影片。

吴贻弓看了剧本后，感到统战意识太强。看了小说复印本后，觉得小说较剧本更为打动人心。征得厂领导同意后，吴贻弓花了半个月时间写出了一个新

① Christian Metz: Film language：a semiotics of cinema，Oxford University Press, 1974.

剧本。如同小说的散文式的独特叙述风格一样，吴贻弓在改编剧本时也没有刻意去寻求小说外的东西，只是凭着自己的感觉和理解把它演绎出来，这部影片也无形中成为中国散文式电影的开山之作。影片反映老北京的故事，老北京风貌的营造便显得尤为重要。为了找到林海音笔下的老北京，吴贻弓整日穿梭于北京的胡同小巷，但却没有找到一处中意的地方。无奈之下，吴贻弓回到上海搭景，于是在上海郊区一个空旷的机场上出现了一个被人称为老北京的风景点。虽说是老北京，但由于是刚刚搭建，给人以“老的不够”之感。吴贻弓耐心地等待了两个月，看着这个“北京”慢慢变老。当屋檐上的草籽变成了几撮随风摇动的野草，落寞院子里的假树桩风吹雨打后有了旧的模样时，林海音笔下的一个地地道道的老北京便活灵活现地呈现在人们眼前，以致很多观众看了电影后还以为影片是在北京拍摄的。

《城南旧事》拍摄于政治教化被视为电影基本功能的 1982 年。影片以清新隽永、淡雅质朴的风格，以一种深沉的思念、爱与同情打动了亿万观众，荣获 1983 年第三届中国电影金鸡奖最佳导演、最佳女配角和最佳音乐奖。影片不仅在大陆和台湾获得轰动效应，也在国际上获得好评。1983 年，在第二届马尼拉国际电影节上荣获最佳影片奖，这也是中国电影第一次获得国际性电影节的综合性大奖。

必须说明，并不是所有的文学作品都适宜电影改编。29 世纪 50 年代，意大利制片人蒂罗兰斯得到三位著名剧作家的合作，改编了列夫·托尔斯泰的《战争与和平》，尽管删节了原著中许多重要的描写和场景，影片仍长达 3 个半小时；原著主要人物有 23 人，电影中只剩下 17 人；原著中描写战争的场面有 10 次，电影中只剩下了 3 次。再例如原著中娜塔莎和彼埃尔的会晤写了 250 多页，而在电影中只用一个镜头轻轻就带过去了，这些数据都表明了电影改编难度之大。歌德的《少年维特之烦恼》，故事情节太简单，男女主角谈恋爱，维特每天来找夏绿蒂，坐着、谈着，今天去了，明天又来。作为小说可以，作为电影几乎就不可能。1990 年由约翰·斯特奇斯和亨利·金合作拍摄的由小说改编的电影《老人与海》在演员、音乐和摄像等方面都有着出色的表现，但依然不能使本片成为一部可以和原著媲美的电影，反而看起来过于沉闷。究其原因，小说中作者抽象的哲学理念难以在电影叙事艺术中完整表现。所以，尽管电影努力向原著的主题靠拢，但是最终还是完全没有表现出小说深刻的抽象内涵而成为一部平庸之作。1967 年约瑟夫·斯特里克在改编詹姆士·乔伊斯的意识流小说《尤利西斯》时遇到了巨大的困难，原著中充满了象征和隐喻，它们并不能通过电影蒙太奇的叙事手段加以表现，城堡、报社、葬礼、妓院等都在电影中表现平平，这与原著中那些意味深长的故事相比，电影的表现能力远不及原著。这些都说明改编者在小说叙事与电影叙事之中未能做到很好的沟通并实现对小说叙事的超越。

和 19 世纪的文学作品搬上银幕所面临的“翻新”难题不同，新小说、新故事、新鲜的念头对于竞争激烈的好莱坞来说则无疑是遭到疯抢的诱饵。扬·马特尔 2002 年的布克奖得奖小说《少年派的奇幻漂流》讲述了一个印度家庭在举家前往海外的途中遭遇海难，16 岁的小儿子派与一只鬣狗、一只乘着香蕉漂来的猩猩、一只瘸腿的斑马、一只孟加拉虎一起流落到一艘救生船上。3 天后，同船动物之间的血腥杀戮落幕，唯有老虎与少年同伴，一同漂流 227 天后才抵达墨西哥海岸。在少年获救前，这头名为理查德·帕克的老虎头也不回地走入了丛林，再也没有人看到过它。这是占据原著四分之三篇幅的主体故事，虽然趣味盎然，但远离人世，犹如国家地理节目，并不太“奇幻”的漂流被放置在派冗长的成长史和一场更没有可读性的调查问答中间，这不成比例的三段式叙述既有些乏味，又难以展现，所以一度被认为是最不可能影像化的小说之一。然而在其问世十年后，李安就在银幕上“创造了令人惊叹的奇观”，他的团队将一个废弃的飞机场改装成摄影棚，派实际是漂流在一个水池里，对着空气表演，老虎的动态细节都是电脑的功劳，影片的技术成就可以与马丁·斯科塞斯的《雨果》一争高下，为真人 3D 电影树立了新的标杆。

从《阿凡达》将 3D 电影效果推向新的巅峰开始，相继出现了不少跟风之作。《少年派的奇幻漂流》也选择了用 3D 的方式来将“奇幻”这个概念表现到极致。不过，虽然飞鱼如雨、夜光鲸鱼腾出海面、食人岛上遍布狐獴等奇观极其炫目，诚如评论者所言，影片有“一种令观众如痴如醉的奇幻高度”，“但又不失故事的本质”。

要将一本三百多页的小说浓缩成 120 分钟的电影，李安对原著进行了严格的删减控制。首先，在结构上，李安沿用了小说三段式的结构模式，即派的成长史、太平洋漂流记和在墨西哥医院的访谈。原著中对派成长的讲述冗长而充满了哲学与宗教的思辨。导演将这一段的节奏处理得很快，从儿童的视角和感触出发，只捕捉了孩子眼睛看到的圣像、耳朵听到的诵经声这些寓意符号。最为精巧的是，李安将派对宗教的追寻演化成一出爱情戏：影片中的初恋故事是小说中没有的，导演安排了一位棕色皮肤的少女在电影中，通过女孩的舞蹈和一颦一笑传达出印度宗教和文化的奇妙隐喻。当派看到少女的舞姿后跟随少女，并问她“为什么你的舞蹈里会表现森林里有莲花”，这一个细节与派漂流到狐獴岛上，从森林里摘下的果子呈现出莲花状，最后露出一颗牙齿的情节相呼应，是导演埋下的一个巧妙的伏笔，并将枯燥的宗教思辨以观众更容易接受的方式表现出来。

小说中派在海上猎取食物的场景充满血腥暴力，这些本该是电影这台“造梦机器”浓墨重彩呈现的银幕奇观。然而导演选择了一笔带过，将残忍狡猾的鬣狗、坐着漂浮的香蕉逃生的母猩猩、孱弱的斑马、舞蹈家一样骄傲的老虎，用诗意化的镜头语言展现在观众的眼前。导演站在派的立场，选择了忘记所有的血雨腥风。因为无论是成年的派在讲述他的经历，还是第二个故事中派接受事故调查的时候，派已经没有了老虎的陪伴，只愿意记住和老虎相依为伴才能活下来的事实。电影中强化了几场有奇观效果的戏，飞鱼、夜晚的星空和狐獴岛，将带着绝望和孤独的漂流进行了奇幻的渲染，突出了影片的主题“人生就是不断地放下，然而痛心的是，我还没来得及与你们好好告别”。无论是危机还是希望，是孤苦还是绚丽，这一切总是要过去，生命充满了未知，宗教回答不了，世界也回答不了，我们只能选择与恐惧共存，与猛虎并存，并且一切都会过去。导演不满足于电影只是讲一个好故事，让人们哭哭笑笑的功能。这部电影所发出的拷问，是对信仰的拷问，人类心中的恐惧与孤独、挣扎与成长，在每一处都体现得淋漓尽致。

第三节 文学作品改编为电影的方式

著名剧作家夏衍20世50年代曾提出过两种改编方法：改编经典著作，无论如何要保持原作的思想、风格，不得随意改动情节；改编神话、民间传说和所谓稗官野史，有较大的增删和改作的自由。[①]这两种改编方法都是针对内容而言的。

美国电影理论家杰弗里·瓦格纳在1975年在《小说与电影》一书中，论及美国电影改编的三种流行方法：移植法，“直接在银幕上再现一部小说，其中极少明显改动”；注释法，“影片对原作加了许多电影化的注释，并加以重新结构”，它“对作品某些方面有所变动”，甚至转移作品重点；近似法，“与原著有相当大的距离，以便构成另一部艺术作品”。这三种方法，既涉及了内容，也涉及了形式。在这里将关于改编方法的论述综合起来，再结合当下中国电影改编的具体实践，可以归纳为五种改编方式。

① 转引张仲春：《中国电影作家作品论——夏衍的电影改编理论》，同济大学出版社1988年版。

一、移 植

一般以中篇小说为改编对象时采用移植方式。中篇小说的容量接近一部标准长度的电影的容量，改编不需对原著的主题、人物、故事和情节有大的改动，可以直接移植过来。这也被称为再现式改编。能够比较准确、完整地再现原作的主题、情节、人物性格、人物关系，以及风格、情调等。

当然，移植也并不只是对原著的图解，有时还需要适当的浓缩和扩充。张爱玲《色・戒》的小说文本基本采用心理构架，文中有大量意识流描写，揭示女主人公的心理变化。怎样用影像画面表现人物微妙的心理，是电影创作者深感棘手的问题，善于编织故事的李安轻易地解决了此类难题。该片在叙事策略上采用的是时间结构：现在—四年前—现在，这种被打乱的时间以倒叙镜头或闪回镜头为基础，有力地贯彻时间的统一律，从上午到晚上是一天的现实时间，而人物的思想跨越了四年之长；空间则由彼时的香港到此在的上海，完美地体现了戏剧的“三一律”原则，整部作品从美学角度看是相当令人满意的对称结构。女主角王佳芝回忆的闪回镜头意味着从一开始就使观众看到此在结果，暗藏剧情的未来转折（“弃刺”），从而使观众将注意力集中在人物的心理进程，激起对女主角命运结局的好奇和关注。因而，影片一开始就营造了此种富于悬念的情境以吸引观众兴趣。

一般来说，电影对人物心理是难以用影像表现的，李安在片中添加了一场重要的剧情，借助人物特写镜头和台词恰如其分表达人物特定心理。当邝裕民激愤地说要实行“刺奸”行动，同学们纷纷响应，此时镜头转向王佳芝面部，与同学的激昂神情不同，王佳芝恬静地看着邝裕民，然后轻轻地把手放在众人手上，淡淡地说：“我愿意和大家一起。”注意，台词是“和大家一起”，并非别人说的“愿意参加”，此中情味值得揣摩：只因可以和大家一起，所以参加。简单的言语透出渴望友情的肺腑之音，也传达了王佳芝从一开始就并非自愿卷入其中。

长期以来，电影对小说的改编一直奉行着“忠实于原著”的原则。即使是《骆驼祥子》《芙蓉镇》《人到中年》等一大批获得“金鸡奖”的电影，也都是根据小说改编而成的，都奉行着“忠实于原著”的精神。所谓“忠实于原著”就是指改编后的电影不仅要忠实于原著的思想和灵魂，还不能改变原著的主要人物关系、情节以及故事结构，以保证故事的完整性。这种电影改编的观念是从文学的立场出发来衡量电影的，强调电影对文学原著的直接再现。而电影是集语言、声音、美术、摄影等艺术于一体的综合展示，那么，忠实原著应该更强调其内在的“神似”，而非外在的“形似”。这方面，著名导演凌子风改编的《骆驼祥子》也许能给我们一些启示。就形式表现看，影片的主人公祥子和虎妞的表演是非常出色的，北京特色也格外亮眼，但这是否就能成为改编原著成功与否的重要标志呢？影片出来以后，作家陈建功在短文《伤心话》中表示，电影《骆驼祥子》与小说《骆驼祥子》相比，尽管影片表现了原著的情节、人物和北京味儿，但影片对原著精神实质（总体构思）的把握与传达却是失败的。影片《骆驼祥子》的大意为：老实巴交的乡下人祥子来到北京城，经过几起几落，最后贫困交加，困死街头。影片的总体构思是表现祥子肉体上的崩溃，即旧社会把人不当人。老舍先生的小说《骆驼祥子》的故事梗概是：老实巴交的乡下人祥子来到北京城，他几起几落，最后吃喝嫖赌，更重要的是，他居然出卖朋友，出卖对他有恩的教书人曹先生。原著的总体构思是表现祥子精神上的堕落，即旧社会把人变成鬼。电影与原著两者之间的错位，使得作品改编丢失了原著的精神实质，是一种严重的失误。

二、节　选

节选也称节选式改编。电影由于容量的限制，很难对一部篇幅很长、人物众多、情节纷繁的长篇小说进行整体改编，即使是改编了，往往也出力不讨好。例如，美国导演金·维多改编的列夫·托尔斯泰的史诗式巨著《战争与和平》，影片是标准的100分钟左右，但它大量删减了原著的内容，只保留了娜塔莎和彼埃尔的爱情故事，而这个爱情故事由于失去了原著深刻的背景依托，显得苍白无力。我国的四大古典名著中，迄今只有《红楼梦》拍摄了全本的电影版，而这个长达六部的电影版，也不成功。因此，才有“节选”之说。节选，即从一部长篇作品中挑拣出相对完整的一段进行改编。节选的部分往往是人物、事件、场景相对集中的段落。

例如，取自《西游记》的电影《三打白骨精》，取自《水浒传》的影视剧《武松》《林冲》，取自《红楼梦》中的影视剧《红楼二尤》《黛玉传》，取自《三国演义》中的影视剧《貂蝉》《赤壁》等。

三、浓　缩

当然，对长篇小说的改编，并非只有节选一法。如果改编者不打算从长篇小说中节选一段，而要概括全部内容，就要对原著做浓缩工作，即抓住主要人物、事件，对原著删繁就简，舍弃部分情节，砍掉不必要的枝蔓，以适应电影结构单纯、集中的特点。美国电影理论家布鲁斯东曾举例说，美国的海区脱和

麦克阿瑟改编的艾米莉·勃朗特的《呼啸山庄》，使一本 19 世纪的英国小说为 20 世纪的美国观众所理解，就是一个成功的范例。

影片《呼啸山庄》把原著砍掉了一半，却增加了大约 30 场戏，新增加的戏，大部分是从原著轻描淡写的东西扩展的。它改变了小说原来的含义，完成了重点的转移。布鲁斯东指出，“影片的精神实质，并不是从我们熟知的艾米莉·勃朗特那里来的”，而是“从电影摄制者所增添的那些情节中来的”。不过，这种改变或者转移，是从“原著轻描淡写的东西扩展的”，所以并没有对原著造成伤筋动骨的损害。

乔·怀特导演的电影《傲慢与偏见》的拍摄年代正是现代主义艺术发展时期，很多电影的制作者都在改编原著时掺入许多现代主义电影的元素，在时间上进行扭曲以表现现代电影艺术新趋势。但该电影编导毕文和费尔纳认为《傲慢与偏见》是享誉全世界的名著，所以他们没道理进行再创作，而是按照简·奥斯丁的最初意愿来拍摄。正因为他们的真知灼见，观众才能看到一部如此完整浪漫的影片。由于叙述时间的灵活性，即使电影《傲慢与偏见》中在叙事时间上进行了选择性的省略、压缩或延伸，观众依然可以在这部两个小时放映时间的影片中，看到一幅幅精彩的“古典油画”——美丽的英国乡村风光，优雅的淑女和绅士，飘舞的长裙和发辫，轻柔的晨曦和雾霭，精致的舞会和舞步以及棉麻长裙上的皱裙，一个个画面，一个个人物，仿佛都从影片缓缓出现，让观众在欣赏达西和伊丽莎白的爱情故事的同时，也欣赏美丽的风景、美丽人物和迷人的舞会。电影《傲慢与偏见》按照单一的、线性的时间流逝的方式，采取顺叙的方式来展开电影的故事情节，这与小说的叙事时间一致。当然，这种一致性，对小说和电影来说，目的是不大一样的。小说主要是为了刻画人物，而电影不仅是为了刻画人物反映情况，也是为了展示风景。在时间的流转方式上也不一样，小说的叙事顺序是依据时间的流转，以时间顺序结构全篇。电影虽然也按时间顺序流转，但这种流转运用了蒙太奇手法，大量采用空间的切换。如果说乔·怀特导演的电影《傲慢与偏见》是一部很成功的电影的话，那么这种成功的因素在很大程度上是电影改编者继承了小说在叙事时间方面的优秀成分。由此可见，如何继承小说这一传统叙事并为电影这一现代叙事所利用、所创新，应该是小说改编为电影的一个叙事策略。

其他如《悲惨世界》《复活》《雾都孤儿》《战争与和平》等世界名著的改编也采用了“浓缩”法，此处不再一一列举。

四、取 意

取意，有人称为取材式改编。编导从某一作品中得到启示，已不再把原著当成一个完整的整体，只是取其意而用之，即抽出其中的某一“骨节儿”，进行二度创作，重新构思编排，这种改编方式叫取意。有时，取意也可能把外国作品中的故事加以变通，成为本国故事，更非原著的复制了。前者如《黄土地》（1984）、《一个和八个》（1984）、《红高粱》（1987）；后者如《乱》（1985）、《一个陌生女人的来信》（2004）等。

改编自郭小川同名长诗，张军钊导演的第一部电影《一个和八个》（1984）显然没有起伏跌宕的情节、激荡人心的高潮，更多的是通过人物之间的那种无形的对立、冲突来塑造形象，表现主题。《一个和八个》在保持了“传奇性”特点外，着重于刻画亦善亦恶人物之间的冲突，从而表达一个有别于以往“善恶分明，惩恶扬善”模式的新认识，探索在象征性情境中人与人之间的对立、沟通和认同。于是《一个和八个》便有了一个非常清晰并具有遵守革命叙事规则的主题。这一个“王指导员”用自己的行动召唤着那八个“犯人”，从而认识到“作为一个中国人，具有保卫祖国，爱护自己同胞姐妹的神圣职责”。而“一个”和“八个”共同拥有的“被压迫甚至落草为寇”的背景又为革命队伍的合法性提供了充分的理由。相比之下，在保留了长诗于大扫荡的艰苦战争环境中，一个八路军指导员与三个逃兵、一个奸细、四个土匪关在了一起的“传奇经历”外，《一个和八个》还抛掉了传统战争片在刻画作战双方主要人物运筹帷幄的古典模式，没有营造一个胜负分明的高潮。影片中着力表现的犯人们与剩余的八路军战士抗击攻上来的日寇的场面，更像是一幅幅静态的照片，捕捉了在民族感的召唤下，普通中国人身上迸发的勇气和慷慨，给一部写实风格的影片增添了许多写意的色彩。于是在一段充满时代烙印的语录式旁白中，一幅幅与影片相关的表现战争和剧中人物的黑白照片奠定了影片具有“史诗”色彩的庄重基调。影片结局，面对残暴的日军刺死了小狗子，开始撕扯凌辱小卫生员的场面，在小卫生员撕心裂肺的“大叔，快逃”声中，老兵喝了一大口酒精，定了定神，把仅存的一颗子弹射中小卫生员，表现了在侵略者面前“玉石俱焚”的悲壮，呼应了影片片头的场面，形成了完整的凝重风格。《一个和八个》之“新”体现在以接近平等的视角去理解人、表现人、表达人。这一代电影人深受新现实主义的影响，注重表现人，表现真实。《一个和八个》中，人物群像是非常鲜明的，但是每一个人物本身都生动可感，这和人物塑造力求真实是分不开的。影片中陶泽如饰演的指导员王金与郭小川原著中的描写截然不同，也有别于中国电影中传统的指导员形象，他并非高大完美、善于做战士们的思想工作，而是一个言语不多、耿直坚强的汉子，完全符合影片中所设计的身份——一个码头扛活的出身。在受诬陷时，他开始也有许多顾虑，对自己的处境也产生了一些想法，但是在与犯人们的接触中，他愈发明确了自己的使命，坚定了一个八路军干部的信念，开始在这个群体中做些力所能及的事，如帮助病号、影响大家、教育大家等。他的“中国人呀……”口头禅非常有力地激发了犯人们的民族意识和抗战意识。最为可贵的是影片中的王金被塑造成一个真实而有缺点的人物。他是一个血性男儿，在土匪瘦烟鬼以言语调戏小卫生员时，他奋不顾身地扑向对方，保护自己队伍里的小同志。在土匪们以众凌寡的殴打中，一声不吭，展示出一个战士的野性和不屈。在受到战友的误解被当成叛徒奸细时，他冲动地冲向那个骂人的战士，几个人也拉不开他。在大扫荡的恶劣环境中，许科长告诉他证人已经牺牲难以证明他的清白时，他勇敢地面对死亡，并像个孩子般要求在心里小声呼个口号。

五、戏　说

戏说，有人称为重写式改编。当下在新历史主义以及后现代语境下对原著的改编，编导常常取用原著的基本故事和人物，加以后现代的重新演义和诠释。例如，周星驰的电影《大话西游》《唐伯虎点秋香》等是人们常提到的对原著进行颠覆式改编、解构、戏说的后现代电影文体。另外《见龙卸甲》《新白蛇传》《新罗密欧与朱丽叶》《赤壁》等也属此类。

分析一下以三国故事为题材的电影《三国之见龙卸甲》可以学到一点戏说式改编的方法。《见龙卸甲》可以纳入“动作、历史”类型电影的范畴，讲述历史、审视现实，构筑历史故事的“宏大叙事”，体现电影对战争、对武术的终极价值思考。但在仔细观摩了影片和阅读了《三国演义》之后，会发现该部影片不仅囊括了动作、历史等基本类型元素，还创造性地具备了战争、人生、哲理等诸多内涵，因此影片的主题不仅是对类型电影模式的一种脱离，同时也以开放多元的风格，体现了对经典主题的一种消解发散。

1. 让“神”成为“人”

关于赵云，在《三国演义》中对他人生的描写不是很多，只能从章回体形式中发掘些残缺的片断形象，然后组合成观众心目中的赵云形象：忠心、神勇、淡泊名利、是非分明、不贪色利、品性忠良等。众所周知，历史人物有三个形象：历史形象、民间形象、文艺形象，这些形象之间有着差距和联系。作为前两者，有这些品质就足够了，他只是作为一个人们心目中的历史英雄来崇拜。但如果要将其人生作为一个艺术对象来创造，只有这些是不够的，因为艺术往往是对现象本质的思考，也就是故事背后的那些东西。例如，赵云为什么有这么好的武功？为什么要去打仗？他的性格是怎样形成的以及“五虎将”独剩他一人后为什么一定要坚持老将再出征？所以，历史经典中的赵云形象是模糊和不完整的，而这部影片以艺术的角度为人物形象完整性做了个全面的注脚。在影片的叙事里，观众不仅得到了对神勇忠厚的历史悍将形象的理解，同时，关于赵云的个人形象（性格、人生观、爱情、智慧等）及社会形象（敌友关系、主仆关系等）也得到了补充，因而显得完整丰满。所以，基于这点，可以理解该影片就是成功地从三国故事支离的叙述中开掘并创造性地塑造了一个完整的历史人物形象，让他具有“人格”，完善其“神”的形象，让他具有“神”的精神，继续着观众“梦”的信仰，同时也具有“人”的生活，赋予人以无限可能、无限超越的现代性精神。

2. 积极宿命论的思想表达

“富贵在天”等的宿命论让人绝望，它不仅嘲弄作为一个物种人类的尊严，而且也无情地毁灭个人奋斗的价值。虽然源于物质世界的客观性，宿命是根本的，但宿命论并不排斥主观努力，正如古话所说：“谋事在人，成事在天。”由此可见，宿命论也可以变得积极。

在影片《见龙卸甲》中，赵子龙是一个矛盾的精神实体。一方面，他是一个相信“命运在自己手中”的人。在参加义军的时候，他表达了他的想法：和主公一起在大汉版图上杀一个圈，然后天下太平，自己有一个家。他有自己的信念和希望，而且自己也正在努力去实践，用双手来挣自己的命运。另一方面，他又对现实产生了困惑。特别是在电影的后半部分，在经历了无数征战之后，在成为“五虎大将”中的独孤将军之后，在被兄弟罗平安嫉妒出卖之后，在兵败被困凤鸣山之后，他又重新对命运进行了反思。这时，“棋子”进入他的人生字典，似乎自己一生只是在一个结局已定的游戏中挣扎。与他和罗平安在凤鸣山独叹“是老天爷的一颗棋子”遥相呼应的是，另外，前面曹操也在凤鸣山向孙女灌输了“天下全是你的棋子”这一思想。赵云演绎了怎样的命运观？“‘卸甲’代表着重生的含义，赵云从一个无名兵到一个引领千军的大将，到最后他年迈请缨赴死的壮丽，电影表现了他一生中经历的这个重生过程。”追寻导演的思路，透过影片的叙述，可以发现，赵子龙身上体现的正是一种积极的宿命论思想。他戎马一生，战绩累累，从无败阵。一个坚信命运在自己手中的人，跟随主公刘备，在版图上走了几十年的大圈，奈何“时不予蜀”，直到生命的最后一刻，也不能实践自己最初的信念与梦想，实现天下太平。在同强于自己的敌人交手时，赵子龙表现得睿智神武、品高德重，凭一己之力抗衡大魏，但也只能延缓蜀国的颓势，不能扭转乾坤，改变历史。尽管如此，他没有消极回避，从他的“我赵子龙从来都不是什么常胜将军，但没有胜，何来败”，及最后一幕依然义无返顾的只身杀入敌军的镜头可以看出，他选择的是以一种积极进取的心态来面对历史所缔造的个人及天下的宿命。他的胜利成就了蜀国，但蜀国并没能维持天下太平。天意既然如此，他明白了自己的使命已经完成了，他的失败或许会成就大魏的胜利，大魏的统一或许能带来和平。他脱下盔甲，卸下了大蜀国压在他肩头的一份担子，自个儿去了，去另一种生活，没有战甲、没有战争，没有国家争斗的、美好的、平凡的生活。

卸甲，反映赵云最后升华了的情操，他不再以常胜之名为功，心念天下苍生，求“和平乃武德之上义也”。《见龙卸甲》在主题上追求多元，其开放式的结构，没有刻意向任何类型靠拢，也没有追求任何模式，只是拿三国人物赵云来讲故事，讲一个“哈姆雷特”式的故事。所谓开放的命题没有绝对的答案。每个人都可以有自己的理解，每个人的理解都是影片主题的一个注脚。影片超越了原小说的战争主题，也超越了动作、历史类型影片的英雄、悲喜等模式化结构，在后现代语境下，构建了多个无中心主题，无主题实际上又赋予了影片深刻的思考。留给观众的，是在电影的庞大叙事之中，有着电影造“梦”人与影院寻“梦”人之间的精神契合。

3. 拼贴式的影像表达

后现代主义者割断联系，声称实存的全部都是一些断片。他们喜欢组合、拼凑，或者割裂的文学对象，在内容、形式上选择并列而非主从的逻辑关系，把并无联系、处在不同时空层次的叙述衔接在一起，是一种主体的消失，成了断裂的平面幻象。承传下来的诸多经典文化，新生的诸多流行元素等，都为这种电影形式多元化的要求提供了丰富的材料，而詹姆逊提出的“拼贴”则同时提供了很好的技术手段，用死去的语言为电影形式的多元说话。

拼贴是后现代主义文学作品中的一种艺术技巧。它是指将各种不同性质的文本（如文学作品、哲学、历史和神学著作以及日常生活中的俗语等）组合到一起，将这些非连续性并不相干的片断拼接起来，构成一个似乎有内在关联的整体。在《见龙卸甲》这个电影文本中，可以将定义中的“文本”理解为影片的“形式元素”，无论是其人物造型、文本结构、道具还是人物语言等，都或多或少体现了拼贴的特点：以众多各具意义的能指，创造出新的所指。

电影叙事中少不了人的存在，而人总是以一定的角色进入故事的，起着联系影片各元素与推动情节发展等核心作用。影片角色的塑造是否成功，对电影的价值有至关重要的影响，而对于角色的理解，最直接的切入点莫过于其造型。在《见龙卸甲》中，众多角色的造型都令人耳目一新，拼贴出了鲜明的个性特点。

（1）赵云。在《三国演义》里面，关于他的描写为：“身长八尺，浓眉大眼，阔面重颐。”由于出场时多是白马银袍，加上一些影视剧的反复强化，因此人们对于他的外表形成的印象就是一个跨着白马，提着银枪，俊秀的白袍小将，一个白色的神话。而在《见龙卸甲》中，对这一形象做了很大改动，甚至有些叛逆的意味。饰演赵云的刘德华在影片中一共有三套行头：

① 黑盔黑甲。头盔顶部浑圆，边沿扁平，跟当下时尚的经典圆顶高统帽风格相近；腰上挂着的方形随身包，则跟当下时尚的新款帆布背包有异曲同工之妙；手中的锯齿长剑，让他看起来更像是“日本武士”“二战英军”“高丽将领”的混合体。这是赵云在影片的前半部分战争场面的打扮。

② 白巾白袍。这身装扮的色彩在某种程度上是向经典的回归，但白色的头巾又让其具有了“嘻哈”的风格。这是赵云在当小兵及加冕为“五虎大将”时的打扮。

③ 绸缎锦袍。这款战袍，大量使用光泽度极高的绸缎面料和经典的菱形压纹，配上高腰马甲，把先锋派和传统元素做出完美的结合。这是赵云在功成名就时打扮。

以上几款造型，颠覆了人们心中赵云经典的白色形象。三种装束除了具有一定的叙事意义分别映照赵云人生中的不同阶段外，也非常具有视觉效果，是中国美学式的现代流行元素的拼接。如那个头盔，一个灵感是来自“中国的壁画”，同时“参考了台北故宫南巡殿里面的造型”，还具有“飞碟”的影子和日本漫画的形象特点。用导演的话说就是“用更多的资料把中国的美重组，让刘德华好看，让观众相信那就是赵子龙……所有的设计元素，是建立在中国美学基础之上的合理想象，是中国式的美感表达”。

（2）诸葛亮。在三国故事里面，诸葛亮也是一个完美形象，是大家心目中的文圣人。他“身材颀长，面如冠玉”，并且温文尔雅，风度翩翩，高深莫测，睿智老成。而在影片中不多戏份里，观众所看到的诸葛亮是一个被戏说的形象——

单眼皮小眼睛，留着长须，无神慵懒，吃相难看，并且还时常会点冷幽默。例如，在出场时对着一大箱战利品狼吞虎咽；在安排好劫营计划后，背起破背篓，故作神秘地“赶往别处救援”；后蜀取六郡的誓师会上，面对执意出征的年事已高的赵子龙，他说：“子龙，我们都一把年纪了，都是靠一些美好的回忆而活着，这次出征，你就不怕连这些美好的回忆也失去了么？”片中通过对不同人物的行为、语言、着装、相貌在诸葛亮身上的戏剧性拼贴，融合了经典中诸葛亮的书生气质，江湖郎中的行为打扮以及现代人的语言特点等，为观众拼接出一个新的略带喜剧夸张色彩的人物形象。

（3）曹婴。在《三国演义》中并没有曹婴这个历史人物，属于该影片创造的角色之一。根据影片的叙事，曹婴是曹操的孙女，是赵云迟暮之年的劲敌，同时也是他“战地之恋”的对象。对于这个新生的人物形象，片中的镜头描述是：一个美得像雪一般的少女，一头长发，一身盔甲武装，威风凛凛，弓马娴熟，除了会舞大关刀，还弹琵琶。她可以说是本片中一个至关重要的人物，她是为数不多贯穿影片始终的人物之一，无论是对主题的表达和对情节的联系发展，还是丰富影片的形式等方面，都有很大的作用。因此在叙事形式上，她是一个多棱的立体，是一个多元的拼贴：首先，她作为曹操的孙女，具备军事家的特质（懂战略战术，有勇有谋等等）；其次，作为一个将感情交付战场的女杰，作为一个男人的恋爱对象，她又必不可少地具有传统女性的特点（美丽、长发、柔情、有情趣等）；最后，作为赵云的敌人及他光辉一生的终结者，又有狠毒、狡诈的特点。影片在这一角色上的内在拼贴，塑造了一个多重的矛盾的人格形象：她既是一个可人少女，又是一个沙场悍将；既能弹奏琵琶“静如处子”，又能挥舞关刀“动如脱兔”；既是一个完美爱人，又是一个阴险仇敌。

4. 叙事：拼贴与缝合

影片从中年时代的赵云讲起，以三场大的战争为基点，反映了赵云从参加义军，一战成名，然后闻名天下，最后回归战场，获得“重生”的传奇一生。影片的剪辑，产生了三条叙事线：蜀国赋予的征战使命，与罗平安的兄弟情谊及与妻子的爱情，它们共同拼贴出完整的赵云的一生。

首先，在各条线内部有一层拼贴：赵云一生多数时间都活在战场上。而影片却只选取了三次重要的战役来表达他征战的一生，即义军前线偷袭魏营、凤鸣山救主和凤鸣山最后一役。其中，第一次和第三次是影片的创造，是为了突出人物的神勇和有助于主题的表达而设置的，第二次则是将“长坂坡救主”的主题和“兵困凤鸣山”的地点进行了错位组接，由此，这三次战役拼接出了赵云光辉的戎马生涯。

关于赵云的兄弟情谊，在三国故事中只限于他所处的政治关系中，而本片却有了一个“小兵”式的“大哥”——罗平安。罗的出现既充当影片的叙事视角，也丰富了主角。罗既是赵云心中的“大哥”，又是他手头的“小兵”，矛盾的角色设置，使文本的叙事层发生断裂。因此，影片也不是一味以罗的视角来表现，而是不停地在“第一视角”与“全知视角”之间来回切换，以缓解矛盾，影片通过对罗平安与赵云的断裂式接触的拼贴，讲述了赵云的兄弟生活。

对于赵云的爱情，三国故事中更是少有描述，似乎他是心怀天下的大英雄，极力向一个传统儒家社会武将和人臣的要求靠拢，爱情只是一种奢侈。在影片中，这条线索是两个片断拼接起来的。一个是赵云与祖籍常山一个表演皮影戏的女艺术家的爱情，另一个是与曹操的孙女曹婴发生的战地之恋，后者相对比较含蓄。通过仔细比较可以发现，两个女人，两段故事虽有一些不同，但在内涵上却是一致的：都体现着赵子龙对青春美丽的追求，都在用不同的方式诠释着对赵子龙生命完整的思考（女艺术家用纸糊灯笼，曹婴用终结的号角），都是赵子龙所秉持的信念的表达等。因此，对于影片中赵云的两段恋情，与其说是两个完整的故事，不如说是一个破碎的贴图。

其次，在线索之间，也是通过相互的穿插，并列前行，互相映照，不时的闪回（如片末赵子龙的回忆等），不时地插入一些戏剧叙事（如常山皮影戏，关、张、赵三人凤鸣山大殿大打出手，五虎上将“加冕”，蜀魏将士在火箭当中依然高呼着“蜀国万岁”“魏国万岁”举刀互砍等），又形成了另一层拼贴。

多层的剪辑与叙事的拼贴，不但体现了电影这种艺术在技术上的后现代精神，同时使影片获得了“一些概念或诗意的需要”。①

5. 道具的“拼贴”

影片中也有不少的道具存在，虽然不是具有独立意义的电影元素，依附于一定的主体，但仍然可以从中发现创作者的后现代拼贴意识。

（1）锦囊。锦囊最初其实就是用好看的或质量好的绸、缎、帛等做的用来装信函的袋子。在罗贯中《三国演义》第五十四回中：“汝保主公入吴，当领此三个锦囊。囊中有三条妙计，依次而行。”小说里一般写足智多谋的人把对付敌人的计策写在纸条上，放在锦囊里，以便执行任务的人在紧急时拆阅，俗称“锦囊妙计”。后来其意义得到的延伸，比喻有准备的巧妙办法。在影片中，有一次

① [德]鲁道夫·阿恩海姆：《电影作为艺术》，邵牧君译，中国电影出版社1981年版，第73页。

锦囊的出现，就是在后蜀欲取六郡，誓师会上诸葛亮给赵云的一青一白两个锦囊。在这里，除了引用了经典小说中锦囊的引申义外，同时搭配了一些现代的元素。在以往的影视剧中，锦囊都是用布做的袋子，袋口处用绳一拉，便称之为囊。而在这部电影里，锦囊则是一个木盒，打开来左青龙右白虎，用锦布衬底，青龙青绿色，白虎银色，还有一个金的蝴蝶拴在里头。这么一个小道具，就把当今时尚界最流行的颜色和元素展示给观众。

（2）面具。影片中有一次独特的战争场面，即在故事开头部分，一个雷雨交加的夜晚，包括赵云在内的刘备前线义军头戴面具劫扰曹营，以少胜多，大获成功。这次战役其实是日本战国时期“桶狭间之战”的翻版。当时，豪雨使得驻防一方士兵无法发现敌人接近，当战局一开，又无法看清情况无法部署部队，因此无法面对敌人举枪，仓皇中导致大将被杀，结果织田信长以三千人击破两万多人。因此，面具的设置除了“使场面深刻，好看”之外，也是为了使剧情合理，保持经典的合理内核（以面具来加强突出战役中的视觉盲点）。此外，面具也是该战役“偷袭”的一种注解，同时其夸张凶恶的相貌也为刘备义军增添了不少勇不可挡的气势。

（3）琵琶。琵琶是我国历史悠久的弹拨乐器，木制，音箱呈半梨形，张四弦，颈与面板上设有以确定音位的“相”和“品”，南北朝时由印度经龟兹传入我国。在后现代语境下影视的逐渐发展过程中，尤其是在很多动作古装片中，赋予了琵琶新的功用，它由一种乐器变成了双方较量时的一种利器，具备了无形的杀伤力。例如，在《东方不败》《六指琴魔》等影片中，均有这种功用的体现。在《见龙卸甲》中，曹婴端坐点将台，手扶琵琶，一曲《十面埋伏》，扰乱了蜀军军心，为自己赢得士气上的优势。这里，道具元素琵琶的出现不仅保留了琵琶这一乐器基本功用及音乐能渲染情绪的特点（吸收了军事战争“心术战”的思想），并借鉴了后现代影片中对其在功用上的颠覆，同时通过与后面舞大关刀的对比，塑造了一个中国传统美学中动静结合的艺术形象。

影片中还有如火药、武侯战车、军旗、头盔及探子的服装等诸多有后现代拼贴特点的道具元素，在一个较细致的层面上构筑了无历史感的平面贴图。

6. 对　话

《见龙卸甲》中人物的语言也颇有意味，不仅为影片营造了一种后现代语境，且对片中人物性格的塑造达到了一种拼贴的艺术效果。如在影片开始部分赵云出场时的对白：

罗（罗平安）：籍贯？

赵（赵子龙）：常山。

罗：姓名？

赵：赵子龙。

罗：离开家乡多久了？

赵：我想大概差不多两年了。

罗：为何想当义军啊？

赵：想尽点力，希望太平后能有个家。

罗：你觉得我们会赢吗？

赵：我相信，命运在自己手中。

从对话的形式及内容逻辑来看，这段语言描写无非是现实企业招聘人才进行面试的一种戏仿，罗平安充当了考官，赵云充当了应聘者，大体一问一答形式及问题构成框架没有改变，场景设置也是像模像样，只是对其中对话部分的概念进行了置换：以“籍贯”置换“毕业院校”，以“离开家乡多久了”置换“有多久的社会经验”，以“为何想当义军啊”置换“为何选择我们公司”等，以适应当时的社会情境。影片的这种表现其实有着明显的现代企业管理思想。以刘备为核心的刘氏集团，为了自身的发展壮大，自然要招募有理想、有见识的社会青年人士作为其后备力量，因此严格的招聘程序是必要的，故而影片出现了这样一段富有针对性的现代性很强的对话。

影片中关于诸葛亮的塑造主要就体现在其语言的冷幽默上。“冷幽默”是那种淡淡的、不经意间自然流露的幽默，本质上幽默，但形式上却表现得“冷”，让人回味无穷。关于这点，在后蜀誓师大会上，有几句他与赵子龙的对话，有很明显的体现：

诸（诸葛亮）：将军乃五虎大将所剩唯一一人，况且年事已高，若不能取胜，恐怕动摇将军一世英明，更挫蜀中锐气。

赵（赵子龙）：老将为主公鞠躬尽瘁。先帝在上，统一中原指日可待，臣誓死出征。

诸：子龙啊，我们都一把年纪了，都是靠着一些美好的回忆而活着。这次出征，你就不怕，这些回忆都失去了吗？

赵：老将厮杀多年，回忆早已模糊……

这段对白明显是一种语言的错位拼贴。因学识、职业、民族、地域等因素的不同，每个人都应该呈现出不同的语言习惯，一旦这种人物和语言之间的对位被打破，就会产生特殊的效果。以诸葛亮的身份地位及其学识，是不可能随口说出这种话的，至少在形式上不能如此直白、简陋。通过对前后语言的比较，观众也可以肯定地判定这绝对不是白话文直译的盲点体现，而是影片有所思考的刻意表达。作为忘年之交，罗平安似乎也可以说这句话，但诸葛亮在身份、经历等方面与话语的内容更为贴近，暗含了赵云逝去的人生价值。此时的诸葛亮并不仅是为了剧情的需要而承担该语言的载体，同时也是为了自身形象的突破，一个理性的智者贴上了感性的标签，冷幽默形象跃然纸上。

关于赵云的兄弟罗平安的语言也很有特点。下面是他的部分台词：

"我常山罗平安，既生于乱世，胃口要大，梦想也要大……"

"版图在我心中……"

"记着，一跑出去，随便绕几个圈，轻轻松松地把那个没用的阿斗给捡回来……"

"男儿浩气，要立功就要立大功，这一仗可真够大的。"

"常山罗平安领命！"

一个典型的语言与身份、实际脱节的矛盾精神个体。通过影片的描述，可以知道，罗平安一直是一个原地踏步的小兵，心胸狭窄，缺乏远见。而他的语言却充满了英雄气，且有一定的预见性（如在阿斗还不能开口说话的时候就已经预见了他"没用"，后来阿斗也确实被证为无能），与他的表现完全相左，在此也是语言的一种错位拼贴。《见龙卸甲》除了在上面所述的人物造型、剪辑、道具及语言方面有典型的后现代拼接特点之外，其在音乐、色彩等其他方面也有一些类似的特点。影片的主题音乐，令人荡气回肠，不同乐器的演奏丰富了其叙事和表现手法，又反过来消解了其主体性，使影片的感情基调处于无限的延伸与变换中。色彩上，影片以青黄色为主，建构了黑魏绿蜀的新历史形象。并融合白、红等多种色彩元素，以多元的色彩来表现历史。

六、其　他

还有一些改编的实践，也可划为取材式改编的范畴。如黑泽明的《罗生门》，主要内容来自芥川龙之介的短篇小说《筱竹丛中》，叙事框架来自芥川龙之介的另一部短篇小说《罗生门》，电影是两篇小说的复合。电影《法国中尉的女人》在改编时则以原著发生在维多利亚时代的故事作为一条线索，又增加了另一条现代生活故事的线索，双轨并行。

从影视改编的实践上看，事实上改编的方式是多种多样的，不必拘泥于某个固定的模式，自缚手足。

第四节 改编的基本原则

一、改编的选择与要求

1. 对原作的选择与要求

从客体上讲，原作要具有下列条件，影视改编才会达到预期效果。

其一，有较高的审美价值。

在全世界电影总量中，由文学名著或小说改编成电影的比例不小，约占 1/3 以上，且往往产生的影响和观众量远大于小说的读者量。为何历史和当代名著一再被改编为电影和电视剧，这是因为这些文学作品已经为人们所认可和熟知，其审美价值是不言而喻的。

其二，有较大的社会效应，能得到尽可能多的观众的关注与喜爱。

其三，原作与改编者的创作个性、生活经验有较多的一致性。

其四，原作的内容要具有较强的画面感和运动感。

2. 对作者（编剧、导演）的要求

从主体上讲，改编对作者（编剧、导演）的要求也极高。

其一，改编者需要熟悉原著，其中最重要的是改编者的生活积累。

作为改编者，一定要熟悉原著的生活。必须经过各种努力去体会原著的生活和精神状况。选择什么样的作品来改编成电影，一般要根据现实社会和时代的需要、观众的欣赏热点以及作品本身的美学价值来决定。

其二，改编者要处理好忠实于原著和再创造之间的对立统一关系。

改编就是用电影思维对文学作品进行一次再创造。既不能照搬，但又必须忠实于原著，保持原著的精神和精髓不变。首先，改编者应深刻而准确地理解原著。领会原著的思想精髓、创作意图和艺术神韵，这样才有能力把握它，进而驾驭它。应在保持原作内容和风格的同时，根据特定的题材，努力寻求与原著尽量相适应的电影形式，而不要强求改变原著以适应电影的表现手段。把文学语言转化为电影语言时，必将面临这样一个问题：对电影的构成要素进行再创造，即创造电影的时空、画面和声音。

其三，改编者还需要具有丰富的知识、超群的想象力、精湛的艺术才能、深厚的文学艺术修养以及对影视艺术规律的熟练掌握与运用。这五个条件，全面概括了改编者的基本素质，并揭示了改编与其他学科的融合。

在做改编的总体艺术构思时，必须对原作进行改造，使之更适合电影的可视造型特性。除了可视性外，可听性也是一个方面，电影是一门视听艺术。另外，在文学作品改编成电影时，必然会碰到对原著中的时间、空间的再处理问题。改编者应当充分利用电影时空的极大自由，将原作的内容作重新结构。

其四，影视剧改编是否成功取决于导演的自身条件。

黑泽明根据芥川龙之介的短篇小说《筱竹丛中》和《罗生门》改编了电影《罗生门》。芥川龙之介小说中简单的故事、简单的人物、简单的场景，在黑泽明的手中变成一部发人深省的不朽之作。《罗生门》中的人物，几乎代表了人类的全部：强盗、武士、农夫、弱女子、游手好闲者、僧人、官老爷等，为观众呈现了一出精彩绝伦的人性演出。即便知道自己一定会被判死刑，强盗仍不忘夸大自己的勇敢，把自己塑造成一个武艺高强、有情有义，为了真爱献身的真爷们儿，而事实上，他胆小如鼠、龌龊邋遢，根本不知道爱是何物。弱女子则认为自己是个贞洁烈女，软弱无助，求死不能也不愿苟活偷生。甚至连已经死去化作鬼魂的武士，都不能直面自己，他借助巫师之口诉说妻子的无情、强盗的可耻和自己的伟大。更精彩的是，连描述者农夫，尽量还原真相的同时刻意掩盖了自己见财起意的初衷。这部具充盈着存在主义哲学意味的电影，所揭示出的人生真相，像锋利的刀刃划过皮肤一样，既痛且快。真相是，在这个世界上只有事实，没有真实，叙述者越多离真实越远。每个人都是从自己的角度去看世界的，都遵从经济学中的理性人假设，追求自己的利益最大化，武士、强盗、妻子、农夫莫不如此。所以说，真理是丑的，真实是不重要的。还好，最后不忍尽数人生之绝望的黑泽明让淳朴善良的农夫勇敢地承担起人类自我反思和直面人生的重任，像是漆黑的黑夜过后让大家看到一点破晓的微光。就着这点儿微光，人类才有勇气一直繁衍生存了下来。

其五，改编的作品要给编导者留有产生细节和知识的空间。

二、改编的原则

1. 相似性原则

最基本的时代背景、情节事件、人物性格、人物关系等，必须与原作保持一种相似性，否则就会造成对原作的歪曲、篡改。

2. 整体性原则

为了重新构造一个独立的艺术整体，因而，对原作的修改、加工、创造都必须服从总体的需要，并以此为核心，确定作品的主题、人物、情节、结构、场面、细节等。

3. 影视化原则

改编时不仅必须尽量避免、删除、转化原作中那些不能通过视听手段加以有效表达的内容，还需把原作的内容转为视听形象。

1. 文学艺术与影视艺术的共同之处在哪里？不同之处又在哪里？

2. 阅读张爱玲的小说《色戒》，对比李安的电影《色戒》，谈谈你对这部电影改编的看法。

3. 从你喜欢的小说中，选出 10 页内容（必须包括两个以上的人物和一些对话），以你节选的这部分小说为基础，准备一个合适的标题，撰写大概 3～5 页的标准格式的剧本。只写出动作（谈话和行动），不要使用非视觉的叙事手段，如画外音、旁白或者文字解说等。

第八章　影视剧作的区别

第一节　概　说

“影”“视”两个字，经常被人们放在一起。“影”就是电影，“视”就是电视剧。“影视”是电影和电视剧的合称，两者相互交融又相互区别。从影视剧作上审视，对于电影与电视剧的区别，人们做了各种各样的归纳和阐释。

有人说：电影是浓缩了的电视剧，电视剧就是许多部有联系的电影的组合。

有人说：如果说电影像一辆小汽车的话，电视剧就是一列火车；电影小巧精致，电视剧宏大壮观。

有人说：电视剧是快餐，没有特点；电影是饮食文化，源远流长。

有人说：电影是“阳春白雪”，电视剧是“下里巴人”。

有人说：电影讲究的是压缩，电视讲究的是铺张。

有人说：电影对话少，电视剧对话多，两者推动故事发展的手法不同。

有人说：电影像酒，电视剧像茶，会喝酒的会品尝酒到底好在哪里。但只要是能喝茶的，觉得味道清香就行了，因为不会品茶的人太多了。

有人说：电影用眼睛说话，电视用嘴巴说话。

有人说：电影电视都是讲故事，但电影更多的是人的反应，而电视中更多的是反应的人。

有人说：电影是导演的艺术，电视剧是编剧的艺术。

下面是当下既拍电影又拍电视剧的导演所谈到的关于电影和电视剧的异同，这对初学编剧者来说是颇有启发性的。

管虎（电影《头发乱了》和电视剧《黑洞》《古城童话》的导演）说：

> 1. 从来没有谁说过电视剧是一个庸俗的东西，相反都认为电视剧是一方天地，它可为。只不过因为我们制作的水准和制作的环境太粗糙了，所以一直不敢做或者说没机会尝试，有机会都是想尝试的。
>
> 2.（电视剧的）好坏标准跟电影不一样。电影很多标准，电视剧

就一个标准，就是老百姓爱不爱看。如果老百姓大多数人喜欢、爱看，就是一个好电视剧，别的都是废话。我觉得是。

3. 我做电视剧，我一直想尝试做不是那样打上灯、支上机器就去拍了，我希望能够稍微琢磨一点，弄一点有意思的东西，然后大家说："哦！ 电视剧也能这么拍啊！"就在相同的投资和时间条件下，我觉得还是有可为的余地。电影就是没什么可说的了，那就不能考虑太多，必须得纯洁一点。电视剧就应该为观众多考虑点儿。

4. 长期以来一年几千部几万部集（电视剧），可以说从业人员素质不是很高。大家都是一种习惯性的生产流程，我觉得是那样，怎么拍差不多都那样儿了。其实我倒觉得，当然一个电视剧有十个电影的长度，人的精神、体力各方面都耗到极限，但是也是差不多三四天一集，或者也是这么大投资条件下，还是有很多可能性让你稍微弄好一点，我觉得有可能。就像一些电影人不仅是素质问题，他可能与生俱来或者培养出的，他希望好，虽然各种条件、压力压着他不可能像电影那样精雕细琢，但这劲儿还在一直坚持，所以未尝不是好事。把电视剧的制作方式稍微改一改，因为这个东西我觉得老百姓还是能看出来，就是你哪怕影像稍微精到一点，故事讲得稍微流畅一点，人物多多少少丰满一点，我觉得都是能看出来的。但电视剧不能当电影拍，这是肯定的，当电影拍非死定了。电视剧它有自己的特性，那点特性我也没摸着门，但是至少有一点你说对了，它松快多了。就是技术上也是，有很多办法，因为电影它长度短嘛，它需要笔墨很集中、很讲究，所以有些手段就不能太用。电视剧就（可以），因为它抻得太长，所以有很多在电影用不了的手法可以在这用一用、试一试。还有一件事就是它说话的自由感稍微强一点，管辖的稍少一点，这是真的。

5. 从制作方式来讲，再好的投资环境也要求制作方式往快了走，因为它周期要求就是短、平、快。然后，你比如说一个电视剧 200 多个场景，你面临的事情就是你不可能每个场景都像（拍）电影一样选到了，而且把它制作了，所以很多时候会面临着去了就拍，看看大概是这个意思就可以。这种方式在我们来说就有点不可忍受，但电视剧是必需的，长期做下来形成习惯性做法以后，对人对创作绝对是有害无益的。所以电视剧是不可以多做的，就是在生活困难的时候或者是你真正想拿电视剧说事儿的时候，可以偶尔做一下。

6. 比如说我用我的心去做的一部电影，我把电影的商业属性剥离了以后，我去找它自己最本质的东西。我这样做的一部电影你愿意来看，我很高兴，你不愿意来看，我也很高兴，我就是这么想的。而电视剧来讲就是完全反的，我必须让你来看，这是本质，如果你看了，它就是好电视剧，人可以做两件不同的事。

7. 有机会还是把电影做好，这个是第一位的。但是电影这种事它不是说你做完一件就做（下）一件，它肯定是有个漫长的过程，这个过程有时会很寂寞，这是肯定的。如果真耐不住寂寞或者有好剧本，肯定还要做电视剧，因为首先就是我面对这件事的时候我不再害怕了，这就特想再做一回了，还一件事就是它带来很多经济上的收益，你人得活命啊。

郑晓龙（电影《刮痧》和电视剧《渴望》《北京人在纽约》《金婚》的导演）说：

1. 电影和电视剧完全是两种思维，你要把这分开，一个是电影的思维，你要考虑到画面，考虑到一些细部的地方。比如说演员表演和电视也不太一样，它有相同的地方也有不同的地方，因为电影放大到特写以后非常大，所以说它的视听效果，它给人强制的效果。电视很大的难度是它要吸引观众，怎么把观众吸引住，因为观众在家里他可以随时调几十个频道。电影只要你第一次把观众骗进去后，你从外面的宣传也好什么也好把他骗进去，进了影院他就跑不了了，而那个钱花了他一定要坐那儿从头看到尾，也许前面不吸引人没关系，最后让他感动就成，但电视不成。电视前面三分钟你要把人吸引住，所以说电视在某种意义上这方面难度还更大一些。

2. 电视剧由于它的回收啊，它的市场啊等等。使电视剧做得越来越精致了，再包括很多电影导演也来拍电视。但是说实在话，他们想细致我觉得也不大可能像电影那么细，因为它（电视剧）的预算就那么多钱。我觉得很多电影导演来拍电视剧看着也很粗糙，因为资金在那放着呢。来可以有很高资金让你去拍电影，很多钱，你比如说我拍一个电视剧二十集容量的价钱基本上是你拍一个电影的价钱，这样呢你的时间、你的资金都可以让你花那么多钱去拍。那么现在呢，你拿这个资金去拍电视连续剧，你就不可能那么细致。

3. 我有时候跟他们（电影工作者）说，你们电影（是）一种破落贵族的心态。使他（电影导演）会觉得这种心态越来越不好，干脆把这个心态放掉，我重新来。我作为一个平等的心态，我发现有些电影人不接受电视人的（建议）。他虽然原来搞过一些电影，不接受电视（人的意见），那你不接受不成。冯小刚搞电视的搞电影，他的票房就是那么高啊？就有那么多观众喜欢他啊，为什么呀，因为电视（剧）导演包括创作人员，他有一个非常重要的训练，这个训练就是他把电视当作观众，把他做节目当成为观众服务的心态，而不是搞个人艺术的这种心态。

4. 我觉得电视剧最重要的不是导演，电视剧最重要的首先是你的文学功底，你对剧本的把握是最重要的，其次呢才是演员表演。我觉得有些电影导演未必能拍好电视剧，有的电视剧导演也未必能拍好电影，这两个是互相的。

5. 比较平等的心态写老百姓的生活，写老百姓愿意看的东西，这点是特别特别重要的。

黄建中（电影《良家妇女》《过年》和电视剧《笑傲江湖》的导演）说：

实际上电视的主动权在每一个观众的遥控器上，电影的主动权在导演身上，我引导你去看。所以如果说电影过去费里尼说可以提出“创造观众”，电视剧要创造观众远比电影难，所以我觉得电视剧的第一手段实际上是讲故事，就是把中国传统的讲唱文学变成生动的画面。那么有时我们电影导演容易进入一个误区，还是把故事淡化了，或者故事的节奏慢了。你想电视剧的故事节奏一旦慢了，观众马上就换台。所以这一点就跟电影完全不同，电影它抒发某种情绪的时候你必须把节奏放缓了以后它把生活的某个细部扩大到很长，在时间和空间上无限扩大。而电视剧一般的没有特殊的意义，是不允许把时间和空间无限扩大延长。这点就是有本质的不同。

对电影和电视这两种至少起初很相似的传媒加以比较，比对书和电视的比较更有意思。电影和电视都是集声像于一体的媒体，主要用于提供娱乐和信息，都沿用叙述性故事的习惯方式。

外国电影导演埃利斯认为电影和电视主要有四个方面的不同：

其一，电影主要是构思一桩公共事件，本身具有完整单一的表演特点。对比之下，电视则是常常把一系列片段的东西编成系列片或连本电视剧，并以此作为其主要表现形式。其收看方式比较随意，以个人或家庭形式进行。电视的这些制作和收看方式使它具有自己的一些特色。电视基本上是一种家用媒体，它的节目一般锁定的是家庭观众。此外，电视采用口语化风格。它与观众的交流方式与其在此家庭中的地位是相符的。它似乎成了家庭谈话的又一位参与者。

其二，电影技术的发展使电影在画面和声音的质量上比电视要好得多。电影的逼真效果给观众以特别强烈的感受，使他们认同电影里发生的一切。看电影要求全神贯注，而电视观众偶尔分个神也无妨。埃利斯说，看电视常用的方式是扫视而不是盯视。眼睛一刻不离电视机——盯着电视看——常常被认为不是很适宜。

其三，电影与电视叙事形式不同——安排故事情节的方式不同。电影故事通常以某种杂乱无序的状态开始，然后是一系列跌宕起伏的情节发展，再到无序状态的结束，最终恢复到平静。电视则没有这样的结局，它表现的是一套不完整的、反复的片段内容。电视系列片或连本电视剧就很典型。每集电视剧自成一体，但很难找到贯穿全剧的结局感。节目的连贯性不是由故事本身而是由人物和地点串联而成。

其四，电影和电视对观众的看法不同。电影认为其观众是在忧喜交集中等待着故事的结局。从某种意义上说，观众的受控方式如同读书人的受控方式一样，而电视贴近观众运作的成分要大得多。电视如同一双眼睛，借助它，观众可以观察世界。所以，借用埃利斯的话说，就是观众把“他（她）自己的视野交给了‘电视台’”。

就形态与体例、结构和书写方式而言，电视剧文学剧本是以大的“分集”和小的“时空场景”结构书写全剧的文本的。一般来说，一“集”的时间容量大致上是 45 分钟左右，每一集的“时空场景”大致上是 35 ~ 45 个左右，剧本字数大致上是 15 000 字左右，前一集和后一集的勾连可以有许多方式，但基本的是悬念设置和破解。在这方面，电视剧文学剧本类似于电影文学剧本，但是，电视剧文学剧本的总体长度比电影文学剧本要大得多，而长度的巨大会影响到文本构成和叙事策略、叙事手段的诸多差异，比如人物可以更多，故事可以更复杂，环境可以更多变化，又比如时空可以更多一些，线索可以更错综复杂一些，节奏可以更慢一些等。既然它的形式是画面和画面组合，电视剧文学剧本就要求剧作文学家充满蒙太奇的艺术思维，剧作文学家满脑袋都应该是画面，是彩色的连续的活动的画面，一切文字的戏剧情景描述、情怀抒发和艺术感悟的阐释都应该能够转化为画面，而不能只是供案头阅读的文本。无论是频繁的短切镜头组合，还是长镜头画面，一切画面和画面的组合都要注意遵循严格和缜密的“语法”以求叙事清晰和流畅，都要在“修辞”上下功夫，用最佳的画面表达求得叙事的深刻和生动。电视剧文学剧本还要给整个电视剧创作团队中的其他艺术家们留出再创作的空间，这些艺术家包括导演、演员、摄像师、美术师、录音师、服装师、化妆师、道具师、灯光师、音乐家、舞蹈家、剪辑师等，使这些艺术家有余地共同营造电视剧画面的“通感美”。

从一般的意义上说，电影故事片和电视剧的区别很小，因为许多影片也经常在电视台播放，观众就像收看电视剧一样的通过电视接收机来看电影。二者的相同之处甚多，区别较少。

电影艺术经过一百多年的发展，已经形成了一整套比较完整的表意体系，电视艺术诞生后天然地继承了电影艺术的表意手段，结成了真正的姊妹艺术。但当电影艺术积累的经验具体运用到电视媒介的时候，实践证明，电视艺术必须面对自身的一些特点。我们也因此应该清楚地认识到媒介特性所决定的二者在媒介具体构成方式上的差别。

从发展过程看，电视剧的产生曾一度对电影构成了威胁。世界电视业的兴盛最早在美国出现，美国 20 世纪 50 年代的电视热使得这个以“好莱坞”为代表的“电影王国”深感恐慌，引发了美国电影和电视长达十年之久的一场错误“战争”，同时也促使很多理论家开始思考电影和电视的关系问题。由于两者的冲突带有明显的商业竞争性质，理论界也大多从文化工业的角度出发探讨电视对电影的冲击。

麦克卢汉从传播学的角度对电影和电视的特性进行了区分，他将电影称为人们投身其中的“热媒介”，将电视称为人们和它保持一段距离的“凉媒介”。把电影和电视放到传播者、传播媒介、接受者和传播方式这个不可分割的传播系统中加以比较，为考察电影和电视之间的关系带来了新的视角和研究思路。传播学认为，电视这种新兴的电子媒介实现了人类视觉和听觉的极大延伸，是一种视听兼备、声画并茂，既具有新闻属性、知识属性、广告属性，又具有艺术属性和娱乐属性的大众传播媒介，同传统的电影存在着诸多差异。

接受方式上差异，对两者内容构成和审美功能提出了不同要求。对于电影来说，每部影片都是一个完整的文本，艺术家通过电影的结构、电影语言的构成方式和表达方式等各方面的因素来共同完成意义的表达，而且是一种独立的、完整的意义表达。它要求电影艺术是一个具体的文本创作过程，要求每一部影片叙事的完整性，要求电影艺术风格的统一，以及视听语言的表达同影片整体艺术风格的完整的有机结合。电视则主要为大众提供包罗万象的信息流，其内容构成的丰富性和审美功能的广泛性、兼容性、纪实性、参与性、连续性、当代性、直观性、开放性和社会性等都是电影无法比拟的。虽然电视剧和电视艺术片等样式也为观众提供一个相对完整的文本，但其创作过程和叙事的完整性又与电影有很大差别。

从艺术上看，从20世纪50年代开始，电影的艺术地位日益巩固，进一步要求突出它本来意义上的经典艺术性特点，艺术家们不断探索电影对生活的独特观察角度和观照方式，试图通过电影语言来表达他们对客观世界的理解，他们的努力使电影一直没有脱离高雅艺术的阵营。电视艺术更大程度上是传播方式的艺术。电视所表现的内容不完全是经典艺术意义上的电视工作者对世界的认识，主要在于它所记录和传播的信息会有助于观众了解和认识世界，强调所记录和传播的信息尽可能地接近客观事物的真实面目，无论是在视听内容上，还是在叙事构成上。电视对视听语言的运用和叙事构成更倾向于再现客观世界的原貌。电影艺术的目的则是要表达一个艺术家对事物的认识，表达个人化的艺术思想和主张，所以电影更接近经典意义上的艺术表现，电视更接近于一个纯粹的大众传媒。

此外，电影和电视还存在着一些显现的异同。

二者的相同之处在于：它们都是视觉造型艺术；都是综合艺术；都需要特定的设备制作、发行和放映（播放）；都有编剧、制片人、发行商、导演、演员、职员等创作集体；都需要大量的投资购买剧本、聘请演职人员。

二者的区别主要有两点。第一，制作的设备不同，传统的电影制作是胶片摄影机，但是近年来数字电影的出现，使二者的制作设备有所类似，比如数字摄像机也被数字电影所采用，这是科技发展的必然结果。今天数字电影的制作设备很难和电视剧的制作设备严格区分了。第二，电影和电视剧的节奏和密度不同。一部电影故事片的长度，标准时间是90分钟（还有上下集的、上中下集的），所以电影的节奏必须紧凑。一部电影大约有几百个到上千个镜头组成，每个镜头从几秒钟到几十秒钟不等，最短的镜头也就一两秒钟，这就使得电影频繁地使用蒙太奇手法，而电视剧则不同，人们坐在电视机前观看，过度地、频繁地转换镜头容易引起视觉疲劳。所以电视剧的镜头一般来说都比电影长。电视剧一般很少使用电影摄影的手法，比如推、拉、摇、升、降、跟等镜头。电视剧的标准时间是每集40～45分钟，中间可以插播广告休息。然后接着观看，一部电视剧短的在20集以下，长的在几百集，可以在十天到几个月期间连续播放。而电影则不同，传统电影在电影院播放，人们不太可能连续那么长时间每天到电影院去观看一部电影。

从电视剧视听语言的独特性上看，电视剧与电影不同之处还在于：

从时空形态上看，电视剧的优势在时间。电视剧可以是一二十分钟的短剧，也可以是几十集甚至上百集的连续剧，可以把表现时空浩大、漫长和情节曲折复杂的长篇小说纳为己用，电视剧视听语言具有小说性。

从视听感知上看，电视剧既包括了电影的造型手段，又包括了电视广播的表现手段。电影源于“照相”，而电视剧源于“广播”，电视剧中的对话多于也重于电影。电视剧视听语言具有广播性。

从动静表现来看，电影擅长于动态场面的表现，电视剧则擅长表现微观环境和人物心理，多用特写、近景和中景。

在影视剧的创作上，两者也存在着一些差异。在内容选择上，电视剧多选择故事性和戏剧性较强或表现“生活流”的对象，那些描写个人体验、心理活动、意识流的内容，一般不会被电视剧选中。电影的内容表现则呈现出多元化的特点，虽然电影也强调故事性和戏剧性，但不排斥那些个性较强的内容。

从影视剧作角度看，尽管人们都看过电影，也都看过电视连续剧。或许非专业的人会觉得两者并没有多大的区别，都是一群人发生了一些故事。但从事影视创作的专业人士，却是一定要搞清楚两者是两种截然不同的编剧方式。

第二节　题　材

电影编剧讲求缜密，一部电影最好只能有一个情节最高任务。如果一个人的行为过多，例如杀人然后和仇人的女儿结婚，接着沉迷赌博、堕落、染上毒瘾，又要扭转时代的乾坤；后来发现妻子是仇人的女儿后悔、改过，但是不幸因数年前的凶杀案入狱；在监狱里如何发奋、争取妻子的原谅，出了监狱、如何禁毒，但是依旧赌博成性等。这样的题材是无法拍成一部成功的电影的，因为它太杂、太乱。人物没有最高任务，只是一连串的人物遭遇。然而，这样的题材却可以拍成电视连续剧。

一般认为，叙述人物成长历程和际遇的题材很适合拍摄电视连续剧，例如《士兵突击》《大宅门》等，这也暗合了高尔基“情节，即人物之间的联系、同情、反感和一般的相互关系——其性格、典型的成长和构成的历史”的说法。而电影因篇幅短小、故事集中、时空浓缩，其情节很难构成人物性格的发展史。当然电影也不乏成功的例子，例如《天堂电影院》。但是，可以看到《天堂电影院》尽管表现主人公多多从小时候开始一直到老的人生经历，但却并没有叙述一个人一生的遭遇，而是抽取了具有典型性的片段部分，将它们串联起来。而这些片段，又恰恰与这个电影院有着强烈的关系，电影整体结构松而不散，因而成为了典范之作。相同的例子还有法国的《玫瑰人生》和陈凯歌的《梅兰芳》。

有些电影导演把一个松散到没有骨架的故事不加思考地拍出来，例如电影《霍元甲》。曾经有一部香港拍摄的电视连续剧《霍元甲》播出后获得巨大的成功，这部电视剧以数十集的篇幅，完整讲述了一代武林宗师霍元甲的一生。然而这部近两个小时的电影对霍元甲故事的讲述却是粗疏和散乱的。影片中，霍元甲从年少轻狂到老成，其间结识一位少女并在一个村庄里住了一阵子，这一切都不是人物自然的走向，而是编导的刻意安排。霍元甲的转变太突然，没有做好充分的铺垫，这种安排并不成功。这个村庄的出现太突然、太松散，仿佛是游离在整个故事之外的，而这个游离又是与主题的最高任务丝毫没有关系，仅仅是编导为了连接前后故事的解释工具。如果遵循电影剧作的逻辑，霍元甲的转变，应该是在他最熟悉的交际圈里发生事件，使得他发生了某个认识后转变了。例如，霍元甲打擂输了，于是他开始沉思，跟他的好友认错，并讨教西方武术，发现自己输的原因是对某一拳法的拳理不了解，而这一拳理正是中西方文化融合的产物。熟悉搏击的朋友应该知道，中国武术往往是跟某一个思想联系在一起的。不同的思想会有不同的武术门派，因而形成了门派与门派的分歧。霍元甲应该是在类似的过程中，发现了平时不曾发现的人物，发现了平时疏忽了的事物。这样就远远要胜出村庄戏的安排方式。

影视作品在已有作品的基础上进行再创造应该坚持宏观真实，并使宏观真实和微观真实相互融合。其实，对于宏观真实的把握是毋庸置疑的，也是必需的，只有确保改编后作品与既有作品在宏观层面的一致，才符合补充型影视作品改编的基本要求。而对于微观真实的理解则有不同，补充的文本内容势必在微观层面与前一作品存在差异，也就是说，微观真实是很难做到的。然而，完全置微观真实于不顾，随意改编，也会影响作品的主观真实。例如在电视剧版《暖春》中，一些现代流行词汇的出现与故事的发生地（一个偏僻的农村）是不相符合的。宏观真实与微观真实并没有不可逾越的鸿沟，二者之间是相辅相成的关系，微观真实是宏观真实的基础，宏观真实是微观真实的结果。对于同题影视剧的改编来说，要有限制地进行微观改编，才能不影响作品的宏观真实。

一位影评人说，新版电影《霍元甲》是一个电视电影不分的编导，把适合电视连续剧的本子做成了电影。而电视连续剧《风云》的编导则是把一个电影的本子拍成了电视连续剧，二者犯了同样性质的错误。

电影《风云·雄霸天下》情节紧凑，在不到两个小时的时间里，给足了观众刺激。然而《风云》的电视连续剧却已经没有足够的素材了，因此它硬凑素材。整部电视剧围绕“龙脉”和“武林至尊”的地位，进行着冗长且无意义的纠缠。归其原因，就是编导试图把电影改拍成电视剧时并不明白两者之间的差别。

对于影视题材而言，一般认为电影适合宏大的叙事，如中外古今的战争、灾难等大场面的展示，例如《勇敢的心》《英雄》《龙卷风》等。而电视剧适合微观叙事，如日常家庭生活，例如《渴望》《蜗居》《浪漫的事》等。然而，当下我国影视创作的实际并非如此。在一些献礼性、政治性的电视连续剧题材中不乏宏大叙事的革命战争史诗，如《长征》《解放》《东方红》《人间正道是沧桑》等，国外的例子有《兄弟连》等。尽管如此，还是认为就题材而言，电影是包罗万象的，内容有时可达到很夸张的地步，在高科技数字特技时代，人们只有想不到没有做不到，例如《黑客帝国》《星球大战》《侏罗纪公园》《阿凡达》等这些电影都带有很强的幻想色彩。相比而言，电视剧写实的居多一点，跟日常生活比较接近，主要靠剧情和演员来吸引观众，幻想类电视剧很难达到电影的效果。

按照异常美和平常美分野，从根本上来说，电影的审美经验是超日常的异常美，观众在一个与世隔绝的封闭的黑暗空间中面对一个巨大的唯一存在的银幕，无论是银幕上那些恢弘的场面或者是那些局部的特写，无论是那些稍纵即逝的画面或是和谐强烈的音乐，所提供的经验都是与日常生活相区别的一种广义的“奇观”。即便在最写实的电影中，例如意大利新现实主义的代表作《罗马11点》中那个人挤楼塌的故事、张艺谋的写实主义影片《秋菊打官司》中那个“要个说法”秋菊式的人物，其实都与日常经验有着巨大的差异。正因为电影的经验是超日常的，所以电影追求视听的“奇观化”、叙事的“复杂化”，审美体验有限的“陌生化”。从这种意义上说，正如曾经被人所指出的那样，电影的观影经验更像是“梦”的经验，它虽然与日常经验有密切联系，但它的运作更加复杂、影像更加奇特、故事的进程更加诡异。相反，大多数电视的收视经验与电影有明显不同。电视机和沙发、电冰箱、电话等日常生活用品一起作为“家用电器”被摆放在起居室，它本身就是日常生活环境的一部分，看电视往往伴随着聊天、接电话、做家务等活动，而且观众还掌握着遥控器随时可以调整收视对象，从一个老年保健的话题转向一个丰乳广告再转向一个煽情电视剧。因而，如果说电影是一个“梦”，那么电视更像是一扇“窗”，电影提供的是超日常经验，电视提供的则更多的是一种日常经验。透过电视剧这扇窗户，观众看到与自己息息相关的大千世界、芸芸众生。所以，电视剧一般来说不追求场面的奇观、不追求故事的复杂和精巧、不追求叙事空间和画面空间的张力、不追求人物和事件的超日常性，多数的电视剧都以日常的生活空间为背景，以人们的日常生活为素材，即便是帝王将相，也要还原其普通人的生活状态。于是，电视剧的受众伴随着电视剧中的人物一起度过漫长的时间，当终有一天电视剧大结局之后，观众仿佛与那些已经亲近熟悉的邻居、朋友们告别，带着惘然若失的感觉从电视频道中继续去寻找新的朋友。电影与电视两者之间的差异应是从事影视剧作时，在选择题材方面需要特别注意的问题。

第三节 叙 事

一、叙事时间与容量

因电视剧的时间容量比电影大很多，所以在节奏和线索的选择上会有比较宽的余地，可以选择缓慢的节奏和多条叙事线索，不一定只有一个戏剧高潮，每个叙事也不一定为戏剧高潮服务，例如《蜗居》。可是电影的时间有限，要在短时间讲完一个故事以及在更短的时间里抓住观众，所以线索不能太多，节奏必须紧凑，每一个叙事都必须为了推进一个戏剧高潮服务。但是电视剧和电影的叙事结构很大程度上是相同的，都要讲究丝丝入扣和层层推进，例如宁浩的《疯狂的石头》。

在电影叙事中非常忌讳的是影片到一半了，还有新的角色加入，人物关系还没说清楚。而在电视连续剧里，观众最希望看到的是到十集左右，又出现了一个新的人物，注入了一股新的力量，推动主人公的行动（注意：一般观众乐意看到这股力量是推动主人公行动，而不是阻止主人公行动。因为观众这个时候都想知道的是主人公将怎么做，而不是他的对手将怎么做）。电视剧是按照集来播放的，所以，需要吸引观众一集集看下去。但是电视剧无法做到像电影那样不时地给个小高潮，因为电视剧更松散，它的高潮并不容易设置。不能像一些拙劣编导那样用一些洗澡镜头和男女之间的暧昧关系镜头来吸引观众的眼球，最好做到在每集电视剧中设置悬念，尤其是在每集结尾的时候，必须要设置大悬念，吸引观众要看下一集。《蜗居》就是一个极好的例子。而电影却完全不需要这些顾虑，电影的高潮可以一直在设置，因为电影本身就是人的行动。人怎么动，为什么动，动机是什么，目的是什么，障碍是什么，都非常明确。只要人一动，就一定会有悬念，因此小高潮不断。

对于编剧而言，首先应该从时间角度来设置电视连续剧的情节结构。时间是电视连续剧的一个关键，因为有集的约束，这是个相当工业化的工程。在 40 分钟内，必须要解决一个悬念，同时制造一个悬念。需要注意的是，如果只是一味地制造悬念，而不解决悬念，观众也不会乐意看下去，因为他们会感觉被编导耍了。

很多电视连续剧的编剧就犯了这样的错误。永远是制造悬念、坚持悬念，但从不去解决悬念。在电影完整的起承转合结构中，当然是把解决悬念放到最后去，但是电视连续剧的解决悬念，绝对不能放到最后，它必须要不时地给观众一些满足。

曾经有这样一部刑警题材的电视连续剧《刑警本色》。它先叙述了一件一件不相关的刑事案件的侦破，到临近最后，突然发现这些不相关的案件有共同的联系，就是每个罪犯都打过同一个手机（注意，这是在临近最后的时候才告诉给观众的）。通过这一细节，电视连续剧又继续挖掘出一个统一全剧的新情节——寻找罪案幕后的联系。最后发现，原来一直与主人公关系密切的心理学家，才真正是这些案件的幕后策划人。这部电视连续剧的编剧是相当成功的。他并没有像其他电视剧那样，一个情节又一个情节地去侦破案件，而是在最后统一了所有的情节，给出了一个大高潮，而在之前，这个高潮却一点征兆都没有披露。这部电视连续剧的最高任务是为了讴歌刑警、突出刑警的品格。作品除了表现刑警与恶势力的直接交锋之外，还有内部隐藏的危险。刑警最后面对的不仅是不相识的敌人，还有一直以来的“朋友”，刑警的推理能力和感情交织在一起，最后推理出自己的朋友是真凶，在千钧一发之际拯救了战友。这种安排，每一集都突出了主题，且围绕着最高任务。然而这种情节结构是绝对不能拍成电影的。一旦拍成电影，那么多的事件会显得松散而无法取舍。这里并不是说电视连续剧松散，就可以有多余的情节了，这是误解，电视连续剧同样也是不可以有多余的情节。

近来，多部电影都是由电视剧导演或电视剧编剧来制作的。然而实际效果却差强人意，例如，《六百零一个电话》《东京审判》《夜宴》等皆是如此。问题在于，电影和电视连续剧这两种作品的叙事角度是不同的，电视剧更多的是铺，从一个起点出发，不停的一个矛盾一个矛盾地设置，一个矛盾一个矛盾地解决，它更像是一种循环。例如，主人公的爱情，不停地分分合合，总是找出很多不同的理由；主人公的亲人、朋友、事业，也是不停地出现问题，然后解决。大多数电视剧的叙事逻辑有时间逻辑就够了，也有一些电视剧追求一些主题逻辑，或者事件逻辑，但是不需要特别高的要求。但是电影不同，电影要在 90 分钟里传达不少于一部电视连续剧的内涵，甚至思考的更多，叙事角度就变了，不能铺，一定是挖。挖什么？电影通常是从一个很具体、很小、很准确的矛盾入手，然后挖开这个小事情背后的大世界。例如，一个人丢了鞋子，他要找鞋子，就找鞋子这件事情恨不得能把他的人生都带出来。在挖的时候所有的矛盾都是因为第一个小洞衍生而来的，电影如同针眼里边看世界。因此编剧在写作时会发现电影对逻辑关联的要求比电视连续剧高，一旦后边出现的矛盾不能被一个针眼统领，观众就会不舒服，没有完整感。相比起来电视剧逻辑要求较低，只要人物性格一致，事件能通畅自然就可以按时间顺序一直发展下去。电影绝对不可以仅仅按时间顺序来贯穿逻辑，仅仅依靠时间顺序的电影，不是交代淡薄就是冗长乏味。

目前的电影剧作，问题都出在了针眼不准上。观众们从针眼里看不见更深更广阔的世界，满足不了其心理需求。如果说《六百零一个电话》的针眼是明星电话被泄露了，《东京审判》是一场世纪审判，《夜宴》是一场刺杀的夜宴，那么这些都是有针眼的故事，可是针眼里观众想看到什么？

明星电话泄漏，这是个诱人的起点，于是编剧就要想到是什么样子的明星，如何泄漏，结果引来了哪些人，发生了什么事情？整个编剧想展现的世界就要展现给观众了。目前来看就是个概念化的明星（性格不具体、太泛），这个定位就缺乏了意外和冲突。接下来是引出了一个善良的记者和一个坏蛋经纪人，还有一个患绝症的粉丝。这些人物组成的世界恐怕很难引起观众共鸣了，人物性格特征太泛化、太概念化，不够具体，缺少足够的吸引力。编剧如果选择性格极端的或者典型的明星和记者，其效果可能截然不同。每个人物代表一个社会特征，或者人性弱点或者特点。这样恐怕故事展开后的走势就会更精彩，最后还可能导出很意外的结局。

《东京审判》的故事开始于一场几乎不可能完成的任务，一个中国法官来到日本将要面对一场生死的较量。由于太多纪实要完成，因此不可能出现很多虚假的人物，但是从历史中也可以提炼出一些人物，一个美国法官、一个中国检察官、一些日本人组成一幅世界正义、历史罪恶、人性复杂、文化冲突的较量。影片中人物设置有一个日本家庭中有罪恶感的哥哥、一个热爱和平的女孩、一个做了慰安妇的妹妹，还有一个憎恶中国人的偏激日本青年、一个中立的中国记者等。作者的表达意图是清晰的，希望能表现出文化冲突、战争对于不同的人物产生不同的影响，不过这些人物和针眼在审判的关系上缺乏有机感，因此出现的时候缺少必然逻辑。如果编剧从审判本身去延伸人物，让这些人物都能和审判有机的结合，并产生故事动力，这样故事的整体感会很强烈，观众不会在看的时候总是缺少情节期待。完整的故事能让观众完全被带入。

《夜宴》是一场充满杀机的盛宴，这是个很有商业感觉的针眼，扑朔迷离的故事就要开始，每个人物都要有自己参与这场盛宴的理由，同时也要对这场阴谋有所推动，最后每个人物都要有个结局，作者由此传达出自己想表达的意图。影片中，这些创作目标都基本达到了，只是故事展开以后对人物的挖掘还不够。

这场盛宴一开始就充满了欲望，最后是否能挖掘出欲望背后的东西？影片的后半部分是否能产生更大的高潮，以避免虎头蛇尾的结局？如果人们所有的动机都是为了自私的爱情、权利、性欲、物欲，最后观众会觉得针眼里看到的世界也不过如此，观众进入了繁华的电影世界却没有得到极致的宣泄。

所以从这几部电影来看，电影编剧们还缺乏一些基本锻炼，这是这个行业的缺失，所有编剧还需要一起锻炼写作的真功夫。从小小针眼里看世界，看出一个美好神奇的大世界。

二、电视连续剧创作的本质特征

电视连续剧是摹写虚拟人生的叙事艺术样式。现在关于电视连续剧的本质特征有两种看法：一种认为电视连续剧是叙事的艺术样式，应该以事件为中心；另一种认为，电视连续剧虽是叙事的艺术样式，但是展现给观众的却是人物的曲折命运，所以应该以人物为中心。有人曾这样说过：电影是导演的艺术，电视剧是编剧的艺术。这样的说法是有一定的道理的，电视剧，特别是电视连续剧创作有着自己的本质特征。这个本质特征与电视连续剧所具有的其他方面的特征分不开，例如，揭示主人公的人生命运，故事首尾的主人公是完全一致的，集数至少在三集以上，所有的故事情节是连续不断发生的，等等。那么，电视连续剧创作的本质特征到底应该是什么呢？电视连续剧的本质特征是“因文生事”。而“因文生事”是一个以人物为中心的创作理念，强调叙事的创作以人物为主，事件为辅。“因文生事”的内涵是人物为中心，事件为骨髓，影像为肌肤。理想的电视连续剧创作是以人物为中心的人物、事件及影像三者的完美结合。

电视连续剧的本质特征是“因文生事”。早在明清时期，金圣叹据《水浒传》提出了“因文生事”的理念，这个理念一直在电视连续剧的创作中应用着。之所以要用这个理念来阐述电视连续剧的本质特征，是因为电视连续剧与明清章回体小说的叙事方式有着惊人的相似。尹鸿指出：“电视剧与章回体小说的叙事方式在某些方面有异曲同工之处。”电视连续剧每集的讲述时间虽然有限，但这种讲述可以在同一地方或同一频道重复多次。在整个剧情故事遵循“开端—发展—高潮—结局”的经典叙事模式的同时，每一集中又“集首有呼应、集中起高潮、集末留悬念”，而且核心情节的发展结局往往会留到最后一章。因为这种相似性，在研究电视连续剧的本质特征的时候就会不自觉地借鉴一个明清小说评点的概念：因文生事。那么“因文生事”指的是什么呢？金圣叹在评点《水浒传》的《读第五才子书法》中说：“《史记》是以文运事，《水浒》是因文生事。

以文运事，是先有事生成如此如此，却要算计出一篇文字来，虽是史公高才，也毕竟是吃苦事。因文生事即不然，只是顺着笔性去，削高补低都由我。”这里的“事”，就是叙事中的“事件”，是根据人物命运所创造出来的“事”，而这里的“文”，因中国古代文学理论中对于“文”的用法非常多且意义不固定，需要勘定一下其真正含义。

金圣叹在《水浒传》第二十八回“武松醉打蒋门神”的回评中对他的“因文生事”中的“文”进行了勘定：

> 武松为施恩打蒋门神，其事也；武松饮酒，其文也。打蒋门神，其料也；饮酒，其珠玉锦绣之心也。故酒有酒人，景阳冈上打虎好汉，其千载第一酒人也。酒有酒场……酒有酒时……酒有酒监，连饮三碗，便起身走，其千载第一酒监也。酒有酒筹……酒有行酒人……酒有下酒物，忽然想到亡兄而放声一哭，忽然恨到奸夫淫妇而拍案一叫，其千载第一下酒物也……酒有酒题，快活林其千载第一酒题也。凡若此者，是皆此篇之文，并非此篇之事也。如以事而已矣，则施恩领却武松去打蒋门神，一路吃了三十五六碗酒，只依宋子京例，大书一行足矣，何为乎又烦耐庵撰此一篇也哉？

这段文字通篇都在解释“武松为施恩打蒋门神，是事也，是文料”，而武松一路的饮酒，却是“其珠玉锦绣之心也”，也就是说，饮酒才是文章真正用心所在。通篇看去，武松一路饮酒表现的是什么呢？就是武松这个人物的性格特点，换句话说，金圣叹的“因文生事”理论，实际上是“人物中心论”。他认为，明清长篇小说，应该以人物为中心，而事件却是“削高补低都由我”，最终为人物的塑造来服务的。因电视连续剧是编剧的艺术，强调了编剧在创作电视连续剧中的作用。而电视连续剧与明清长篇章回小说有着很多相同的创作方式，电视连续剧要分集创作，长篇明清小说要分章回创作；电视连续剧在每集的最后情节中都要留有悬念，以吸引观众继续看下去，而明清长篇章回小说也是留有情节悬念“且听下回分解”。而且，我国的叙事作品中，明清的长篇章回小说是叙事文学创作的一个鼎盛阶段，金圣叹以明清长篇小说为研究对象的小说评点无疑说出了其中的本质特征。所以，电视连续剧的本质特征是“因文生事”，这是一个以人物为中心的本质论。电视连续剧首先反映的是人的命运，而这命运，通过大大小小的事件得以展现。电视连续剧《坐庄》选取股市题材，内容以主人公的人生命运曲线来反映。剧中，刑剑峰研究生毕业就职于粤兴证券公司，在“恩师”薛淑玉升为总经理时，一步登天当上操盘手，走上新时代金融豪赌，他的命运在屡遭陷害打击中质变：斗死薛淑玉，放任妻子挪用公款，妻子被判死刑，逼走挚友，出卖色相，陷害同仁，打法律擦边球……成为公司总经理后，疯狂设计出一个个天衣无缝的骗局。五十二集长篇电视连续剧《闯关东》，是以主人公朱开山一家人复杂、坎坷的命运为线索展开，讲述了朱开山以及三个性格迥异、命运不同的儿子在关东大地遇到的种种磨难和考验，是一部充满传奇色彩的个人奋斗与群体奋斗相结合的创业成长史，是一部人物命运的悲欢离合史，也是一部弘扬民族精神的平民英雄史诗。所以，电视连续剧，无论所用的事件是大是小，无论所选的角度是新是老，都会由一定的人物命运作为支撑，整部电视剧才得以完成。所以，电视连续剧的本质特征为“因文生事”。

“因文生事”是电视连续剧的本质特征，说到底，电视连续剧是一个大的故事，这一点和明清章回小说是一样的，但电视连续剧毕竟是在新的科学技术条件下形成的新的艺术样式。它的创作是因为电视的出现才得以流传，而这个传播媒体的最大的特征就是用影像来传播，所以，从明清小说评点留下来的“因文生事”概念就有了新的内涵。它的内涵是以人物为中心，事件为骨髓，影像为肌肤。其中，以人物为中心是电视连续剧的本质特征。

三、以人物为中心的本质特征及表现

电视连续剧以人物为中心的本质特征表现在以下两点：

其一，人物是结构整部电视连续剧的基础。在创作一部电视剧之初，可能是制片人选择一个题材，也可能是导演或编剧在生活中得到一些灵感，但是，这些素材一旦进入创作阶段，结构既是第一行为，也是最终行为，写作的第一笔就考虑到结构，写作的最后一笔也要追求结构的完成。和电视连续剧的其他许多元素比较，叙事结构更具一种隐性色彩。在一部电视连续剧中，它无处不在，却又难得一见。叙事结构是可感的，但却不是具象的。它通过造型、表演、音响、蒙太奇等表现出来，是这些手段在时空中的运动状况的一个总架构。这样，就必须有一个结构的基础，人物的曲折命运就成为结构整部电视连续剧的基础。电视连续剧《大染房》，主人公陈寿亭是一个不识字，却能操控机器、调纵市场、才智过人的人。作品通过对他的人物形象的塑造，最后完成了整个电视连续剧的创作。因为有了这个人物，进而在这个人物塑造的基础上结构了整个电视剧，又因人物和结构的完善融合使整个电视连续剧成为经典。

其二，人物是情节运行的内在根据。人物的性格都有内在的规定性，而事

件的发生都是由人物性格的内在规定性决定的。一部成功的电视连续剧中的任何事件的设置都是符合人物的性格特征的，所以，不管事件是大是小，是好是坏，它的设置都以人物的性格为内在根据。大千世界，生活不断进行，而发生的事情却是在重复，几乎是一样的吃饭、一样的工作、一样的睡觉等。那么在电视连续剧中，一样的事件，是依据什么安排在剧情中的呢？在许多经典的电视连续剧中，事件尽管相同，但因人物性格各异创作出来的事件就各不相同。有的电视剧，故意把人物的性格塑造得相像，却又有能力在这相像的性格中写出不同来，这些，都是通过不同的人物对同样事件的处理方式来表现的，而这样处理出来的人物形象才会有生命力，才能成为经典的人物形象。所以说，电视连续剧中情节的运行还需依照人物性格的内在规定性而定。

电视连续剧“以事件为骨髓、影像为肌肤”的特征表现在如下两个方面：

其一，人物命运曲线的表达必须通过事件才能表现出来。说事件是电视连续剧的骨髓，是因为事件在反映人物命运曲线的过程中搭起了结构，并在结构中填上了实实在在的内容，使得人物的命运最终得到体现。说到底，就是在电视剧中怎么讲故事的问题。例如，电视连续剧《大宅门》为了反映人物的命运，主创人员综合采用了戏曲艺术、说书艺术与中国话剧的叙事方式，并将它们有机地融合于电视剧艺术的叙事方式中。《大宅门》一开始就挑起事端，矛盾一个叠着一个，冲突一环套着一环，观众被剧情牵着走，乐意为剧中的人物担心，而每集的煞尾处大多埋下伏笔，使人欲罢不能。如第十集对小白景琦与季宗布的塑造中，就运用了前后呼应、欲扬先抑、画龙点睛、铺垫渐进等传统的叙事方法，使这两个人物形神相济。要用事件搭建结构，并全程为人物的塑造保驾护航，这就是事件为骨髓在电视连续剧中所起的作用。

其二，电视连续剧是建立在新的科技发展水平之上的新艺术样式。电视连续剧最后和观众见面的是画面的形式，是把编剧创作好的故事拍摄成画面展示给观众，所以说，影像是肌肤。作为肌肤的影像，是和人物的命运分不开的。一提到电视连续剧《亮剑》，人们首先会想起李云龙的人物形象，同时会想起在李云龙独特的战术指挥下，骄横的日军山崎大队全军覆灭的画面以及李云龙的独立团在一次战斗中大部分丧生的壮烈场面。这些场面的惨烈和雄壮，都能形象地塑造李云龙这个人物形象。这个例子能形象地说明电视剧中影像与塑造人物及展现人物命运的关系。

确定了电视连续剧的本质特征是“因文生事”后，即其内涵是“以人物为中心，事件为骨髓，影像为肌肤”。那么，实现其本质特征的理想状态就是人物为中心、事件为骨髓及影像为肌肤的完美融合。执“事件”为电视连续剧的本质特点的专业人士认为：电视连续剧是大众文化，是以观众一次性消费为目的的影像产品，如果事件选择或者是故事的设计不引人入胜，那么，这个产品就不会从产品变成商品，也就不会被广大观众消费，更无法被传播。这个观点没有看到在众多的得以传播的电视连续剧中，人物、事件及影像是完美结合在一起的，在这个结合里，事件是为人物服务的。如果只有事件而没有一个人物命运的曲线贯穿整个电视连续剧的话，这部作品是不能流传很广的。纵观电视连续剧的精品，在若干年以后，人们可能只会记得那些永远也不会被埋没的人物，那些有血有肉、有自己的鲜明的性格特点、与命运永远抗争、不屈不挠的人物。所以，电视连续剧的精品，应该是人物为主，以事件为骨髓，以影像为肌肤，并将三者完美地结合在一起而创作出来的精品。只有认识到电视连续剧这个本质特征，才能真正创作出百姓喜欢的、又有思想深度及艺术价值的好作品。

确定电视连续剧的本质特征是非常重要的，这不仅是在理论上一定要澄清的一个问题，同时，在创作过程中，如果分不清电视连续剧到底是以人物为中心还是以事件为中心，无疑会使创作者走很多弯路。纵观现在正在播映的电视连续剧作品，能感觉得到，有一些作品在创作时，是以事件为中心的观点来指导创作的，而有一些作品则是以人物为中心的观点来指导创作的，两种观点指导下所创作出的作品是完全不一样的。用正确的本质论指导并所创作出的作品一般能获得较高的收视率，且能经受住时间的考验。所以，辨析清楚电视连续剧的本质特征具有重要的意义。

第四节　对　白

“沉默是黄金，说话是白银！”在电影的对白设计中，这似乎是金科玉律，然而在电视连续剧的创作却不同。有人曾用这样一个例子说明电影与电视剧的区别：同样表现一个人很忧伤，电影是一个近景或特写镜头，一张忧愁的脸；而在电视剧中，则是乙对甲说：“甲，你的脸色看起来不太好，是不是有什么心事？”

这个例子形象地告诉我们：电影是用眼睛说话，电视剧是用嘴巴说话。

总体而言，电影是用动作或镜头画面推进故事和情节发展，而电视连续剧则是用对话来推进故事和情节发展的。好莱坞的窍门是，凡是可以用动作代替的对话一律取消。国内一些电影编剧却并不完全了解这一点，在电影中本可以用影像表述清楚的部分，却画蛇添足地加了大量的对话。

"话"多是电视剧语言的形态特征，电视剧语言的特征是广播性、口语化和亲和力。与戏剧相比，电视剧语言更电影化，更多地运用对话时的跟踪镜头；与电影相比，电视剧语言更广播剧化，更多地运用对话来推动故事发展；与广播剧相比，电视剧语言更戏剧化，更多地运用复述对话时的"动作性"。电视剧对话写作有哪些要求呢？

事实上，对电影和电视剧，尤其是中国的电影和电视剧来说，对话是非常重要的。当下编剧对话写作水平的高低常常从根本上决定了一个剧本的成败。电影剧中有很多的元素，如情节、结构、细节、人物等，其中当然也包括对话，大多数书籍的作者都将关于对话的内容放在著作的最后一章。这有两个方面的原因，其一，因为对话是从属于人物性格塑造的手段，是一种推进剧情的动作，所以先讲述人物或情节就成为顺理成章的事；其二，在电影艺术创作中，人们对电影对话的作用认识不足。这样长久以来形成了一种轻视对话的看法。事实上，在电影创作中轻视对话的认识由来已久。电影诞生之初是"哑巴"，那时根本不可能将对话作为电影的表现元素。尽管电影诞生三十年之后有了说话的能力，但依然有很多人没有正确认识对话的重要性。

苏联著名导演杜甫仁科很早认识到这一点："可惜我们常常忘记电影已经不再是无声的了。直到如今，我们还经常在自己的影片中将两种不同的语言——有声电影的语言和无声电影的语言混淆在一起。正是在这里，造成了十分混乱的局面。许多人都认为，有声电影之不同于无声电影，就在于它不需要字幕。但是，实质上有声电影与无声电影的区别绝不仅限于此，其区别要复杂得多。"人们在谈论电影艺术特性的时候，常常会说："电影是一种视觉艺术。"或者说："电影是一种以视觉为主的艺术。"大家似乎更愿意谈电影的运动性、造型性或者照相性。其实，当这些人在谈论"电影艺术本性"的时候尚没有弄清一个根本问题，那就是，无声电影和有声电影是两种不同性质的艺术，有着本性上的差异。很多人依然错误地认为有声电影的本性只不过是默片手段加对话，而在他们这样说的时候，又常常对电影对话提出很多歧视性的限制。例如，"在电影中，任何时候都要将表现的优先地位让给画面。”“电影对话是从属于画面蒙太奇的，因此不能影响视觉蒙太奇的运行。”“在电影中，对话越少越好。”对话少到没有的程度为最好，这样的说法岂不是要求电影退回到默片时代吗？这样的态度是违背了有声电影艺术特性的，是极为有害的。最大的害处就是阻碍了人们对电影对话以及它与画面之间关系的研究，使得很多电影作品出现了声画排斥的状态，使很多听信了这样说法的剧作者受到了误导。

电影对话对于今天的电影艺术的重要性是一目了然的。首先，这是时代的要求。如果人们生活在离群索居或原始蛮荒的时代，也许语言的作用很小，但今天是处在一个每时每刻都需要与他人进行交流的信息时代，语言交流成为现代人生活最重要的、最有实质性意义的内容。像法庭辩论、谈情说爱、讲演采访、同窗聚会、看电视或打电话等。所有这些活动构成了现代都市人的日常生活。电影创作如果为着“对话越少越好”而躲着这些题材不去表现，就等于推卸了电影表现现代生活的责任。其次，由于任何思想都必须建立在语言材料基础之上，所以语言就成为人们灵魂和性格最重要的体现途径。一个人，如果他一言不发，就很难了解他的内心和性格，如果他一旦开口说话便很容易暴露出他的气质、修养、性格甚至隐藏很深的心理活动。为什么在很多的知识阶层看来，话剧艺术比电影艺术更具有艺术深度、更高雅一些呢？很大的一个原因便是，话剧使用的主要手段是对话，而对话是揭示人物内心和性格的最有力手段。这一点决定了话剧艺术的高贵，它不可能搞成什么“西部样式”“警匪样式”这类通俗的商业路数；然而，电影有着太强的视觉表现手段，这使得它沉醉于“追逐枪战”“星球相撞”“冰海沉船”等一些视觉奇观里，成为一种通俗意义上的大众娱乐。就世界范围来说，最令知识阶层尊敬的导演应该是伯格曼。他把电影提升到了令人尊敬的艺术高度。他之所以能做到这一点有重要的两个原因：一是话剧艺术家的身份使他掌握了语言艺术；二是他没有遵守“对话越少越好”的教条，而是大量地运用了对话，如《呼喊与细语》《野草莓》《第七封印》等。如果我们今天依然以排斥对话的方式来提高电影性，其结果就是让电影永远停留在下里巴人的水准上，成为艺术姊妹们中的侏儒。

从有声电影诞生以来的创作实践来看，电影对话在一部影片中的重要作用越来越突出了。电影艺术家们越来越自由地、大胆地开发着电影对话的功能和创造性的应用方式。例如，在希腊影片《囚徒》中，一个女人在逃出一场迫害之后，接受了电视台采访。这时电影编导者将面对两种选择：一是用回忆的方式将她所遇到的迫害再现给观众看；二是让她用话语的方式讲给观众听。通常，电影编导会毫不犹豫地选择前者，因为人们似乎对电影使用对话没有足够的信心，然而这部影片选择了对话。这段长达二十来分钟的对话，加上演员的表情，不仅使观众知道了过去发生的一切，而且使观众看到直到现在那种迫害仍然对女人产生着可怕的影响。这就像电影《城南旧事》中的那一场戏：编导先用了大量的笔墨来描写一个“疯子”秀珍，等到悬念已经造足，就必然要把她如何变成“疯子”的原因讲给观众听。同样，编导也面临着两个选择，要么采用“闪回”，要么通过人物的语言讲给观众听。有趣的是，在原电影文学剧本中，编剧采取的是“闪回”，而在影片拍摄的时候导演却运用了人物语言的画外音结合主观镜头的方式。秀珍详细地说起她第一次看到大学生思康，以及后来两人渐渐产生了爱情，秀珍怀了思康的孩子，家人将那孩子扔在了齐化门外……这样漫长的全过程。说话的时候，秀珍的语调充满感情和神经质，这时观众通过她的视点看到了空空的小跨院、小小的月亮门和思康住过的他们幽会过的小偏房。这时，镜头是缓缓向后拉，然后悄悄向前推的。无论是秀珍的话语还是镜头运动的节奏，都使观众产生了一种与秀珍情感合二为一的感觉。这样，观众不仅从客观上了解了过去发生的事情，同时也体验了“疯子”秀珍此时此刻依然“生活”在昔日情境中的主观情绪。试想，如果采用了原剧本那种“闪回”的方法来处理这段会出现什么问题？首先，必须用极为简练的画面再现当年秀珍发疯的漫长过程，如果描写太细，必将中止影片的主要情节，旁出一枝。这样不仅会破坏影片的总体布局，也会破坏影片已经形成的那种浓浓的主观情调。但是如果用少量的镜头交代一下，便会显得人为，两个人一见钟情，飞快就有了“爱情的结晶”，必然导致美好爱情的庸俗化和简单化，观众必然要产生这样的疑问：这样的爱情也值得珍惜吗？

事实向我们一再地表明，电影中的有声语言有着千变万化的使用方式。苏联早期影片《伟大的公民》几乎是一部以对话为主要手段的影片，却牢牢地吸引了广大观众；《巴顿将军》一开始，巴顿就直接对着镜头，以声画同步的方式说了十一分钟的话，观众不仅没有讨厌这样的以听觉为主的方式，反而为它鼓掌，给观众留下了深刻的印象；在《骆驼祥子》中，虎妞的性格更多的是依靠她快人快语式的语言体现出来的，如果离开她的大量生动有趣的语言，又如何反衬祥子少言寡语的性格呢？所以，人们说：“声音进入电影才真正创作出了沉默。”在美国影片《八音盒》中，最扣人心弦的段落恰恰是运用对话最多的法庭场面，没有哪位观众会认为那不是一场真正意义上的搏斗。著名的《广岛之恋》创造性地将对话和画外旁白结合起来，在整部影片中人物的语言几乎不间断地进行着，却没有人感到厌倦。如果实事求是地看待问题，就会发现，在今天，几乎所有具有思想和艺术水准的影片（如美国影片《克莱默夫妇》《金色池塘》和苏联影片《辩护词》《个人问题访问记》等）都放开了手，使用大量的对话。对话使伍迪艾伦成为继卓别林之后又一位美国电影史上著名的喜剧编剧和导演。卓别林将哑剧表演引入了电影，而伍迪艾伦则将脱口秀引入了电影，创作出他独特的喜剧风格。其实，如果打开今天的电影剧本看一看立刻就能明白这样一个显而易见的事实：在编剧写下的文字里，用来写出对话的文字大多会超出描写情景或动作表情的文字数量。

可以断言，在今天，一个编剧如果不会写作对话，他就连半个剧作家也当不成。尤其是在电视剧走红的今天，对话写作的功力更显重要。因为在电视剧中，由于视野和制作经费的限制，不可能像电影那样追求视觉的“奇观”。以中近景为主的拍摄方法决定了电视剧依靠对话来推进剧情、塑造人物的特点。然而，多年来，电影界出于对视觉手段迷信般的钟爱和对于对话的先天性歧视，致使电影剧作理论在这一方面大大地滞后于电影创作的现实。那种“对话越少越好”的教条使学者在研究电影对话的特性方面没有下多大的功夫。夏衍先生曾说过：“假如有人问，中国电影最显著的弱点是什么？我想很直率地回答，是对话。”可惜的是，当时并没有什么人重视他这个意见，并且直到今天，他说的这个情况也并没有很好的改观。常常有这样的影片，演员的造型不错，环境选择也不错，追逐场面挺有新意，然而只要人物一开口说话，虚假就露了馅。不管人物的年纪是什么，也不论他的职业和性格是什么，一概说出很深沉的话来。他们出口成章，甚至能即兴创造出格言来。田壮壮的《盗马贼》从影片的造型来看，简直没有什么可挑剔的，完全可以和世界上任何一个国家的影片媲美。然而，当人物一开口说话，那种虚假的气息立刻就破坏了导演用造型在观众心目中赢得的信任和尊重。这样的情况在中国电影里不在少数，一直使观众抱怨电影中的人物为什么总是那样“假模三道”的。在影视学院，学生们学习如何用造型叙事，如何甩掉“戏剧拐棍”，却不太重视对话写作的训练。然而，他们中一些本来应该很有想法和才气的剧本却常常因为对话写得不好而影响了最终的质量。

请看下面这个学生写的剧本片段，应该说，这是一个很有想法的剧本，作

者想在剧中塑造出一个充满人情味的法官，改变过去作品中常常看到的那种冷冰冰的或很干练威严的法官类型。然而，他却没能很好地运用人物的对话来达到这一目的。下面是影片刚刚开场的段落：

1. 刑场，日

（幻觉）吴实的眼底出现一块萝卜地，一个刚拔出来的白嫩萝卜横在翠绿的地中央。四周一片安静。

吴实扭过头，将一张布告盖在萝卜上，等他扭过头一看时，萝卜地成了执刑场。那张布告正在死刑犯胸以上的部位。

吴实嘘了口气，他恍过神来，发现四周的其他执法人员正忙碌着。吴实想走开，不料脚却像灌了铅似的。他只好抬头远看。正在这时，他的女同事方锦华从背后走来，趁他不注意，猛地将布告一揭。

方锦华：吴实。

这突然的招呼吓了吴实一跳。吴回身看见了尸体。死刑犯是一个三十多岁的男人。那苍白冰冷的面容重重击中了猝不及防的吴实。

吴实：啊！你，你干什么？

【点评】 吴实即使受到了惊吓，也不会说出这样的话来。他的动作和表情完全能表现出人物的惊惧。这句话完全没有必要。这样的语言会使表情显得多余，因此影响了画面视觉表现的发挥。

方锦华：干什么？这叫验尸，看把你给吓的。有什么好怕的，亏你还是个大男人呢。

吴实：你……

方锦华：我什么？瞧你的样子，手还在抖。

【点评】 现在作者将方锦华的内心活动全部用对话一览无余地说给观众听。这样的话在那样的场合和人物关系下是说不出来的。所以方锦华顶多故作惊讶地问：“哟，你怎么啦？”只消用这五个字，就能把上面她说出的那些意思全部表达出来。

吴实的手攥紧了手中的布告。

这时，院长走过来，这是一名个不高，但很威仪的老法官。刚才的一幕显然都被他看在眼中。他过来拍了拍吴实的肩。

院长：没关系，什么事情都有个第一次。今天是你走上法官岗位的第一次亲临刑场吧。

【点评】 院长过来，拍吴实的肩一下，鼓励之情尽在其中。所以他需只说："第一次吧？"

吴实：院长……

院长：既然你选择了法官这份工作，就应该在生死面前保持一种超然的冷静。把自己心弄得强悍一些，起码别输给人家女同志嘛。

【点评】 这样的对话太说教气，使人物显得概念。

方锦华：院长，你这是明褒暗贬，女同志又怎么了，好像女的就天生差一等。

【点评】 这样外在的话语使方锦华的性格显得很夸张、很做作。

院长：没有没有，在工作中男女平等，男女平等。

【点评】 上面这些对话使人物显得很幼稚，都不是性格语言。

吴实定定地望着两人，不知说什么好，院长俯下身，将布告重新盖上。

院长：吴实，这死者的家属来了吗？

吴实：已经寄了三次通知书，就是没人来。临刑前，这名犯人什么都不说，连个遗嘱都没法录下来。

方锦华：一定是后悔了！谁让他当初那么冲动，堂客和同村的一名民办教师发生了关系，他就把人家人类灵魂的工程师给砍死了……

【点评】 作为方锦华谈话的对象，无论是吴实还是院长，都不可能不知道被枪毙的人犯了什么罪，何用方锦华在这里喋喋不休地说呢？看来作者是特地说出来给观众听的。但因为这些话的出现不在情理之中，所以显得很虚假。

院长（制止）：小方，这里不是贫嘴的地方。

方锦华（止不住口）：案情就是这样的嘛。法律已经严惩了他。我们已经给世人敲响了一记沉重的警钟！

【点评】这是国产电影中典型的对话，人物出口成章，说出的话生硬得像是背书。

院长：多嘴丫头。

正在这时，一名法警过来叫走了方。

方临走前冲吴实得意地眨眨眼。

院长：死者的家离这里多远？

【点评】作为院长，处理这样大的案件，怎么可能对案情如此不了解？看来作者还是要通过人物之口把情况交代给观众听。

吴实：我听公安局的同志说，那地方叫“麻冲”，要坐一小时左右的汽车，然后再走三十来里的山路，那是我们这个市最偏僻的村子。

院长：哎，是那种偏远地区，容易发生一些愚昧的犯罪行为，看来普法工作还得更深更广地开展下去才行。

【点评】院长的这些话纯属多余。他怎么能在这样的地方像首长做报告似的发出这样的宏论呢？这些语言多么说教气。

吴实：院长，您看这事怎么处理？

院长：还是尽快让他的家属前来认领吧，尽管他是罪犯，但他已经服了刑，我们仍然得讲起码的人道主义。要不然，辛苦你一趟，明天亲自把通知书送到他家里？

【点评】关于人道主义的宏论显然发得不是时机。既然在后面观众将看到吴实将通知书送到罪犯家中的情节，在这里完全没必要说得如此详细。院长只要说：“辛苦你一趟吧。”就足够了。

通过上面的例子，可以看到，在一些剧本中的对话表面上是个量的问题——似乎说得太多。但是实际上却是个质的问题——很多话不符合情境和人物性格。这样的对话当然使电影的视觉因素无法发挥作用。因此，要想改变这样的现状，就不仅仅是削减对话数量的问题，而是一个如何提高对话质量的问题。

总之，我们在今天必须认识到，电影剧作理论对电影对话的特性和应用规律方面的研究还是十分薄弱的。例如，电影对话和话剧台词的生成环境有什么不同？这些不同使它们之间出现了哪些性状方面的差异？话剧台词的写作规律中有哪些是值得电影对话学习和借鉴的？电影对话与电影画面的关系应该是怎样的？所有这些都是亟待研究的课题。现在，是我们把电影对话放在第一位来重视的时候了。

练 习

1. 电影题材的选取和电视剧有什么不一样？

2. 分析许鞍华导演的电影《玉观音》（2003）与丁黑导演的电视剧《玉观音》（2003）在结构设置和情节选择上有什么异同。

3. 以你喜欢的一部电视剧为基础，将它改编成电影，写出你在结构、情节选择、对白设计、人物设置上的取舍与处理。

附录　乔治·普罗蒂的36种戏剧模式

种类	主要人物	其他必要人物	细　目
1. 求告	求告者	逼迫者	A:（1）帮助他去对付敌人 （2）准许他去做一件他应做而被禁止做的事 （3）给予他一个可以终其天年的地方 B:（1）舟行遇灾的人，请求收留帮助 （2）行事不端，被自己人斥逐而祈求别人的慈悲 （3）祈求恕罪 （4）请求收取葬骨和取回遗物 C:（1）替自己亲爱的人求情 （2）在亲戚面前替另一亲戚求情 （3）在母亲的情人面前替母亲求情
2. 援救	不幸的人	1. 援救者 2. 天降救星	A:（1）救援一个被认为有罪的人 B:（1）子女援助父母 （2）受过恩惠的人报恩施救
3. 复仇	复仇者	作恶的人	A:（1）为被害的祖宗或父母复仇 （2）为被害的子女或后人复仇 （3）为被害的妻子或丈夫复仇 （4）为被侮辱的子女复仇 （5）为妻子受侮辱（或几乎受侮辱）而复仇 （6）为被害者的情夫复仇 （7）为朋友被杀或者受损害而复仇 （8）为姐妹被奸污而复仇 B:（1）为了存心做对，故意为难而复仇 （2）为了趁人不在，暗加掠夺而复仇 （3）为了蓄意谋害而复仇 （4）为了故人受罪而复仇 （5）为了逼奸强暴而复仇 （6）为了夺取所有而复仇 （7）为了一两个人的奸诈，对整个团体的复仇 C:（1）职业的追捕有罪的人

种类	主要人物	其他必要人物	细　目
4. 骨肉报复	复仇者	作恶的人	A:（1）父亲的死，报复在母亲身上 （2）母亲的死，报复在父亲身上 B:（1）弟兄的死，报复在儿子身上 C:（1）父亲的死，报复在丈夫身上 D:（1）丈夫的死，报复在父亲身上
5. 捕逃者	捕逃者	追捕或惩罚的势力	A:（1）违反法律（有时为不得已）的或因其他政治行为而逃 B:（1）为因恋爱的过失而逃 C:（1）好汉对强大势力的抗争 D:（1）半疯狂的人对阴谋整治的抗争
6. 灾祸	受祸人	胜利的人	A:（1）战败 （2）亡国 （3）人类的灭亡 （4）天灾 B:（1）君位被夺 C:（1）旁人的忘恩负义 （2）不公道的被惩罚或受敌视 （3）遭遇横逆和暴行 D:（1）被情人或丈夫遗弃 （2）丧失子女
7. 不幸	不幸的人	制约者	A:（1）无辜的人，为野心者的阴谋所牺牲 B:（1）无辜的人，为了那应该保护他的人而受伤害 C:（1）能人，有力的人在困苦贫乏中 （2）一向被宠爱的人，或一向备受亲昵的人，发现此刻被遗忘了 D:（1）失去了唯一的希望
8. 革命	革命者	暴行者	A:（1）一个人的反抗 （2）很多人的反抗 B:（1）一个人的革命，影响了很多人 （2）许多人的革命
9. 壮举	勇敢领袖	敌人	A:（1）备战 B:（1）战事 （2）争斗 C:（1）劫夺一个所欲的对象和人物 （2）夺回所欲的对象和人物 D:（1）冒险的远征 （2）为夺回所爱的人而冒险

种类	主要人物	其他必要人物	细　目
10. 绑架	被绑架者	1. 绑架者 2. 被绑架者保护的人	A:（1）绑架一个不愿顺从的女子 B:（1）绑架愿意顺从的女子 C:（1）夺回被绑架的女子，没有杀死绑架者 （2）夺回被绑架的女子，同时杀死暴行者 D:（1）救出被绑架的朋友 （2）救出被绑架的小孩 （3）救出信仰错误的人
11. 解释	解释者	谜	A:（1）必须寻得某人，否则处死 B:（1）必须解释谜语，否则遇祸 （2）同前，但谜为所爱的女子所作 C:（1）悬赏以寻出人的名字 （2）悬赏以寻出人的性别 （3）试验一个人是否疯狂
12. 取求	取求者	1. 拒绝者 2. 判断者	A:（1）用武力或诈术获取目标 B:（1）用巧妙的言辞获取目标 C:（1）用言语打动判断的人
13. 骨肉仇恨	仇恨者	1. 被恨者 2. 互恨者	A:（1）兄弟间一人被诸人所嫉视 （2）兄弟间互相仇视 （3）为了自利，亲戚间互相仇视 B:（1）子仇视父 （2）父子互相仇视 （3）女恨父 C:（1）祖仇视孙 D:（1）岳父仇视女婿 E:（1）婆婆仇视儿媳 F:（1）婴儿的杀戮
14. 骨肉竞争	得胜者	被拒者	A:（1）恶意的竞争者为自己的手足 （2）两兄弟间彼此恶意的竞争 （3）两兄弟间的竞争，其中一人犯了奸淫的罪 （4）两姐妹间的竞争 B:（1）为了一个未嫁的女子，父与子的竞争 （2）为了一个已嫁的女子，父与子的竞争 （3）同前，但此女已为前父之妻 （4）母与女间的竞争 C:（1）嫡庶手足或者姑表间的竞争 D:（1）朋友间的竞争
15. 奸杀	有奸情者	被害者	A:（1）雇人杀害丈夫，或为了情人杀害丈夫 （2）杀害一个“推心置腹”的情人 B:（1）为了情妇或者私利，杀害妻子

种类	主要人物	其他必要人物	细目
16. 疯狂	疯狂者	被害者	A:（1）因为疯狂而杀害了骨肉 （2）因为疯狂而杀害了恋人 （3）因为疯狂而杀害了无辜的人 B:（1）因为疯狂而受耻辱 C:（1）因为疯狂而失去了亲人 D:（1）因为怕有遗传的疯狂，而导致疯狂
17. 鲁莽	鲁莽者	1. 受害者 2. 失去的对象	A:（1）因鲁莽而自致不幸 （2）因鲁莽而自致耻辱 B:（1）因好奇而自致不幸 （2）因好奇而丧失所爱的人 C:（1）因好奇而至别人死亡或不幸 （2）因鲁莽而致亲族死亡 （3）因鲁莽而致爱人死亡 （4）因轻信而致骨肉死亡
18. 无意中的恋爱的罪恶	恋爱者	1. 被恋者 2. 说明者	A:（1）误娶自己的母亲 （2）误以自己的姊妹为情妇 B:（1）误娶自己的姊妹为妻 （2）同上，但受人陷害 （3）几乎以自己的姊妹为情人 C:（1）几乎奸淫自己的女儿 D:（1）几乎在无意中犯了奸淫的罪 （2）无意中犯了奸淫的罪（如误以为丈夫已死而改嫁，其实未必等）
19. 无意中伤残骨肉	被害者	杀人者	A:（1）受神命，几乎在无意中杀了自己的女儿 （2）同前，但因政治的必要 （3）同前，但因与人做恋爱上的争宠 （4）同前，但因怨恨他那所不认得的女儿 B:（1）无意中杀害了或几乎杀害了自己的儿子 （2）同前，但系受奸人的挑唆 （3）同前，同时并有对其他骨肉的仇视 C:（1）无意中杀害了或几乎杀害了自己的手足 （2）为了职务的关系，无意中杀害了自己的姊妹 D:（1）无意中杀害了自己的母亲 （2）受奸人挑唆，无意中杀害了自己的父亲 E:（1）为了报仇或者受挑唆，无意中杀了自己的祖父或其他长辈 （2）迫于不得已的杀害 F:（1）无意中杀害了一个所爱的女子 （2）几乎杀害了一个不认识的情人 （3）没有去救一个不认识的儿子的性命

种类	主要人物	其他必要人物	细　目
20. 为了主义而牺牲自己	牺牲者	主义	A:（1）为了诺言而牺牲自己的生命 （2）为了种族的成功或者幸福而牺牲生命 （3）为了孝道而牺牲生命 （4）为了自己的信仰而牺牲生命 B:（1）为了信仰而牺牲恋爱与生命 （2）为了事业而牺牲恋爱与生命 （3）为了国家的利益而牺牲 C:（1）为了义务而牺牲自己的幸福 D:（1）为了信仰而牺牲自己的荣誉
21. 为了骨肉而牺牲自己	牺牲者	骨肉	A:（1）为亲人或所爱的人的生命而牺牲自己的生命 （2）为亲人或所爱的人的幸福而牺牲自己的生命 B:（1）为了父母的幸福而牺牲自己的前途 （2）为了父母的生命而牺牲自己的前途 C:（1）为了父母的生命而牺牲了自己的恋爱 （2）为了子女的幸福而牺牲了自己的恋爱 D:（1）为了父母或一个所爱的人的生命而牺牲了自己的生命与荣誉 （2）为了亲人或所爱的人的生命而牺牲自己的贞操
22. 为了情欲的冲动而不顾一切	恋爱者	1. 对象 2. 被牺牲者	A:（1）为了爱欲而破坏了宗教意义上的贞操与誓言 （2）破坏了普通的贞操的自誓 （3）为了情欲而毁坏了自己的前程 （4）为了情欲而毁坏了自己所有的权利 （5）情欲毁坏了脑力、健康，甚至生命 （6）情欲毁坏了富贵、荣誉、若干人的性命 B:（1）因遇诱惑而忘了义务 C:（1）因为情欲的罪恶而丧失了生命、地位、荣誉 （2）为了其他的罪恶，得到同前的结果
23. 必须牺牲所爱的人	牺牲者	被牺牲的所爱的人	A:（1）为了公众的利益，必须牺牲一个女儿 （2）因为遵守对神所立的誓言，有牺牲爱人的义务 （3）为了个人信仰，有牺牲恩人或所爱人的义务 B:（1）在必要的情形下，牺牲人家所不知道而实际是他的儿女 （2）在同样的环境下，牺牲他的父亲 （3）在同样的环境下，牺牲自己的丈夫 （4）为了公众的利益，而牺牲自己的女婿 （5）为了公众的利益，对付自己的亲戚 （6）为了公众的利益，对付自己的朋友

种类	主要人物	其他必要人物	细目
24. 两个不同实力的竞争（为了恋爱和女人）	两个不同势力的人	对象	A:（1）神与人 （2）有妖术者与平常人 （3）得胜者与被征服者、主与奴，上司与下属 （4）上国的君王与属国的君王 （5）君王与贵族 （6）有权威者与新锐之人 （7）富人与穷人 （8）有荣誉的人与犯嫌疑的人 （9）两个差不多势均力敌的人 （10）同前，而其中一个人以前犯过奸淫 （11）一个被爱的人与一个“没有权利去爱”的人 （12）离过婚的妇人的前后两个丈夫 注：以上是两个男人之间 B:（1）一个妖妇和一个平常女人 （2）得胜者与囚徒 （3）皇后与臣民 （4）皇后与奴隶 （5）女主和仆人 （6）高贵的女子和低微的女子 （7）两个差不多地位相等的人，一个纵行恣情 （8）对于高贵女子的理想或记忆，一个不如她的真的人 （9）神与人 注：以上是两女之间 C:重复的竞争——甲爱乙，乙爱丙，丙爱甲 D:（1）神与神 （2）人与人 （3）法律上的两个妻子 注：以上是东方式的
25. 奸淫	两个有淫行的人	被欺骗的丈夫或妻子	A:（1）为了另一少妇，欺骗了情妇 （2）为了自己妻子，欺骗了情妇 （3）为了一个少女，欺骗了情妇 B:（1）为了那个他所爱但并不爱他的女仆，欺骗了妻子 （2）为了纵欲，欺骗了妻子 （3）为了已婚的少妇，欺骗了妻子 （4）意欲重婚，欺骗了妻子

种类	主要人物	其他必要人物	细　目
25. 奸淫	两个有淫行的人	被欺骗的丈夫或妻子	（5）为了那个他所爱但并不爱他的少女，欺骗了妻子 （6）妻子被那个爱她丈夫的少女所嫉妒 （7）妻子被一个娼妓所嫉妒 （8）一个冷淡的妻子和一个热情的情妇间的竞争 C:（1）为了一个“相投”的情人，牺牲了那“不合”的丈夫 （2）忘记了自己的丈夫（以为他是死了）去和他的情敌要好 （3）为了一个能够同情她的情人，牺牲了他平凡的丈夫 （4）欺骗了好的丈夫，为了一个不如他的情敌 （5）同前，为了一个怪癖的情敌 （6）同前，为了一个讨厌的情敌 （7）热恋的妻子，欺骗一个好的丈夫，为了一个平凡的情人 （8）欺骗丈夫，为了一个虽不如他那样好，但更加有用的情人 D:（1）被欺骗的丈夫的复仇 （2）为了信仰，打消了嫉妒的念头 （3）丈夫被那失败的情敌陷害
26. 恋爱的罪恶	恋爱者	被恋爱者	A:（1）母恋子 （2）女恋父 （3）父对女施暴行 B:（1）少妇恋其丈夫的前妻之子 （2）少妇与前妻之子彼此爱恋 （3）一个女子同时成为父与子的情妇 C:（1）为嫂或妗的恋人 （2）兄妹恋爱 D:（1）同性恋
27. 发现了所爱的人的不荣誉	发现者	有过失者	A:（1）发现了父有可羞耻之事 （2）发现了母有可羞耻之事 （3）发现了女儿有可羞耻之事 B:（1）发现了未婚夫或妻的家庭中有不荣誉的事 （2）发现了自己的妻子在未婚前被人侮辱过 （3）发现他从前有过“失足” （4）发现自己的妻子从前是娼妓 （5）发现了自己的情人有不荣誉的事

种类	主要人物	其他必要人物	细　目
27. 发现了所爱的人的不荣誉	发现者	有过失者	（6）发现自己的情妇以前是娼妓，又恢复了旧生涯 （7）发现自己的情人是个无赖，或者情妇是个坏女人 （8）发现自己的妻子是一个坏女人 C:（1）发现了自己的儿子是一个杀人犯 D:（1）儿子是一个卖国贼 （2）儿子违反了他自己定的法律 （3）儿子是被认为有罪的 （4）立誓欲除暴君此时才知道暴君就是他 （5）发现了自己的手足是一个杀人犯 （6）发现了自己的母亲是害死父亲的人
28. 恋爱被阻碍	两个恋爱的人	阻碍	A:（1）因为门第或地位不等而不能结为婚姻 （2）因为财富不等而不能结为婚姻 B:（1）因有仇人从中阻挠而不能结为婚姻 C:（1）因该女子先许为他室 （2）同前，并误会所爱的对象已和别人结婚 D:（1）亲戚们的反对 （2）亲戚间不合 F:（1）男女间性情不合
29. 爱恋一个仇敌	被爱恋的仇敌	1 爱他的人 2 恨他的人	A:（1）被爱者为爱人的亲族所憎恨 （2）爱人为被爱者的亲族所憎恨 （3）被爱者（男）是爱她的女子伙伴的仇人 B:（1）爱人（男）是杀死被爱者父亲的人 （2）被爱者（男）是杀死她的另一爱人的父亲的人 （3）被爱者（男）是杀死她的另一爱人的兄弟的人 （4）被爱者（男）是杀死那爱她的女子的丈夫 （5）被爱者（男）是杀死那爱她的女子的原来爱人的人 （6）被爱者（男）是杀死妻子为那个爱她的女子的一个亲族的 （7）被爱者（女）是杀死爱人的父亲的人的女儿
30. 野心	野心者	阻挡者	A:（1）野心为自己的亲族——兄弟——所阻止 （2）野心为自己的亲人或受恩的人所阻止 （3）为自己的党羽所阻止 B:（1）反叛的野心 C:（1）野心与贪婪连续地造成罪恶 （2）枭獍似的野心

种类	主要人物	其他必要人物	细　目
31. 人与神的斗争	人	神	A:（1）和神斗争 （2）和信仰某一种神的人斗争 B:（1）和神争论 （2）因为侮辱神道而受罚 （3）因为在神前傲慢而受罚 （4）狂妄地和神竞争 （5）鲁莽地和神竞争
32. 因错误而产生的嫉妒	嫉妒者	被嫉妒者	A:（1）错误因为嫉妒者的疑心而产生 （2）错误的嫉妒，因为凑巧而产生 （3）误以为友谊的爱是男女的爱 （4）嫉妒为恶意的造谣所引起 B:（1）嫉妒为怀恨的叛徒所引起 （2）同前，但是叛徒是为了自己的利益 （3）同前，叛徒同时为了自己的嫉妒 C:（1）夫妻间的相互嫉妒，为情敌所挑起 （2）丈夫的嫉妒，为失败的情敌所挑起 （3）丈夫的嫉妒，被一个爱他的女人所挑起 （4）妻子的嫉妒，被一个受过斥逐的情敌所挑起 （5）得意的情人的嫉妒，被那一向受欺的丈夫所挑起
33. 错误的判断	错误者	1. 受害者 2. 错误原因	A:（1）需要信托的地方，发生了错误的疑忌 （2）误疑自己的情妇 （3）误会爱人的态度而生疑忌 （4）因对方冷淡而生错误的疑忌 B:（1）为救一个友人，故意使人怀疑自己 （2）打击一个冤枉无辜的人 （3）同前，但冤枉的人因曾生过邪念，而自觉有罪恶感 （4）一个目击罪恶的人，为了救另外的人，而听任别人责备那冤枉的人 C:（1）听任旁人责备一个敌人 （2）错误是由一个仇敌故意引起的 （3）错误是由他的兄弟故意引起的 D:（1）犯罪者嫁祸于他的仇人 （2）犯罪者早就布置好的，嫁祸于他的第二个被害的人 （3）嫁祸于一个情敌 （4）嫁祸于一个无辜的人，因为此人不肯和他共同作恶 （5）一个被遗弃的情妇，嫁祸于她从前的情人，因为她不肯去欺骗她的丈夫 （6）受了人家的故意陷害（错误的判罪之后），努力恢复地位并设法报复

种类	主要人物	其他必要人物	细 目
34. 悔恨	悔恨者	1. 受害者 2. 罪恶	A:（1）为了一件人家所不知道的罪恶而悔恨 （2）为了弑父而悔恨 （3）为了谋杀而悔恨 （4）为了谋杀丈夫或妻子而悔恨 B:（1）为了恋爱的过失而悔恨 （2）为了犯了奸淫而悔恨
35. 骨肉重逢	寻觅者	寻得的人	
36. 丧失所爱的人	眼见者	死亡者	A:（1）眼看骨肉被残而不能救助 （2）为了职务的需要，以不幸加到自己亲人的身上 B:预见一个所爱的人的死亡 C:（1）得知了亲人或挚友的死亡 D:（1）得知所爱的人的死，因失望而凶性大发

参考文献

[1] [清]李渔. 闲情偶寄[M]. 江巨荣，卢寿荣，校注. 上海：上海古籍出版社，2000.

[2] 顾仲彝. 编剧理论与技巧[M]. 北京：中国戏剧出版社，1981.

[3] 夏衍. 写电影剧本的几个问题[M]. 北京：中国电影出版社，1980.

[4] 汪流. 电影剧作[M]. 北京：中国电影出版社，2004.

[5] [古希腊]亚里斯多德. 诗学[M]. 陈中梅，译注. 北京：商务印书馆，1996.

[6] [德]莱辛. 汉堡剧评[M]. 张黎，译. 上海：上海译文出版社，2002.

[7] [德]克拉考尔. 电影的本性[M]. 邵牧君，译. 南京：江苏教育出版社，2006.

[8] [苏]爱森斯坦. 电影艺术四讲[M]. 齐宙，译. 北京：时代出版社，1953.

[9] [苏]普多夫金. 论电影的编剧、导演和演员[M]. 何力，译. 北京：中国电影出版社，1980.

[10] [法]马赛尔·马尔丹. 电影语言[M]. 何振淦，译. 北京：中国电影出版社，2006.

[11] [法]安德烈·巴赞. 电影是什么[M]. 崔君衍，译. 北京：中国电影出版社，1987.

[12] [美]霍华德·劳逊. 电影和戏剧的编剧理论与技巧[M]. 邵牧君，译. 北京：中国电影出版社，1989.

[13] [美]李·R. 波布克. 电影的元素[M]. 伍菡卿，译. 北京：中国电影出版社，1994.

[14] [美]悉德·菲尔德. 电影剧本写作基础[M]. 鲍玉珩，钟大丰，译. 北京：中国电影出版社，2002.

[15] [英]林格伦. 论电影艺术[M]. 何力，李庄藩，刘芸，译. 北京：中国电影出版社，1979.

[16] [加]安德烈·戈德罗，[法]弗朗索瓦·若斯特. 什么是电影叙事学[M]. 刘云舟，译. 北京：商务印书馆，2005.

[17] [匈]巴拉兹·贝拉. 电影美学[M]. 何力，译. 北京：中国电影出版社，2003.

[18] [法]弗朗索瓦·特吕弗. 希区柯克论电影[M]. 严敏，译. 上海：上海文艺出版社，1988.

[19] [德]鲁道夫·爱因汉姆. 电影作为艺术[M]. 邵牧君，译. 北京：中国电影出版社，2003.

[20] [美]雪莉·艾利斯，劳丽·拉姆森. 开始写吧！——影视剧本创作[M]. 王著定，译. 北京：中国人民大学出版社，2012.

[21] [美]温迪·简·汉森. 编剧：步步为营[M]. 郝哲，柳青，译. 北京：后浪出版公司，2010.

[22] [美]诺亚·卢克曼. 情节！情节!：通过人物、悬念与冲突赋予故事生命力[M]. 北京：中国人民大学出版社，2012.

[23] [法]马赛尔·马尔丹. 电影语言[M]. 何振淦，译. 北京：中国电影出版社，1992.

[24] [荷]米克·巴尔. 叙述学——叙事理论导论[M]. 谭君强，译. 北京：中国社会科学出版社，2003.

[25] 高力. 镜像东方——纪实主义：从伊朗新浪潮到中国新生代[M]. 成都：巴蜀书社，2009.

后　记

我们在从事“影视剧本写作”课程的教学之余，都曾参加过影视剧的创作实践。事实上，影视编剧是一个很耗费心力和体力的活儿，尤其是二三十集的电视连续剧的写作。从凌晨四五点到晚上十一二点，在两三个月的时间里，你足不出户、坐在电脑前一直这样敲下去写下去，甚至远远超过最资深的“宅男”“宅女”们“宅”的水平。当你终于敲完最后一个字符，标出最后一个句号，发出剧本初稿邮件后，你会感觉到潮水般涌来的疲惫似乎渗透了你浑身上下的每一个毛孔、每一个细胞、每一条骨缝。对影视编剧来说，一次影视剧本写作不啻是一次生命的爆燃，宛如红烛在一次次燃烧中越缩越短，我们也不知道这种生命的爆燃对一个编剧来说能持续多久？在影视剧创作的过程中，我们有了一些粗浅的感悟和经验，这些感悟和经验也写入了本书中，以供初习剧本写作者参考。

在“影视剧本写作”课程的教学实践中，我们痛感国内高校没有一部真正意义上适合影视剧本写作初学者的教材。很多专业和非专业的影视剧作教材，往往热衷于影视剧作理论的阐述而忽视影视剧作的具体写作技巧，致使很多上过影视剧作课的大学生依旧不知道影视剧本的具体写法。例如，怎么去寻找影视故事？怎么去寻找影视人物？如何去结构故事？如何去设置情节与细节？如何去寻找和设计人物对话？等等，甚至有些学过影视剧作课的同学连影视剧本写作的基本格式都没有掌握。有感于此，我们编著的这本《影视剧作：模式与技巧》着眼于实用性，即注重影视剧本的具体写法以及影视剧作基本模式和基本技巧的实训。

本书在编著过程中吸收了众多同行的研究成果。在此我们要感谢云南师范大学的郝朴宁教授以及代湘云、孙跃等同学所提供的宝贵资料，还要特别感谢四川传媒学院陈祖继院长。此外，李家模、廖全京、李玲、王志杰等教授在本书编写与出版过程中也给予我们极大的支持和厚爱。还要感谢本书中所引用其精湛论点与论据的中外电影导演、编剧和影视剧作理论研究者们，站在他们的肩膀上，我们才可能站得更高，望得更远……

在此，我们要特别感谢西南交通大学出版社的郭发仔、吴迪老师，没有他们出色的企划和编辑，本书是不可能顺利出版的。

编　者

甲午马年元月于西南交通大学南园